終わりからの旅（上）

Takashi
TsuJii

辻井喬

P+D
BOOKS
小学館

目次

家庭の来歴

理由はなかった。

少なくとも関良也《せきよしなり》には自分が憂鬱になる理由はないように思われた。

彼は自宅が見える丘の上に立っていた。五十五歳になっていて、それは今までの生き方を振り返りたくなる年頃でもある。

新聞社に勤める彼は二年前に希望して社会部から出版部に移った。自分が手掛けたと言えるような、形が残る仕事がしたくなったからである。その仕事の変化も、今まで歩いて来た道を考え直すきっかけになっているのかもしれなかった。

しかし、そのどれもが今の憂鬱の原因とは思えなかった。

丘の下に見える家は十年前に九十五歳で死んだ父親の遺産をもとにして手に入れたものだ。

東京の西の郊外にある玉川学園前駅からバスで二つ目の停留所を降り、少し坂を上ったところの家で小さな庭がついている。

この日は休みで、彼は妻に言われた買い物を入れたスーパーの袋を片手に提げていた。その袋のなかには食パンとマーガリン、それに酒のつまみのするめ、トマトが四個、そして人参《にんじん》が一本、もやしが一袋入っていた。

人参は渡されたメモには書いてなかったが、店に並べてあるのを見たら、子供の頃、「野菜を食べなければいけません。人参も」としつこいほど母親に言われていたのを思い出したのだ。

丘から見ていると、ある家では主人らしき男が庭に作った菜園に出て雑草を抜いていたり、スコップを持って秋植えの苗を植えたり、主婦らしい中年の婦人が袋に入れた生ゴミを道に出したりしていた。

また別の家ではぶらんこに男の子が乗っていて、その傍らに三輪車に跨《また》がった妹らしい子供が見えた。年配の女性の後を、やっと歩けるようになった男の子が追い、やがて二人は庭の端の垣根のところにしゃがんで、婦人が植木を指さして、孫のように見えるその児《こ》に何か話しかけている家も見え、もうひとつの家では、夫婦が協力して、庭に張った紐に洗濯物を干している。

そうした光景のどれもが、今日の良也には自分の家とは違った家庭生活を強調しているように見えた。子供ができなかったせいか、我が家はどこか温かさが欠けているのではないか、と彼は思った。自分は今まで妻の克子《かつこ》の目で家の中を眺めたことがあったろうかと考え、良也は今日はちょっとどうかしているぞと気付いた。ひどく自分に対して否定的な気分が次々に湧いてくるのである。仕事の上での失敗があって自信を失くしているというような、はっきりした理由がある訳ではない。また信頼していた友人に裏切られたという事実もない。それなのに気持がなんとなく落ち込んでいくのだ。

克子は清潔好きで日頃は口数も少なく、温順そうに見えるのだが、一度思いこむとその自分の判断を正しいと信じて譲らないところがあった。夜中に急に掃除をはじめたりして、彼とそれが原因で言い合いになったりしたこともあるが、日頃彼女に委せきりで暮らしているから「それならあなた片付けて下さい」などと言われると彼は折れるしかない。自分が生活を変える意志を持たないと何事もはじまらないのだと良也は思った。

住宅街を眺めているうちに雲が少しずつ厚くなってきた。夕方には降るかなと良也は思った。その時、丘の裾を回っている道に、ふっと黒いものを纏《まと》った男が現れた。おそらく男はずっと遠くから歩いてきたのだろうが、ぼんやり考え事をしていた良也には不意に浮かび上がったように見えた。

男が着ているのは背広ではない。また宅配業者やガス、水道の検針員などが着ている作業服でもなく、良也には黒いものを纏っているとしか表現できない。

男は急ぐのでもなく、しいてゆっくりでもない。自分の想いに捕らわれているのでほとんど無意識に足を動かしている歩き方で良也が立っている丘の下の道を通って、宅地造成のあと、わずかに残っている櫟林《くぬぎばやし》に近づいていった。

少し経ってから良也は、あれは求道者《ぐどう》の歩き方だったかもしれないと思いついた。男の姿はもう林に隠れてしまった。彼の頭には、西行とか芭蕉、最近の人では尾崎放哉とか山頭火といった漂泊の歌人、俳人の名前が浮かんで来た。彼らについていろいろな伝記や解釈などが書かれているけれども、歩き方や身ぶり、物を食べる時の咀嚼《そしゃく》の仕方などについて書いたものはほとんどないなと思った。

そんなことを考えるのは、良也が今手掛けている仕事と関係があった。彼が移った出版部では三年ぐらいかけて『現代人の俳句全集』の企画を進めていた。高浜虚子以降の三十人を超える俳人を選び、彼らが生まれた土地、育った町の写真や名句の味わいを表現している風景、情景を数多く挿入した、ビジュアルな全集の刊行がはじまっていたのである。

良也は『現代人の俳句全集』の編集責任者に任命され、写真のキャップには何度か一緒に仕事をして気心が知れている菅野春雄《かんのはるお》を指名した。

かつて、日本が戦争を始めた時、アメリカに住んでいた日系人が収容所に入れられたことがあった。良也がまだ社会部にいた頃、アメリカで出版された『収容所の日系人』という写真集の日本版を出版する企画が決まり、当時のことを覚えている人に良也が取材し菅野が写真を撮ることになった。その取材の過程で、アメリカ文学の勉強にボストンに留学していた学生が指導教授の推薦で帰化し、言葉が充分ではない一世の日系人のための通訳をしていたことが分かった。戦後ふたたび日本国籍をとったその学生が九州の大学のアメリカ文学の権威原口俊雄《はらぐちとしお》教授であると分かり、良也は帰国してから福岡にいる彼に取材に行き、ついでに母親の郷里の柳川に足を延ばしたのだった。

原口教授は戦争中だったら「非国民」と呼ばれたに違いない当時の自分の行動を隠そうともせず、写真集に長文の解説を書いてくれた。しかしその時原口教授はアメリカ軍の軍属の資格でインドの日本兵捕虜収容所にまで行ったことは話さなかった。取材の目的外のことだったからかもしれないが、数年後にそれを知った良也は少し引っ掛かった。

黒っぽい衣服を纏って遠ざかっていった男の姿から、良也は漂泊の歌人、俳人を連想し、それからアメリカ文学の原口教授のこと、そして柳川にある母親の墓を思い出した。

そうした記憶の連鎖の奥に、敗戦の翌年に生まれ、一度も危険な目には遭わず、平穏な暮らしばかりをしてきて、それで本当に自分の暮らしと言えるような時間を持ったのだろうかという、理由の判然としない、それだけに拭い去ることの困難な悔いに似た感情があった。

彼はゆっくり丘を降り、黒装束の男が歩み去ったのと同じ道を辿り、途中から左に折れて家に向かった。その時、良也は以前からずっと頭の隅にあった、もうひとつの企画を思い浮かべていた。それは、全国に散らばっている俳人の足跡を訪ねる取材旅行を利用して、彼流の、戦無派による『きけわだつみのこえ』をまとめてみようという秘かな野心だった。学生の手記に限定せず、広く芸術家および芸術家志望の青年の手記や記録を集めようと考えていた。

彼はその記録集を『潮騒の旅人』と仮に名付けていた。

潮騒という言葉を使うのは、戦争全体が太平洋戦争と呼ばれているからだ。もちろん中国大陸もラオスも今ミャンマーと呼ばれているビルマも含まれる。むしろこうした地域の方が相手に与えた害も日本側の戦死者も多かったようだ。

その頃、戦争が自分を抑圧している得体の知れないものを壊してくれると期待した若者もいたかもしれない。

絵画でも音楽でもいい、学生の頃から芸術と呼ばれるものに憧れに似た気持を持ちながら、芸術の創造に必要な烈《はげ》しさを恐れる感情を否定できなかった良也は、この本をまとめることで、自分自身の問題でもある「芸術とは何か」という問いへの答えを探したかったのでもある。このところを突きつめていけば、感傷的な本ではない反戦の記録集が編集できるのではないかと思う居直りに似た自負もあったのだけれども。

この企画をこっそり進めるには、なるべく早く一緒に取材旅行をする菅野春雄に話しておかなければと思いながら、彼はまだ切り出すきっかけを見付け出せないでいた。

お互いに気心の分かっている彼になら話は簡単なのかもしれないが、それでもなぜそうした本を作ろうと考えるようになったのかを説明しようとすると彼自身の内部に躊躇《ためら》いが生まれるのである。

良也は初任地だった長野支局勤務の後、社会部記者として東京にいた。

それは経済がどんどん成長した七〇年代だったが、その陰で落ちこぼれていく層があり、落ちこぼれまいとして事件に巻き込まれたりする人たちがいた。

はじめてそうした事実に触れたのは、ある女性の万引き事件を取材した時だった。彼女はまだ残っていた引き揚げ者のために建てられた寮に住んでいたが、良也が驚いたのは、その万引きに何の理由もないことだった。

「高度成長の陰に陽《ひ》の当たらない人たちが――」という連載ものの記事を書こうとしたのだが、その品物が欲しいが買えないとか、子供の喜ぶ顔が見たいのでつい、というストーリーが組み立てられないのである。その線を深追いし過ぎて彼は「私だって軍人の妻だったんですから『お涙ちょうだい』の根性はありませんよ」と、追い立てられてしまった。

はじめ良也は、万引きの衝動を持つ彼女がそこでなぜ急に怒り出したのか分からなかった。驚きが去るとむらむらと腹立たしさがこみあげてきた。少なくとも警官からそっと教わって、微罪として逮捕には至らなかった経過などを取材に行ったのである。

傷つけないように気を遣ったはずなのに、怒るにことかいて、なぜ「軍人の妻」という言葉が出てきたのか。

その腹立たしさに続いて、理由のはっきりしない恥ずかしさが襲ってきて、それはやがて自己嫌悪に変わっていった。

良也は大学で社会学科に籍を置き、心理学や社会構造の理論を学んだ。良也は一応相手の間違いを指摘することができた。しかし記者として活動を重ねるにつれて、どうも学んだ学問ではうまく分析できない事柄が世の中にはたくさんあるということに気付かざるを得なかった。

記事はまだ残っていた引き揚げ者寮の光景を描写し、家族がいない、老境に入りつつある女性の淋しさを指摘してなんとかまとめた。犯罪者の自己正当化を批判する視点をしっかり持っていれば「軍人の妻だった」という彼女の誇りの問題に触れなくても、記事にはなった。相手の心理や思想の部分に入り過ぎることを良也は避けた。

長野から戻って二年半ほど経ち母を失った直後のことだった。取材した女性が他界したばかりの母に似た年齢だったことも、良也の取材を鈍らせた。その時のことを思い出し、その頃からなんとなく自分はジャーナリストになりきれないのではないかという不安を感じていたことに気付いた。

あさま山荘事件は彼が東京に戻ってまもなく起こった。大きな事件だったので彼は東京から乗り込んで取材する立場になった。学生時代からその過激さを耳にしてはいたが新左翼などの運動について自分は表面しか知らなかったと内心反省させられた。二年ほど経ってフィリピンのルバング島で小野田寛郎少尉が発見されたのは、彼が万引き事件の取材をした二ヵ月ほど前のことだった。その時も、日本の部隊が敗走してしまった後、少尉が生きた三十年という年月は、彼にとってどんな意味があったのだろうと、良也は考え込んでしまったのだ。

良也はいつの間にか過去を追いながら、ゆっくりした足取りで家に向かっていた。丘の上から眺めた住宅街の光景が妙に強く印象に残っていた。そこには紛れもなく日常生活と呼べるようなものがあるのだった。

だが、その日常生活というものの内容とは何なのだろう。子供が幼稚園に行くようになれば母親は毎日送り迎えをする。お弁当を作り、一学期に一度ぐらいは父親も幼稚園、小学校に行かなければならない。父親によってはそれを楽しみにしてビデオカメラなどを持参する。ビジネスマンだったら、月一〜二回のゴルフや週一〜二回のマージャンや知人と飲む会の他に、比較的よく夫婦揃ってレストランに出掛けたり趣味の会合にも参加する。年代によって、また時代によって暮らしの様式は少しずつ変わっていくが、それらが日常生活と呼ばれる何かであることは間違いない。

そういう暮らしを自分は持って来なかった、と良也は思った。それは子供ができなかったからという理由だけでは片付けられない中身の希薄さだ。克子の父親は同じ新聞社の重役だった。新聞記者の生活は不規則で、事件に振り回されることを妻もよく知っていたので、自分はずいぶん助かっているのかもしれないと良也は思うことがあった。

彼らは田中首相が金権政治を批判されて辞任した翌年、社会部長の仲人で結婚した。結婚式と金権政治を一緒に覚えているのは、仲人が「新郎の関良也君は記者として早くも頭角を現しているのであります。というのは、詳しく申し上げる訳にはいかないのが残念でありますが、田中金脈批判に貴重な一役を買っているとだけ申し上げておきます」と喋って当の新郎をもびっくりさせたからだ。その話は前の年盛んになってきた軽井沢の夏の風俗の取材で出かけた時、学生時代の級友の父親で財界の指導者だった男から聞いた田中首相側近の話をデスクに送ったことを指していた。

それは田中首相に近く、総理の東南アジア五カ国訪問にも随行する予定のある政治家が、「計算では、ボルネオは今なら百億ドルで買える。そうすればインドネシア政府は外貨が稼げ、あの島の住民を養う義務から自由になり、わが国には百億ドルではきかない資源が手に入ることになる」と話したという情報だった。当時小耳に挟んだその話がどの程度の信憑性《しんぴょうせい》を持っていたのかを良也は知らない。しかし、社会部長はそれを覚えていたのである。

結婚式での仲人の紹介は特別だけれども、今までの自分を振り返ってみると、自分の人生上のいくつかの変化の記憶が、その時期の周辺にあった社会的な事件や政治の変化を手掛かりにして残っている。それはやはり記者としての暮らしを忠実に送ってきたことになるのだろうか。

克子の父親が心筋梗塞で急死した時は生憎《あいにく》日航機が群馬県の御巣鷹山に墜落した事故の翌々日だった。良也は社から連絡を受けて克子に電話をしたが、ようやく繋がったのは通夜の席であった。

義父は娘が良也と結婚してから社と関係の深いテレビ会社に移っていたから葬儀などの段取りはテレビ会社がやってくれるという安心はあったが、さすがにおとなしくててきぱきことを運ぶのに慣れていない妻の状態が心配だった。

電話に出た彼女の声は意外にしっかりしていて、声は沈んでいたが取り乱してはいなかった。「今、そちらは大変でしょう。私の方は皆さんがよくやって下さるから大丈夫。新聞社からも手伝いの方が来て下さっているの」と彼女は良也も知っている総務部の男の名前をあげ「気にしないで、でもお葬式の時はいて下さると助かるけど」と言ったのだった。

それは、今ではあるはずもないような「忍耐と寛容」めいた話である。あれから十六年しか経っていないのに、時代はすっかり変わった気が良也にはする。それだけに克子を大切に思わねば、と彼はいつか今までの克子との暮らしを振り返っていた。そして自分はそうした克子の健気《けなげ》さを当然のことのように思っていたのではなかったか。

克子自身も、世の中の雰囲気のなかで少しずつ変身してきているような気も良也にはした。何とか、もう少し自分というものをしっかり持った生活を送らなければという意識が芽生えたかのように、彼女は刺繡《ししゅう》をはじめたり、日本画の講座に出かけてみたり、最近では地域の緑を守ろうというような運動に参加し「今のうちから自覚すれば、ここらあたりだったら環境は守れるのよ」と言ったりするようになった。

良也が入社した時の社会部長と気が合っていた克子の父親は、彼女が嫁ぐ時「女は一度嫁したら二度と生家の敷居は跨ぐな」というような訓示を娘に向かってし、克子は両手を揃えて父親に今までのお礼を言ったらしい。

良也がようやく間に合った葬儀のあと、克子はそれまでじっと溜めていたかのように、父親の思い出話を夫にした。彼女が夫にそんなに冗舌になるのは珍しいことだった。

彼女の話は少しも男尊女卑を批判している様子ではなく、敗戦後四十年も経ったにしては少し古風さが過ぎた父親をむしろ懐かしんでいる調子に包まれていた。彼はその時克子が発信していた信号を完全に受け取り損ねたのかもしれないと急に思った。

葬儀から十五年以上も経った今になってそんなことに気付くのは、よほど相手の心の動きを感知する能力が低いか、今日の自分が少しどうかしているのかと考えた。しかし関良也はすぐ、いやそうではない、克子の古風な美徳と忍耐によりかかって、男の我儘《わがまま》まるだしの駄目な生活に慣れてしまったのだ、と思い返した。

確実に収入を得られる技術を身につけて、いざという時でも困らないようになっていたい、地域の運動に参加することで、自分の居場所を確認したいという努力も、それはそれとしてその背後にもうひとつ彼女が発信し続けている信号があるのではないか。

そう考えると良也は早く自分のその感度の悪さを改善しなければと考えた。

家に入ると大蒜《にんにく》とオリーブオイルの匂いがした。克子はパスタを作っているらしかった。「遅かったわね、スーパー混んでた?」という質問に曖昧な返事をし、買い物袋を妻が立ち働いている傍らの台に置いて書斎に入った。彼は、数年前から日記と呼べるほど几帳面なものではなくただその日気付いたこと、気になったことを日付と一緒に書いておく習慣を持っていた。今、そのノートに「自分の生活と言えるようなスタイルを持つこと・暮らしのリアリティとは何か」と書いた。

向かい合って、休みの日はいつもそうするように朝昼兼用の食事をしながら、良也はふと思いついて、「僕ね、部屋を借りて自炊生活をやってみようかと思っている」と口にした。

深刻に考えての言葉ではなかった。だから気軽に口にしたのだが、間があって克子を見ると顔が強張《こわば》っている。

「それ、どういうこと」と、怪しげなものに恐る恐る触るような質問が出て、良也は失敗《しま》った、と思った。妻に向かってなんの前触れもなく「自炊生活」などと口にしたのは迂闊《うかつ》だったと後悔したが間に合わなかった。

「いや、別にどうってことじゃないんだ。ただなんとなくね。そういうことってあるだろう。丘に立っていろんな家の様子を見下ろしていたら、ふとそんな気が起こったんだ」

説明しようとすると彼の話は自分でも考えていなかったような表現になってしまった。彼は気持を相手に伝えることが下手だった。ことに妻に対しては今までそんな技術は不要だったのである。

「今まで、君のことを本当に良く理解しようとする努力をしていなかったと反省したんだ」というようなことを妻に言うのはなんだか気恥ずかしさが先に立ち、かえって誤解を広げてしまうのではないかと恐れた。

克子は動かしていたフォークを置いて、「あの、私になにか不満があるんだったら率直に言って。こういうところが悪い、こういうところが気になるって。私、できることだったら素直に直します」と、座り直した。

彼は「失敗った」とまた思った。

なんとなく冗談めかしてしまえることでもその時のお互いの精神状態で後に引けない言い合

いになってしまうことがある。克子の悪い状態の時にふさわしくない話題を出したらしいと焦って、「そういうことじゃないんだ。悪いのは僕の方なんだよ。君はちっとも悪くないんだ」と、つい苛立たしい声になった。それは自分に対する苛立たしさだったのだけれども。

「分からないの、私、馬鹿ですから分かるように話して下さい」と克子は下を向いたままの姿勢に頑《かたく》なさを見せていると彼は思った。良也は、精一杯気を鎮めて「男にだって節々でいろいろ考える年齢っていうのがあるんだよ。君に不満なんかあるわけがないだろう。ただ、今まで君に依存し過ぎていたような気がしたんだ。丘の上から見ていてね。結構、男が庭に出て働いたり、洗濯物を干したりしているんだ。スーパーにもずいぶんいたけど」。

当然、彼の説明は克子を納得させられなかった。

「でも、自炊っておっしゃったわ」

そう言い返されると、良也は自分でも何を言おうとしていたのかよく分からなくなった。その時、黒い衣装の男の後ろ姿がすっと浮かんできたが、漂泊の旅などと口にしたら話はいよいよ混乱すると思ったので、良也は口を噤《つぐ》んでしまった。そして結論を出さないまま「いや、撤回、撤回。ちょっと思いつきを言っただけだ」と、這々《ほうほう》の体《てい》で妻を食卓に残したままに引き揚げた。彼は翌日から長野に出張することになっていたから長期戦は避けたかった。

過去の経験では一度こうした状態になると事柄にもよるが半日近く睨《にら》み合いが続く。熱中して取り組んでいるものが克子にある時は、それに取り掛かっているうちに憤りが治まる場合がある。刺繍に凝っていた時がそうだった。原因も忘れてしまったような諍《いさか》いの後、十四、五分して良也があまりリビングダイニングが静かなのを気にして書斎を出てみると、克子は無言で長いショールのような布に赤い糸で花模様の刺繍をしていた。彼が「綺麗だね、牡丹《ぼたん》かな」と聞くとそれは芥子《けし》だったが、褒めたのを和解の合図と受け取って、「綺麗でしょう」と片手にかけて見せびらかしたりした。

ある時期は二人の間に途絶えがちな会話の中継をしてもらえるかと期待して部屋のなかでも飼えるダックスフントを飼ったことがある。今の家に移る前のことだ。たしかに会話は名前をつけるところから始まった。

議論の末、克子が主張した「ユー」に決まった。それは彼女がファンだった石原裕次郎の裕をもらったのである。そうなる前、良也は、「竹ちゃん、はどうだろう、言うことを聞かなかったら、『おい、タケ』と怒れる」と思いつきを提案してみた。竹下登総理が誕生して間もない時だった。克子は「厭だあ、こんなに可愛いのに」と、犬を抱き寄せて頬擦《ほおず》りしてみせた。

それはいつにないはしゃぎようだった。もっとも五年ほど前から彼女は時々同窓会の会合に出るようになってその頃から少し発言が活発になったように見える。最初の二、三回は帰ってくるとよく同級生の噂をした。なかにはもう夫を亡くしたり、人員整理で失業した夫を助けて級友の方が働いて家計を支えている者もいるらしい。

「私なんかいい方みたい、あなたのお陰。そりゃあ、淋しい時もありましたけど」というような報告話も自然に出て、アルコールも少しは飲んだらしく舌が滑らかになっていた。良也は内心、同窓会の効用に感謝したものだった。

同級生のなかでも、夫を亡くしてから保険会社の嘱託社員になって有能ぶりを発揮し妻の克子の古風な表現を使えば「少し不良」の滝沢尚美《たきざわなおみ》とは気が合うらしい。彼女は今の家に越してきた当座、克子に誘われて遊びに来たことがある。

「このあいだも御馳走になったの」と言うので、良也は前の日から、このあたりでは自慢してもいい鮨屋に頼んでいいタネを仕込んでおいてもらって食卓に載せた。上等のワインも用意して迎えた。

彼女は初対面の良也にも気詰まりを感じさせない話術と話の転換の達人だった。滝沢尚美は三時間ほど賑やかに話し込んで帰っていった。同窓会などで克子がどう話していたのか、彼女の関邸訪問は「どれどれ、御亭主を拝見」ということだったらしいと、良也は滝沢尚美が帰った後で気が付いた。

生活を少し変えてみたいという考えの引き金は、丘の上から見ていた時、忽然《こつぜん》と現れた黒装束の男が引いたのだったが、書斎に入って考えていると、良也から見て目立たないほどゆっくりではあったが、克子が何年かのうちに自分から行動する女性に近付いていたという背景があったと思った。それが自分の側も「自炊生活を」と考えた奥の方の原因なのだ。

克子が変わりきってしまっていれば、先刻のような反応は起こらなかったはずだが、たまたま今日は古い克子とぶつかってしまったのだ。平たくいえば、虫の居所が悪かったのだと良也は悔やんだ。

その悔やみの気持のなかに、結婚の仲人をしてくれた社会部長が式の直前に良也を呼んで、「いいか、これだけは言っておく。女の前で絶対に弱味を見せるな。その方が具合がいいと思っても、きっと後になって困るからな、絶対に弱味を見せるな」と言った言葉が浮かんだ。

その忠告に従えば、良也はあわてて仲直りなどしようとはしないで長野に出掛けるべきなのだ。

今度の出張は、良也と同じ時期に長野支局にいたことのある美術評論家、小室谷雅道《こむろやまさみち》が、新しく長野市に開館した私立美術館の館長に就任したのがきっかけになった。開館記念展の印刷物と一緒に、「君も少し時間が自由になったと思う。開館の騒ぎが一段落した来月の中頃以降などに、ゆっくり遊びのつもりで来てくれると嬉しい。東京の空気も知りたいし、とにかく一晩喋らないか」という誘いの手紙が来て、良也は『現代人の俳句全集』の取材で松本に行くのに合わせて小室谷の美術館を訪問することにしたのだった。

小室谷の手紙で長野市に行く心が動いていた時、良也は安曇野にある個人美術館が戦争で死んだ演劇人の手紙や遺品、彼らが活躍していた頃の舞台写真やポスター、装置の模型などを展示しているという記事を読んだ。

それを伝えたコラムは「戦没画学生の作品を展示している上田市の無言館といい、ルソン島バギオで戦死した若き詩人竹内浩三の全作品集出版の企画が進んでいることといい、騒々しく軽薄な好戦的風潮に抗して低い声の戦争批判が拡がっている」と伝えていた。

この記事は、戦没した芸術家志望の若者の記録を『潮騒の旅人』という名の本にまとめたいという、良也のひそかな野心を刺激した。同じようなことを考えている人間が幾人かいるという発見は、彼を励ますと同時に、後れを取るわけにはいかないという気持を良也に与えた。彼はまず美術館を訪れ、小室谷との旧交を温めてから無言館を訪れ、安曇野にも足を延ばして個人美術館を回るつもりだった。

最初の出張スケジュールの目的地は松本市だった。そこで良也は高浜虚子に嫌われたために生前一冊の句集も出せなかった杉田久女《ひさじょ》の句碑を訪ね、墓に参り、彼女が腎臓病を治そうと逗留した浅間温泉を取材するつもりだった。彼女の「紫陽花《あじさい》に秋冷いたる信濃かな」を刻んだ碑は、松本市の城山公園に建っていることも調べてあった。天才と言ってもいいひらめきの鋭さのために、彼女は仲間にも疎《うと》んじられ、師にも警戒されたのではないかと良也は推測していた。

久女の父親は松本市出身の官吏であり、父親の納骨のために久しぶりに松本に帰って久女は発病してしまった。大正九年、三十歳の時である。

もう一人、近年急死した上田五千石《ごせんごく》も十歳の時、空襲を避けて伊那に疎開したのが信州との縁のはじまりで、松本市の中学に進んでいる。彼はそれほど長く信州にいたわけではないが、彼が昭和世代を代表する俳人としての地位を確立した句集『田園』などに見られる大きくて厳しい句の骨格は北アルプス連峰を遠望する環境で培《つちか》われたと良也は理解していた。俳人が育った土地に立って、作者になったつもりの目で風景を眺め、句を選ぶのが、『現代人の俳句全集』で良也が決めた編集方針であった。もしこの方法を『潮騒の旅人』で採用するなら、彼は中国やニューギニア、フィリピンやミャンマー（ビルマ）にも行かなければならないのだが。

良也の長野行きには、仕事の計画の他に、もうひとつのひそかな目的があった。彼は新聞社に入って間もなく、六八年の秋から七一年の暮れまで長野支局にいた。彼は、その頃のひたむきな気持、考えたこと感じたことなどを記憶に呼び戻して、これからの生き方を考える時間を持ちたかった。

丘に上って眼下に見える住宅街を眺めながら、暮らし方を変えようなどと思ったのは、翌日にこうした長野出張を控えていたことが影響したようであった。その結果が「自炊生活」というような言葉になって克子を怒らせてしまったのだ。

彼は書斎で出張のスケジュールを確かめ、仲直りなどせずこのまま出張に行ってしまうのもひとつの、社会部長が主張していたような方法だと考えたが、やはりその決心はつかなかった。落ち着かないままに、良也は上田五千石についてノートを取りはじめた。杉田久女については評伝なども多いのだが、四年前に急死した五千石については資料は整っているとは言えない。しかし五千石は早い時期に俳句の道に専念する決心をして、東京高等鍼灸《しんきゅう》学校に入学し、やがて温灸《おんきゅう》の器具を製造販売する家業を継いでいる。

良也はいつもの癖で、つい自分の生き方と比べながら、彼が通っていた中学校も訪ねてみようと決めた。当時の県立松本中学は、今では松本深志高校になっているはずである。

いつの間にかノート作りに没頭していた彼の耳に、かすかになにかを擦《す》るような音がした。少し遅れてその音が気になって振り返ると、扉の下の隙間に白い封筒のようなものが見えた。

近寄って拾いあげると克子からのメモだった。

「さっきは思い違いをしていたようです。あなたはちょっとそう思っただけなのよね。目玉焼きもつくれないあなたに自炊なんて。それを本気にしてしまってごめんなさい。もっとあなたを理解するようにします」と走り書きしてある。良也はすぐリビングダイニングへ戻った。食卓の上に刺繍しかけの布が置いてあるところを見ると、ひとりで手を動かしながら考えたのだろう。彼は近寄って「謝らなきゃならないのは僕の方だ、ごめん」と言い、続けて「明日から一週間いない訳だから今晩は僕が御馳走する。新宿まで出て肉を食べよう」と提案した。

自分の本当の気持は克子に通じていないという気はしたが、睨み合ったまま出掛けるよりは仮の平和でもあった方がいい。新宿のホテルのレストランで向かい合ってワインが飲めれば充分だと考えた。

茜《あかね》

関良也は長野支局に赴任して二年ほどして葉中茜《はなかあかね》と識《し》り合った。その少し前、ずっと地元にいて彼のいる新聞の通信員のような役割をしていた富沢多計夫《とみさわたけお》が倒れた。彼は子供の頃の怪我が原因で片足が不自由だったから兵隊に行かず地元紙の有力記者だったが、自由主義者で反戦思想を貫いている桐生悠々に私淑し、治安維持法で好ましくない思想を持つ人物として拘束され、社を辞めなければならなくなった。

やがて戦争が終わっても元の職場には戻らず、関良也の新聞社の嘱託になった。持ち前の勘と戦争中ずっと地元にいたお陰で県内のいろいろな動き、どんな高山植物がどんな場所に生えているとか、祭りの報《しら》せ、人事関係など、歩く県史と言われるぐらい長野県のことなら何でも知っていた。赴任して間もない頃何かにつけて世話になった良也はしばしば富沢を見舞いにいくようになった。国立の東長野病院は以前傷痍《しょうい》軍人向けの施設だった。同じ病室にずっと入院している元陸軍大佐の葉中長蔵《ちようぞう》がいた。看護婦たちに聞くと、悪いのは肝臓だが、長い闘病生活で時々情緒不安定になるとも言われていた。

茜はその一人娘だった。彼女は地元の銀行に勤めながら、父親の看病をしていたのである。母親は茜が高校の時に他界していた。下半身の痺《しび》れが取れず、言葉も少し不自由になった富沢から紹介された時、良也は茜にそれほど強い関心を持たなかった。どことなく沈んだ感じの女性だなと思った。いくらか小柄で、素直な髪を短くオカッパ風に切っている。長く伸ばしたら見事だろうと思ったのが記憶に残っている。

二度、三度と富沢を見舞い、伊那地方の町長選の予測とか、長野県が蕎麦《そば》の名産地になった由来などを教わっていたある日、良也は茜が自分で摘んだと思われる小さな花束を二つ持って現れたのに出会った。そういえばそれまで気付かなかったが、葉中長蔵の枕元ばかりでなく、富沢のところにも野原で摘んだと思われる花がいつも咲いていた。

良也が「あの、いつもお花、生けて下さってるんですか」と聞くと、茜は、「同室でいらっしゃるから。でも、これ家の近くで摘んできただけです」と、当然のことをしているという口ぶりであった。最初の日こそ、良也は支局の近くで買った薔薇を富沢に持っていったが、同室の葉中長蔵には無関心で、むしろ一人部屋だったら富沢からもっと自由に隣の患者に気兼ねなく話が聞けるのにという気分だったのを恥ずかしく思った。

母親一人を東京に置いて長野に赴任した良也にとって、会社の寮や町で出会う長野の人たちの親切は身にしみた。

小学校に通うようになってから、ずっと母親と二人で暮らしてきた良也は、長野にきて毎日の生活の上でも、気分の上でも、自分が深く母親に依存していたことを知った。東京にいた時は、それは分からず、だから早く独り立ちをして母親を助けなければという気持を大学に進むための勉強に向けていたのである。

その結果として、いろいろな思想が交差するキャンパスのなかで、彼は善良な学生であった。彼の父親の関栄太郎《えいたろう》は、元鉄道省の技師で、戦争中は門司鉄道局の若い局長であった。敗戦は九州で迎えた。戦後、日本国有鉄道が生まれた機会に鉄道省と縁が深かった彼は民間の技術研究所の所長に就任した。

関栄太郎は良也とその母親を柳川の彼女の実家に預かってもらって単身上京し、数年後に二人を東京の阿佐ケ谷の家に迎えた。市谷砂土原《さどはら》町に住む長男の忠一郎《ちゆういちろう》と妻の住まいと、阿佐ケ谷の二重生活の態勢を整えるのにかなりの年月が必要だったのである。

高校二年の時、良也は母親の姓が違い、父親が週一度しか家にいない不思議な生活について母親に問い質《ただ》したことがある。たまたま彼が友達とネスサンド、正式にはＮＳＣサンドイッチチェーンの新宿店にいた時、社長が視察に来たのに出会った。三、四名のお供を連れていた四十がらみのその男の顔に良也は見覚えがあった。店員に聞いて彼が自分と何か深い関係があると良也は直感したが友人の手前素知らぬ顔で話題を変えた。その社長は一年前に六十五歳で技術研究所長を辞め、国鉄関係のいくつかの会社の非常勤取締・監査役になっている父親によく似ていた。

良也の追及を受けて母親は実情を教えておく時機だと思ったのだろう、実はお父さんの家はもうひとつ他にあって、そこには忠一郎という、良也の異母兄がいる、と伝えた。その際、母親は形式的にはあちらの人が妻になっているが、それはいろいろの事情があってのことで、本当は自分が奥さんなのだと付け加えるのを忘れなかった。

良也の母親、藤美佐緒《ふじみさお》は柳川の元廻船問屋の生まれだった。父親の時代に企業統制でむずかしくなった従来の商いに見切りをつけ、八幡製鉄の子会社の鉄鋼問屋に転業した。本社を八幡市に、営業所を門司市に移し、美佐緒は門司の女学校に入った。戦争の時代だった。

美佐緒が女学校一年の時、戦争は太平洋全域に広がった。やがて男子校は勿論のこと女学校の生徒たちも軍事工場に動員されるようになった。母親が通っていた女学校は門司鉄道局が監督している縫製工場で工兵隊や鉄道員の作業服を作っていた。昭和二十年に入ると日本の敗色は誰の目にも隠せないほどになった。

三月五日門司はこの年はじめて本格的な空襲を受けた。続けて六月の十七日の空襲で片上地区が大きな被害に遭った。その十日ほど後の二十九日、縫製工場の女子挺身隊《ていしんたい》の班長二十名ほどが門司鉄道局長に招かれた。珍しいことだった。冒頭に関栄太郎局長が立って彼女たちの日頃の献身に謝辞を述べ、「戦局はいよいよ厳しい。神国日本は必ず勝つがそれまでの苦労は並大抵ではないと思う。今後の君たちの一層の協力を期待して今夜は食事の席を設けたから、腹いっぱい食べて欲しい」と挨拶した。

四十八歳の関栄太郎は凜々《りり》しく頼もしく見えた。いつも叱られるか怒鳴られてばかりだったのに今度の局長は違う、と彼女たちは囁《ささや》きあった。

食事が終わりに近づいた時、警報が発令された。

「上海方面ヨリ敵機数編隊ガ九州方面ニ接近シツツアリ」という内容だった。

「食事会は解散する。皆はすぐ帰宅、気を付けて戻れ。帰る方法のないものは手をあげよ」と関局長が指示した。美佐緒は何も考えずに素直に手をあげた。両親がその晩は八幡に行っていることを思い出したのだ。後で考えて彼女は関栄太郎の指示の内容を取り違えたのかもしれないと思ったのだが。少し間があって、関は「よし、そこの班長、俺と一緒に来い」と言った。

たちまち、あたりは真っ暗になった。何も見えないなかを美佐緒は豆懐中電灯を持った関に手を引かれて局長だけが使うことができた車に乗った。

「家はどこだ。そこまで送る」と言われて、港の近くの住宅街を言うと即座に「いや、今夜はそこは危ない。御両親はそこか」と聞き、彼女が「皆、八幡に行っています。私一人」と答えると運転手に、門司の市街を見下ろす丘の上の官舎に向かうように命じて「去年までの空襲の目標は八幡をはじめ重工業地帯だったが、おそらく今夜は門司の港湾施設だ。残念ながら敵の計画は着実で、ひとつひとつ石を打ってくる」と言った。

やがて美佐緒は官舎の建つ丘から、燃え拡がり、崩れていく門司の街を見下ろしていた。関栄太郎が推理したように、B29の編隊は港湾ばかりでなく、港湾の施設を動かしている人たちが住む地域を繰り返し攻撃した。港には大型爆弾と機雷を、住宅地には焼夷弾《しょういだん》を落とした。時々、高射砲が散発的に撃ち返し、探照灯が思い出したように光の筋を空へ左右させたが、それは敵機を脅かすほどのものではなかった。燃え上がった街の白い煙を受けて、B29は鱶《ふか》のような腹を見せては旋回してまた突っ込んでいくのだった。

門司は敵機が去ってからも長く烈しく燃え続けた。眺めているうちに美佐緒は平家の壇ノ浦での滅亡の話を想起していた。

「いくさは今日をかぎりなり。おのおのすこしもしりぞく心あるべからず。天竺《てんじく》震旦《しんたん》わが朝にならびなき名将勇士といへども、運命尽きぬればおよばず」というような、船の舳《へさき》に立って下知《げち》したと言われる知盛の言葉などが浮かんできた。

自分の家も焼け落ちたと思われた。奇跡的に焼け残ったのではないかという考えも浮かばないではなかったが、やはり焼けたのだと思った。眺めているうちに自然に涙が出てきた。平家の滅亡に重ね合わせるように門司が焼け自分の少女時代が消滅したのだ。

何処かのタンクか何かに火が移ったのか、大きな爆発音が聞こえた。気が付くと先刻から強い風が美佐緒の立っている丘から街へ向かって吹きはじめていた。その時、彼女の肩にそっと大きな掌が置かれた。それは関栄太郎であった。ずっと後になって、彼女は栄太郎の掌が肩に置かれるのをずっと待っていたようだと思い、自分は何という女だろうと思った。

高校二年の良也に自分が生まれたいきさつ、なぜ父親はずっと家にいないのかと問い質された時、美佐緒は門司が焼け落ちた夜の情景を思い出し「私たちが本当に愛し合っていたことだけは確かなの、お母さんには自信があります。それがあなたにとって一番のことでしょう。両親がいざという時、恥ずかしくない生き方をしてきたということが」と、幾分諭《さと》すように言ったが、それでも何となく言いたりない気分があって「あなたも女の人を愛するようになると分かる。でも私たちの関係は日本が滅びる火に照らし出されていた。あなたは滅びから出発したんだわ、恐いものはないはず」と付け加えた。

母親が自分と良也の父との出会いと、その後ずっと真剣に想い合っていたと説明した際に、思わず口にした「あなたは滅びのなかから生まれたんだわ」と言った言葉は、その後おりに触れて彼の記憶に蘇った。その言葉は、ある時は良也に自信を与え、ある時は彼の迷いを深くした。関栄太郎が良也の母美佐緒を大事に思っていることは、条件が整うと母子を東京に呼び寄せ、良也が収入を得るようになってもしばらくは仕送りを続けたことにも現れていた。

栄太郎の話を総合すると、市谷の奥さんは資産家の娘で、悪い人ではないが無意識のうちに〝自分中心〟が身についていて、困った友人や身内の者を励ましたり、笑い話をして元気付けるという才覚はない。三日もずっと一緒にいたらだんだんこっちが窮屈になって、野原を駆け回りたくなるような人らしかった。

定年で第一線を退いた栄太郎は中年の頃からの石楠花《しゃくなげ》とつつじの栽培にいよいよ凝って、週に二日は自然園のある赤城山の麓の小屋に泊まる習慣を守っていた。そのうちの一泊は阿佐ケ谷に充てているのであったが。

こうした環境に成長した良也には、早く独り立ちしなければ、という気持が強かった。そのために、比較的〝善良〟な学生であったのである。

しかし、そこに何か大きな欠落があったのではないかという疑問に良也は新聞記者になってたちまちぶつかった。

一方、茜の場合は自分で働いて父親の面倒を看ている。彼女の父親と同じ病室の富沢は「健気だ、遊びたい盛りだろうに」と、そんな茜を褒めてやまなかった。

日頃、先輩の富沢が親切にしてもらっているので、茜の誕生日に何か感謝の気持を表す贈り物をしよう、と良也は思いついた。

良也は母親が時に文具や便箋を買っている銀座の八丁目にある店を思い出した。名前は忘れたが金春《こんぱる》通りだったことは覚えている。それも東京に戻る用事のひとつに加えて、週末に良也は久しぶりに東京に戻った。母親は喜んで、「もう一日、二日早く報せてくれれば雁擬《がんもどき》を用意したのに」と文句を言いながら、いそいそと夕食の用意をした。子供の頃、良也が一度美味しいと言ったのを美佐緒は覚えていて、雁擬を好物と信じこんでいるのだった。

良也の母親は華道の免許を持っていた。良也を産んでから上京するまでの間に覚えたのであった。栄太郎が柳川の実家に現れて良也の祖母に「いずれ一、二年のうちに引き取らせていただきに参ります。こういう時節ですから、単身東京に戻って態勢を固めなければなりません」と誠意を顔いっぱいに表して頼んだこともよかったのだ。もと鉄道省の局長だったという肩書も実家の人たちを信用させたらしい。

門司の住まいが焼け、八幡製鉄所が空襲で破壊され、止むなく柳川に戻り、再起の準備をしていた両親が驚いたのは、一人娘の美佐緒がしっかり腰が据わっていたことであった。二人いた息子は二人とも戦争に取られていた。一人はまだ内地にいたので生きているのは確実であったが、南方に行った長男の消息は途絶えていた。

もともと美佐緒には一度決めたら一直線に突き進むようなところがあり、父親は「美佐緒には馬賊芸者の血が入っているのではないか」などと冗談を言って廻船問屋を畳んでしまったとはいえ家柄を誇りに思っていた母親を厭がらせたりしていた。

背筋が真っ直《ます》ぐに伸びている以外は、大きな目が特徴と言えばいえるぐらいの、派手なところはない娘だった美佐緒が突然、生まれたばかりの男の子を抱いて戻ってきたのである。

もっとも母親にだけは栄太郎の子供を身ごもったと報せる手紙が届いてはいたが、これが一家ばらばらに疎開するとか、敗戦というような大変事のさなかではなく、平和な時代だったら、父親は烈しく娘のふしだらを叱責しただろうと思われた。美佐緒は生後四カ月ほどの男の子を抱き、堂々とした局長を従えて現れたのである。

それから東京に呼ばれるまでの六年に近い歳月、彼女は良也を母親に預け、自分は毎日のように生け花と書道を習いにいき、免状を貰い子供たちを教えられるまでになった。関栄太郎の妻として恥ずかしくないようにというのがその理由であった。美佐緒は関栄太郎に妻がいることを実家には言っていなかった。良也はそうした母親を、気が強いとかしっかりしているなどと言ってしまえないような気がすることがよくあった。良也がいると「どうしよう、どうしよう」と気の弱いところを見せるのであったから。救いは、正妻ではないことに母親が何の引け目も感じていないことであった。

茜のことはとうとう母親に何も言わないまま長野に戻る日、本社に立ち寄り、入社の時から何となく目を掛けてくれている感じの社会部長に挨拶してから良也は金春通りの店に寄った。茜の誕生日の贈り物を探していると四センチ角ほどのミニ走馬灯が目についた。息を吹き掛けると、矢車の仕掛けになっていて、人物を描いた丸い筒が回り出す。四季の草花を描いた外側の絵の奥で人が踊っているように見える。

良也は茜がそのミニ走馬灯に息を吹いて面白がる様を想像した。すると、中央がわずかにふくれている彼女の下唇を思い出した。そのために少し受け口になり、良也は桜んぼうのようだと見た覚えがあった。一度、口もとが現れると続けてじっと相手を見詰める癖が棗《なつめ》形の目と一緒に浮かんできた。自分はまだ見詰められたことはないけれども、父親を見る目は「とても良かった」と彼は思った。誕生日に良也は三本の薔薇とミニ走馬灯を父親のいる病室で茜に贈った。

彼女の顔が灯《ひ》がともるという形容そのままに明るくなったのを見て良也は嬉しかった。長蔵が大きく頷いたので茜は受け取ってもいいのだと心が自由になったのかもしれない。良也に促されて小さな包みを開けた茜は父親の方を向いて吹いてみせたので良也には想像していた唇の動きは見えなかった。ただ父親が、「走馬灯か、そうだな」と溜め息のように呟いた声だけが聞こえた。

その日から良也と茜は一緒に病院を出るとだらだら坂を話しながら下り、時には町なかまで出てコーヒーを飲みながら話すようになった。若者はどんどん東京や名古屋に行きたがる時代で、それまで茜に近付いてくる青年がいても、寝たきりの父親の面倒を看なければならないと分かると、いつの間にか彼女から遠のいてしまうのだった。

良也の方はジャーナリストとしても、経済にばかり目の色を変えている風潮を疑問視する姿勢を身につけていた。自分の今までの生き方についての反省も含めて、地元から動けない者には幸せはないというような考え方は間違っていると考えるようになっていた。恋愛や結婚には縁がないと思い込んでいるらしい茜を励まし叱咤するようなことも言った。ある日、そうした考えを力説していて、茜があまり静かなのが気になって口を噤《つぐ》み、顔を見ると彼女は黙って目に涙を湛《たた》えて良也を見詰めていた。

飯綱高原で恒例の花火大会が開かれる日、葉中長蔵は、「若い者同士で見に行くといい。高原の花火というのも都会や海辺と違う趣がある」と勧めた。自分の長患《わずら》いが妻を早死にさせ娘の青春を沈んだものにしているという想いがあるのだろうと良也は父親の、元大佐の言葉にいい感じを持った。隣の寝台の富沢も、「それはいい。祭りの賑わい具合は、その年の世相や人々の気分を反映するからね。支局員たる者は進んでその様子を見に行くべきだ」と、半ば冗談めかしてけしかけた。おそらく二人の老人は良也と茜の気持が通い合うようになっているのに気付いていたのだ。

「富沢さんて本当は優しいのね」

二人になった時、茜はしんみりした口調で感想を洩らした。銀行のなかには時折彼が県版に書く署名入りの記事の、正論を唱えて妥協しない姿勢を恐れる空気もあったのである。そう言った時、彼女の笑顔がどこか頼りなげだったのを良也はずっと覚えていた。

飯綱高原周辺の山脈の暗さ、星明かりの深さに咲くさまざまな花火は、華やかさとすぐに消えなければならない淋しさを際立たせるようであった。澄んだ大座法師池《だいざほうし》は繚乱《りようらん》と咲いた花を、たちまち暗い鏡の奥に吸い込んでしまう。良也たちはいつか手を結び、声も立てずに次々に夜空に舞い上がり、雪崩《なだ》れ、ゆらゆらと枝垂《しだ》れ、烈しく散る火の花を眺めた。

終わっても彼らはすぐ別れたくなかった。手を繋いだまま、ゆっくり坂を下っていった。

「月がなかったから、かえって花火大会には良かったみたいだ」と良也が言った時、茜は「私、月の光って好きじゃないんです。恐いんです、覚えておいて」と命令するような口調で念を押した。はじめてのことなので驚いて顔を見ると「だって、あの光とても冷たいでしょう」と良也の訝《いぶか》しげな視線に彼女は目を伏せた。

それから二人が話したのは他愛《たわい》のないことばかりだった。良也は今ではすっかり忘れていて、覚えているのは、自分が女性を本当に好きになったのは今度がはじめてだ、と言ったことだった。

それを聞いて茜は「有り難う、嬉しいわ」と言ったが、その口調はなぜかひどく静かだった。

その晩、茜は良也の唇を避けなかったが、なぜか時おり苦しそうな表情を見せた。しかしそれも、良也の気持が堰《せき》を切ったように彼女に向かって流れはじめるのを止めはしなかった。

一週間ほど後の日曜日、良也が昼過ぎに病院に行くと、階段を上がった横の談話室にたまたま長蔵が陣取っていて彼を呼びとめた。

「済まん、わしの話を聞いてくれんか」と彼は切り出した。

いつもと違う気配に良也は緊張し、長蔵の異様に黯《くろ》ずんだ顔のなかの、そこだけが生きている証拠のようにゆっくり動く大きな目を見詰めながら向かいの椅子に腰を下ろした。それをじっと待っていた長蔵は、

「茜を幸せにしてやってくれんか。わしが君に頼むのは筋違いとは知っておる。が、茜はわしのことを気にして万事ためらうかもしらん。君の押しでそのためらいをぶち壊してくれ。わしは治ることがない病だし、日本はもう終わったのだから生きているべきではないのだ。茜が間違いのないところへ行けたのを見届けたら死ねる。頼む、わしは死にたいのだ」

そう言う長蔵の目は異様に光って、黒い脂汗が皺だらけの顔面から絞り出されるかのようであった。

良也は富沢多計夫から、葉中長蔵は職業軍人でフィリピンのミンダナオ島で惨憺たる目に遭

い、それが原因で深刻な肝炎にかかったのだと聞いていた。茜は父親の病気について自分からは話さなかったが、良也が富沢からの話を前提にして話しても否定せず、「そういうことらしいわ」と言っていたから、多分正確な情報なのだと思われた。

その日長蔵は、「あれの母親は看病疲れがもとで早死した。もし茜に悪いところがあれば、それはわしから出ている。君なら取り払うことができる。宿命的な欠陥などあるわけがない。あんないい娘が、幸せになれんようだったら運命は酷だ。酷過ぎる。天罰はわし一人で充分だ」と、理解不能な表現を伴いながらも声を震わせ、談話室の天井の一角へ目をつむったままの顔を向けて、どこかからの声を聴こうとしているかのように動かなくなった。彼は二つの拳を両膝の上に置いて彫像になってしまった。長い時間に感じられた。

良也は沈黙に押されるようにして「分かりました」と言ったように記憶している。あるいは「僕もその覚悟です」と、軽薄にも言ったのだったろうか。

二、三日して茜に会った時、良也は早速、「君のお父さんは僕たちのこと認めてくれている。この前、君より早く病院に行った日、呼びとめられて『幸せにしてやってくれ』と言われた」と茜に報告した。彼女は驚いたように立ち止まり、「それいつ？　どうしてそんな」と矢継ぎ早に質問した。

良也は考えて「日曜日、僕はうっかりして土曜と同じ時間に行った。君が日曜は洗濯をしたり掃除をしたりで遅くなることは病院についてから思い出した」と、彼女の意外な反応にいくらか弁解の口ぶりになった。良也は、まだ二人だけのことにしておきたかった場所に父親が割り込んできた印象を茜が持ったのだと思った。

その日、茜は取り乱し、やがてすっかり塞《ふさ》ぎ込んでしまって虚《うつ》ろな受け答えを繰り返したから、良也は識り合ってはじめて、そこそこに味気ない別れ方をした。

翌日の夕方、茜の方から連絡があり、うって変わった明るい声で、「ごめんね、昨日は。気になっていたことがあったものだから、せっかくあなたが教えてくれたのに。ごめんなさい」と謝った。

それは姉が、年長者としていろいろな悩みや分別を抱えながら、それらを押し隠して弟にものを言うような響きであった。

良也はそれで機嫌を直し、正月の休みに帰京した時、母に話そう、それまでに手紙でそれとなく仄《ほの》めかしておこうと考えた。

一月とか二月とか間隔をおいて母親を見るからか、良也はこの一年ほどの間に彼女が急に年を取ったのが気になっていた。しかしそれだから早く結婚した方がいいとは限らない。

戦争末期、焼け崩れる門司の街を丘から眺め、自分が一緒になるのはこの人しかいないと覚悟を決めたらしい母のことだから、気に入れば結論も早いだろうが、茜の場合、いろいろな条件から見て不安があった。

最初の仄めかしの手紙に、折り返しのように速達で来たのは、母からのものではなく、一緒に住んでくれている遠縁の女性からの、美佐緒さんに癌が発見されたという報せだった。それもかなり進んでいるという。その手紙は良也に、ここのところ自分のことにかまけて、母を放ったらかしにしていたという反省を強いた。

彼は茜が勤めている銀行に珍しく電話をして、彼女を昼休みに呼び出した。彼は「母が倒れたので急に東京に行くが心配しないで待っていてほしい」とあわただしく報告した。

良也の母親の手術は成功した。本人には胃潰瘍と報せたが、手術後良也は執刀した医者に呼ばれ、胃を半分以上も切り取ったという説明とともにぶよぶよした肉の塊を見せられた。「お若い発病でしたので、こちらも緊張しましたが、完全に取れたはずです。一年以上再発しなければ五〇パーセント、三年以上経てば八〇パーセント、五年経って何もなかったら完全治癒と考えて下さい」と言われた。

関栄太郎は手術直後、美佐緒がまだ集中治療室にいる時に駆けつけて、手を握って励ました。苦しそうに酸素吸入のマスクの下から彼女は頷いた。

良也は半年ほど会わなかった間に父親が母親以上に老けたのに驚いた。考えてみれば、栄太郎はもう七十五にもなっているのだった。良也は改めて、焼け崩れる街の火を二人が見下ろしていた夜、父親は四十八、母親は十八だったのだと考えて複雑な気持になった。

母親の回復は順調だったが、少しずつしか食べられず、気が弱くなり、良也の顔が見えないと淋しがるようになった。退院して十日ほど経ち、良也は今日は長野に戻ろうとしていた朝、母親は九州地方の朝食によく出される、海藻を原料にしたオキュウトが食べたいと言い出した。良也は以前教わって知っていた九州の物産ばかり売っている店まで行かなければならなかった。かつて社長のお嬢さんだった頃の一面が出て、弟子を十数名持ち生け花の先生として収入を得ていた母親とはうって変わった姿を見せた。家政婦の作ったものを味がないと言って自分で台所に立とうとしたりした。彼女が気に入らなかったのである。

元気な時、一緒に住んでいた親戚の婦人に何から何まで依頼するわけにもいかず、何かと良也が手伝わなければならなかった。

長野に戻った晩、茜には二週間ぶりに会った。彼女は長くなった不在を少しもなじらず、「大変だったでしょう。でも手術が成功してよかったわ」と労った。良也は「君の大変さが少し分かったような気がする」と応えた。

ようやく長野での元どおりの毎日がはじまった暮れ、良也の直接の上司から事情を聞いたのだろう、部下の面倒見がいいので慕われている社会部長が数カ月繰り上げて良也の東京への転勤を決めた。彼は転勤を断ってもう少し長野に残ることも考えたが母親のことを考えると、周囲の配慮は有り難いことだと思った。毎週は無理でも月二回は長野に行くことはできると自分を納得させた。

良也が東京の社会部に移って間もなくの二月、群馬県の妙義山で連合赤軍の二名が逮捕され、続けてあさま山荘事件が起こった。大きな事件なので、直前まで長野支局にいた良也は、応援に冬の軽井沢の取材基地に泊まりこむことになった。

二月末にあさま山荘が、鋼鉄の球をクレーンに吊り建物にぶつけて破壊する警察の車で壊され、人質を取って立てこもった五人全員が逮捕されたあと、総括のための匿名記者座談会を終えると、良也はまず東京阿佐ケ谷に戻って母親の様子を見なければならなかった。まだ四十代半ばだったせいか気持も手術以前に近くなって、また生け花の講習を始めたのは救いであったが。

この年は、三月以降大勢の私刑《リンチ》殺人の実態が明らかになり、五月沖縄の返還が実現、七月田中角栄が首相になり、列島改造論を巡る賛否の議論が盛り上がったり、九月の日中国交回復、十一月ソビエトに亡命していた女優の岡田嘉子が帰国したり、十二月の総選挙で共産党が第三党に躍進するなどと、一年中いろいろな出来事が相次いだ年であった。太平洋戦争の生き残りだった横井庄一元軍曹がグアム島で発見されたのも良也が東京で仕事についてすぐのことであった。

彼はその都度記者として振り回されるような感覚を味わった。ずっと後になってその頃のことを思い返すと、彼は茜のことを気にしながらも、ただ燃えさかる時代の焔のなかを無我夢中で走っていたような印象しか浮かんで来ないのだった。勿論、それぞれの事件に、それなりの意欲を燃やして取り組んではいたが、月二回、合間を見ては長野に行くことが、次第に自分が立てた計画への意地のような感じになっていったのである。

その年の初夏に、茜は東京へ出てきた。彼女は中学生の時、学校のバレーボール部の応援で東京へ来たことがあるだけだった。その頃は、中学生にでもなれば東京に出てくるぐらいは自由な時代になっていたが、茜の場合は旅行はしにくかった。東京オリンピックの時は高校生だったが、看病疲れのせいか母親の健康の衰えが目に見えていたので、幾度か級友に誘われたが家を空けることができなかった。

上野駅の西郷さんの銅像がある側の改札口で茜を待っていた良也を見て彼女は「良也さん少し痩せたみたい」と言った。

「結構仕事の方も忙しかったから」と、良也は思わず汗を拭う動作になって「どこへ案内しようか。二度目だとすると、東京タワー、浅草の浅草寺、有楽町の宝塚劇場、歌舞伎座」と列挙した。彼も茜を案内できることが嬉しかった。

良也は阿佐ケ谷の家に茜を連れていくことも考えたが、母の病気と手術があったので、元気を回復するまで彼女の話をするのを延ばしていた。それにまだ胃を大きく切り取ってから半年だったから、もう少し元気な姿を茜にも見せたいと思った。

茜は良也が挙げた場所について「全部行きたい。でもまず良也さんが通っていた大学に連れていって」とねだった。

そう言われた時、良也は今は正門から入った銀杏《いちょう》並木が綺麗だろうと思った。すると、突き当たりに建っている講堂が目に浮かんだ。全共闘系の学生たちがその講堂を占拠し、機動隊八千人が出動して封鎖を解き、六百人を超える学生が逮捕されたのは良也が卒業した次の年のことだった。彼は新聞社に入ってから縮刷版ではじめて自分が大学にいた時期の学生運動の詳細を知った。

予想通り、新しい葉をいっぱいに開いたばかりの銀杏並木は鮮やかだった。若さの象徴のように見えた。大学の構内を一緒に歩いていると茜はもともと研究室から出てきた女性のような感じだった。

「あの頃、良也さんはまだ学生だったんでしょう」と、茜が安田講堂封鎖事件のことを聞いた。「いや、もう新聞社に入っていた。その前も勉強でほとんど運動には参加しなかった」と良也は少し事実を不正確に答えた。本当は三年の時から記者を目指していた彼は赤門から真っ直ぐ図書館に入って、日本のジャーナリズムの歴史などを勉強していたのだった。その頃からまだいくらも経っていないのだけれども、入ると夏でもひんやりする感じの図書館の閲覧室で後に新聞研究所に移った指導教官に会ってジャーナリズム史の勉強の仕方を教わったり、机に向かってノートを取っている自分の姿が、優等生の見本のように、かなり批判的な気分のなかに浮かんできた。

もっともその頃の勉強で良也は福岡日日新聞の菊竹六鼓とか信濃毎日新聞にいた桐生悠々などの、右翼のテロや軍閥の恐喝に屈しなかった言論人の存在を知ったのだけれども。

そうした模範学生のような態度を取っていた学生時代に、自分は何か大事なものを失くしたのではないか、という考えに良也は捕らえられた。優等生的ではない生き方を今とるとすれば、東京の会社を辞めて長野県に住み、茜と暮らすことだ、と良也は考えを飛躍させた。ただそれはまだ確実に実行できる自信にはなっていなかったので、この日は漠然とほのめかすだけにしておいた。

「お父さんの具合はどう?」と良也はこの日はじめて葉中長蔵の病気の様子を聞き、茜は「病気の方は変化なしだけど、少し気が弱くなりました」と答えた。

茜の父親の病状についての報告を聞いて良也は自分の母親も同じだと思った。ただ、「母の場合は癌年齢としては若いのでかえって心配なんだ。うまく取れなかった場合は進行が速いらしい」と正直に医者が言った通りを報告した。

聞いただけだったことを自分で口にして、良也ははじめて母が死ぬかもしれないと考えた。医者は転移の可能性を否定しなかった。

良也は騙《だま》し討ちのように襲ってきた恐怖に耐え、それを押し返して、「失うものを失った時、はじめて大事なものをずっと失い続けてきたことに気付くのかもしれない」と言った。茜は彼を見てよく分からない、という顔をした。無理もなかった。良也は言葉を足した。

「僕は母のためと思いながら、実は自分のために勉強をしてきたように思う。記者になっても、早く認めてもらいたくて母親を放ったらかしにしていた。病気になられてはじめてそれに気付いた」と少し解説風に話した。

「失うものを失った時、ずっと大事なものを失い続けてきたことに気付く」と茜はゆっくりした歩調に合わせて良也の言葉を縮めて唇に乗せ、立ち止まって、「そうね、たぶん私も父が死んだらそう思う、きっとそう思うわ」と終わりの方は小さい声になった。やがて顔をあげて、「でも、父は死なないわ。父にとってはまだ何も終わってないみたいなの」と、今度は彼女の方が謎のようなことを言った。良也はその「何も終わっていない」という言葉のなかに「戦争も」という意味が含まれているのだと推測した。

二人はいつの間にか銀杏並木を抜け講堂の時計台が正面に全容を見せている場所にいた。

「学生さんと警官が戦った時、良也さんは一度も参加していないの」と茜が質問した。

「そう、医学部の無期限ストの時はまだ学生だったけど、もう社会人になることが決まっていたから」と良也は言った。彼は「だから闘争に参加しなかった」という言葉を口にせず、代わりに「僕の場合はいつも大事な出来事の間をすり抜けているみたいなんだ」と言った。生まれたのも、戦争が終わった次の年であった。そう言った時、理由の分からない、しかしはっきりした罪の意識が胸の中を横切った。

良也は調べておいたホテルに茜を誘い、夕方、上野の駅の近くのとんかつ屋に行った。終列車までには充分時間があった。

良也は茜が上京してくれたことが嬉しかった。彼女が良也との関係のなかで積極的に行動を起こしたのははじめてのように思え、「やはり好きでも、好きならなおさら会わなきゃ駄目だ」と言い、「今度はいつ頃東京に来れるだろう。しっかり案内の計画を作っておく。本当は一泊できるといいんだけど」と茜に提案した。

「そうよねえ」と彼女は自信のない声を出し、「でも、あなたも大変よね、月二回も長野に来るの、申し訳ないみたい。会いたいけど、私は御存知のような状態だし」と答え、良也は思い付きで、「高崎とか軽井沢、小諸でもいいけど、長野と東京の間で会うのはどうだろう。ホテルも決めておけばだんだん気楽になるし」と、今日は何かと気を使ったことを思い出していた。

この提案は偶然なことから翌年の二月、一番寒い時に軽井沢で実現した。

彼女の勤める銀行の取引先がいくつか高崎にあり、茜が営業担当常務のお供のような形で出張することになった。良也はあさま山荘事件の時、冬の軽井沢もいいことを発見していたし、昔宿場であった追分や小諸には冬でも営業をしている旅館があることも知っていた。

良也はこのところ間遠になりがちな手紙の交換や長野訪問の埋め合わせをしようと張り切って準備をし、小諸に営業所ができたばかりのレンタカーも借りることにした。

前の晩、すっかり葉を落とした落葉松《からまつ》の林は樹氷をつけた。昼になって消えたけれども、夜になればまた樹氷が花のようにつくに違いなかった。高い空は「お前は罪深いぞ」と指摘しているように碧《あお》く、細かい枯れ枝の交錯は、凍土に跳ねる音を次々に受け渡していく装置のように見えた。

駅前で落ち合って追分の旅館に行き、夕方になるのを待って丘から夕日が林のなかに落ちるのを見に出た。お水端の噴水は凍りついていたが空を見上げている鶴の嘴《くちばし》の先からは時おり水滴が斜めの陽に煌《きら》めきながら落ちていた。何の物音も聞こえなかった。寒かった。

ちょうど赤いゆらゆらした太陽が山脈に隠れるところだった。良也は手袋を嵌《は》めた両手の上から息を吹きかけて寒さをやわらげながらそれを見ていた。二人はお水端から離山《はなれやま》を登った展望台に立っていた。

「僕は一年前、連合赤軍の取材でここに来た。事件に圧倒されていろんなことを考えた。戦争の問題を曖昧にして経済に憂き身をやつしている社会への憤りが、彼らに正当性の意識を与えてしまったような気がした」

と良也はその当座の感想を、まだ残光が空へ明るい光を放っているのを眺めながら茜に語った。あたりには紺色の夕方の影が拡がって来た。

衣擦《きぬず》れのような音に振り返ると、茜が大きめの手提げから頭巾《ずきん》を取り出していた。

「良也さん、寒いでしょう、私は慣れているけど」と、頭巾を彼に差し出した。そう言われて彼は北国の子供が被るような頭巾をつけた茜が見たくなって、「僕は大丈夫、こうして耳を擦《こす》ればいいから」と断り、「君がそれをしたところが見たい」と言った。

「これね。お母さんが戦争中に使っていたの。京都は空襲に遭わなかったけど、防寒用に被っていたんですって」

そう言って両手で頭に翳《かざ》して良也を見た。一瞬、珍しくあどけない表情が茜の顔を彩った。

その晩も彼女は長野行きの最終で帰り、良也は一人で追分の宿に泊まった。

東京に戻ることになった時に茜と決めた約束は実行してみるとかなり負担になった。二週間に一度、夜行を使ったり特急に乗ったりして長野に行っていると次第にからだに疲労が溜まってくるようで、「そんなの無理よ、月に一回でも私は我慢できる」という茜の言葉に甘えるようになった。手紙で茜は、その時の出来事や感想を気取らずに書いてくるのだったが、記事に追われる良也の方は少しずつ気持の上で負担に感じるようになった。いつの間にか二週に一度、そのうちに三週に一度というようになった。ことに軽井沢で茜と会った四カ月後に母親の癌が転移したことが分かってから良也には、茜に手紙を書くゆとりがなくなってしまった。

今度の場合は肺だったので、退院できるくらいに回復するには時間がかかった。八月に入って、ようやく病状が落ち着いたので、母親が再手術をしたことを手紙が書けなかったことのお詫びをかねて書き送った手紙が、宛先不明で戻ってきた。

茜に出した手紙に「宛先不明」という付箋が張られて戻ってきたのを眺めていて、良也は彼女の方からの手紙も途絶えていたことに今更のように気付いた。この一年ほど、良也の方が途切れ途切れになっていても、茜からは確実に届いていたのに。

何か異変が起こったのだ、と良也は思った。過労で茜が倒れた、長蔵の死、というような悪い想像が浮かびすぐ病院に電話をして富沢多計夫に連絡をして貰うように頼んだが、病院側の返事は、富沢多計夫は退院した、三週間ほど前のことだという。続けて葉中長蔵の様子を聞くと「葉中さんは亡くなりました。先月の初め七月二日です。病名は肝硬変でできるだけの手当てはしたのですが。お知り合いの方ですか」と言われた。この会話でも茜の行方は分からなかった。ただ、「感心な娘さんでした。お気の毒です」という少し年配の看護婦の言葉が、わずかに良也を慰めただけであった。銀行に電話をすると、葉中茜は一月以上前に退職していた。

支局に連絡を取ると富沢多計夫の行方はすぐ分かった。介護付きの老人ホームだという。ただ相当物忘れがひどいようだと良也の後輩は教えてくれ「何か調べることがあったらやりますよ」と親切に言ってくれた。良也はちょっと考えたが「いずれ頼むかもしれない。その時は僕が直接そちらに行って説明する」とだけ答えた。

その間にも、茜はなぜ父親の死さえ報せてくれなかったのかという疑問が良也を悩ませた。自分が何か大きな失敗をしたのではないかと考えてみたが思い当たらなかった。二月に寒い軽井沢で会った時も姿を消してしまうような素振りは少しもなかった。六月に母親の癌の転移が発見されてから、良也の連絡が途絶えたのは事実で、それは返す返すも痛恨事だったが。

良也はたまらずに次の週の金曜日に長野に行った。まず銀行に行き人事部に退職金の振込先、年金基金の精算について質問した。銀行の係は彼ら特有の無機質な表情になって、葉中茜とはどういう関係かと質問した。

良也は息を吸い込むようにして、「婚約者です」と長野支局にいたことを話した。相手は気の毒そうな表情になって「全部、本人が現金で受け取りました。ここにサインがあります」と彼女についての書類を見せてくれた。

銀行も葉中茜の転居先を知らなかった。良也は病院で富沢の入った老人ホームを教えてもらい、車を借りた。

「ご実家は京都だと伺ったことがありますが、何の連絡もなかったようです」と、婦長は言外に実家と具合が悪かったのではないかという推測を漂わせて良也に話した。

ようやく探し当てた富沢は老人性の認知症が進んでいて、話は要領を得ないものになっていた。ただ臨終に際して、葉中長蔵が繰り返し「茜を頼む」と言っていたことは覚えていた。しかし彼女がどこへ行ったかは知らなかった。

良也は茜の親類縁者について何も知らなかった。結婚しようと思っていた男としては迂闊《うかつ》だったと悔やんだが今となってはどうしようもなかった。わずかに京都に幼い従妹がいると聞いたことがある。彼女は小学校の五年か六年で、茜を慕っていて一度単身で長野まで来たことがあったはずだと思い出したが、その記憶から行方を探す手掛かりは出てこなかった。

軍人だった葉中長蔵の記録を調べて京都の実家を割り出せば何か摑《つか》めるかもしれないと考えてみたが、もし実家と何かの理由で断絶状態になっていたとすれば、それで展望が見えてくるとは限らない。それにしても、と良也の迷いと不満は、なぜ何も言わないで姿を消してしまったのかというところに戻るのだった。何らかの理由で良也から遠ざかりたくなったのだろうか。

長く患っていた父親に死なれてみると、茜が長野の今までの家に一人で住む意味がなにもないことに気付いたことは大いにあり得る話だ。良也はうろうろと心のなかで迷い続けたが、結局今回は支局には顔を出さないことにした。それでも汽車に乗る前に彼は茜が住んでいた、何度か夜を共にした家に回ってみた。

夕日が屋根まで蔦が這い上がってしまった小さな家を照らしていた。空き家になってからいくらも経っていないはずなのに、茜がいそいそと彼を迎え、食事を作ったりしてくれた家は寂れていた。窓ガラスが割れていたのは誰かが石を投げたのだろう。庇《ひさし》の下や、台所の間近にある胡桃《くるみ》の樹と軒の間には大きな蜘蛛《くも》の巣がかかっていた。

矛盾し合ういろいろな想いに耐えて良也がぼんやり茜が住んでいた家を見ていると、玄関の横のコスモスの群れが華やかに揺れていた。風に吹かれながら良也は茜にはじっと耐える芯の強さがあったと今更のように思った。扉を挟んだ反対側には大きな萩があって咲きはじめた花に甲虫類や蜜蜂が群がっていた。茜は父親を最後まで看病すると決めて母との約束を守った。

自分との結婚はどこまで本気だったのかという疑問が浮かんできた。

彼が結局社の命令に従い東京に戻ったままになっても茜は責めなかった。その直後の手紙は、「今月から私はここの新聞社の市民講座に週二回通って、文章の書き方を習っています。できれば将来童話を書いてみたいのです。自分自身が無邪気な子供になれるような。いつかもぼんやりお話ししたかもしれませんが、この頃、表現したいことがたくさんあるような気がしています」というような計画を書いて寄こしていたのだった。

考えているとまた一陣の風が起こってコスモスの群れが烈しく揺れ、萩に集まっていた蜜蜂が飛び立った。見ている良也はなんだか遠い潮騒を聞いているような気分に誘われた。その聞こえない音に耳を傾けていて、良也は茜を探し出して自分は何を言いたいのだろうと思った。

そう気付いてみると、いつの間にか彼女との結婚という考えが自分のなかではっきりしなくなっているように思えてきた。それは明らかに良也の心変わりであった。しかし、茜の方にも、心の奥深くに、どうしても彼に向かって開くことができない何かがあったのではないか。

これは自分の身勝手を合理化する理由付けではないか、と自問してみても、そうではなく、彼女の内部に良也には隠していた頑なな何かがあったような気がした。

彼はのろのろと立ち去ろうとして、もう一度すっかり廃屋めいた佇《たたず》まいになってしまった茜の家を目にとめた。

もうここへは来ることはないだろうと思い、しっかり目に焼き付けておこうと言いきかせながら踵《きびす》を返した。もうこれ以上行方を追跡するまいとも心に確かめながら。

翌日、良也は病院からそれほど遠くない池に行って、長い間腰を下ろしていた。

この池の畔《ほとり》は、彼が茜とはじめて長い時間話をした場所だった。淡水産の水母《くらげ》がいるだけあって、秋の水は澄んでいた。対岸の山ではもう紅葉がはじまっていた。

渡り鳥なのだろう。ぼんやり見ているといくつもの群れが良也の頭の上を通り過ぎていった。

密林と幻覚

関忠一郎は七十代の半ばを過ぎた今でも、年に一、二度夢に魘《うな》された。商社のニューヨーク支店勤務の後で早々と退社した彼は、一九六〇年にアメリカ式のサンドイッチを売り物にするNSSCチェーンを創業した。

チェーンが五百店を突破したような夜、あるいは息子の縁談がととのって、妻の弥生《やよい》ともども喜んだような晩、そして証券市場への上場が認められて、まとまった資金を手にできることが確実になったような日、夢のなかに不思議な光景がどこからともなく現れる。勿論、夢は記念すべき日に限って出てくるわけではない。それ以外の時にも出現し、法則性はないようであったが、一度忠一郎の夜の領域を支配すると時によっては明け方まで彼を脅かす。

夢のなかで彼は決して叫ばなかった。叫べば敵に見付かってしまう。声が出せない代わりに彼は汗をかいた。敷布が絞れるほどの汗である。彼は歯を食いしばって耐えるしかなかった。

あたりはぼんやりした明るさだ。時間はとっくに分からなくなっていた。どこまで行っても変化がない木の下闇の澱《よど》んだ空気の下を彼は歩き続ける。助かる当てはなかった。

密林らしい空間を覆っているのは恐怖だった。それは夢の光景を彷徨《ほうこう》する忠一郎を捕らえている恐怖なのか、事業家としての成功を摑みはじめた彼がひそかに抱いている不安が、たまたま夢のなかに現れたのかは分からなかった。

彼はぜんまいに似た大きな羊歯類《しだ》の芽を毟《むし》って食べた。うぶ毛にしては粗い毛を舌で丸めて嚙《か》むと少し酸《す》いような苦さが口のなかに広がる。彼は食べている自分が大蜥蜴《とかげ》になっているのを感じる。一部分だけ鋭くなっている感覚が、何者かが自分を狙っている気配を摑む。忠一郎は素早く落ち葉が重なっている樹々の下に伏せた。物音は何もしない。やがて、横に伸びた太い枝から根のようなものが幾本も垂れ下がっている樹を目掛けて少しずつ這っていった。弾丸はもう四、五発しか残っていないからできるだけ使いたくない。何度か捨てようとした銃を持っていてよかったと思いながら、忠一郎はそっと銃の先に付ける短い剣を抜いた。息が切れて動きをとめると、薄暗い空間をコバルト色に輝く大きな蝶が、あるかなきかの空気の流れに漂っているように浮かんでいる。

突然、薄明を裂いて鋭い声が頭の上を横切り、忠一郎は深くからだを伏せた。首を捩《ねじ》って上を見ると、緑色の胴に深紅の脚と嘴を持った鳥が頭上の枝に止まっていた。

ふたたび一声啼いて鳥が羽撃《はばた》きとともに消えた。密林には不自然なほどの静けさが戻ってきた。呼吸を整えるために緊張をほどくと、そのまま意識が遠のくような疲労が被さってきた。眠気と区別できない意識のだるさに抗《あらが》って前方に目をこらすと、彼は少し先の大きな樹の下にぼんやり光るものがあるのを発見した。しばらく注意して見ていたが動かない。

忠一郎は剣を抜いたまま苦労して立ち上がり、そっと近寄っていった。

それは大木の根元に寄り掛かるようにして首を垂れている日本兵だ。前にずれ落ちて顔を隠している戦闘帽がそう教えていた。

その時、彼を捕らえたのは食べたいという欲望だった。おそらく今朝食べた羊歯類の芽が胃袋を刺激してそんな欲望を起こさせたのだ。彼は何とかして、夢がそれ以上の光景へ進むのを止めなければならなかった。

「ヤメトケ」と彼は自らを叱責したが、それは食べるなという命令であると同時に、夢が次の場面に移るのを忌避する命令でもあった。そう言いきかせながらも死体を点検する目になった。破れた軍服の胸の部分に蝟集《いしゅう》している蛆《うじ》が光っているのが分かった。腐乱した死体は食べられない。おそらく戦友は敵に追われてここまで逃げて来て力尽きたのだ。

インパール作戦の失敗の後、南へ逃げてきた日本軍は、ラングーン目指して進撃していたイギリス、アメリカそしてビルマ国軍に追われていた。新兵だった忠一郎たちは最初からラングーンの守備隊に配属された。その頃の全体の戦況を彼は後になってからイギリス軍にいたインド兵から教わって知ったのだったが。

外側の軍服を残して分解をはじめている日本兵の有り様は明日の俺かもしれないと彼は思い、ずっと近寄って彼がどこの隊に属していた兵かを確かめようとした。その目は、死んだのは自分ではないことを確かめる目であった。

雨季がはじまれば空襲はないと言われていたが、敵機はどんな性能の計測器を持っているのか、やはり毎日のように襲ってきて雲の上から爆弾を落とした。そのために雨季になったらラングーンの港に輸送船を着け、武器弾薬食糧を補給して敵の攻勢に備えるという計画は狂った。しかし、こうした戦況の推移の肝心な部分を忠一郎は思い出せない。気が付くと彼は周囲で英語ばかりが話されている病院に寝ていた。

忠一郎は寝たままのベッドの周辺で使われているのが日本語ではないことに気付くのに二日ほどかかった。意識に霞がかかっているような状態であわてて首をもたげようとすると烈しく頭が痛んだ。ふたたび陥った昏睡のなかで、忠一郎を奥の深いところへ引きずっていこうとする力と明るい水面に引っ張り上げようとする力が鬩《せめ》ぎ合っているのを、第三の忠一郎がぼんやり見ていた。

彼にとって幸いだったのは、マレーにあったポートディクソンで、南方戦線での実戦訓練を受け、ビルマに派遣された時、一緒に司令部に配属になった房義次《ふさよしつぐ》少尉が同じ野戦病院に捕らえられていたことだった。

やがて彼は小さく控えめに「セキ、セキ」と誰かが声を出しているのを耳にした。その声は一旦途絶え、彼は怪しげな夢を見、思わずのた打ち回った。また「セキ、セキ」という声が聞こえた。そんなことが何度か繰り返され、それが自分を呼んでいるのだと知った時、目が開いた。

「おお、気が付いたか、関少尉」と少し声が強くなった。彼が動こうとするとその声が「動いちゃいかん、じっとしていろ」と命令した。それは房だった。房だと分かって「おお」と声を出した。彼はベッドを降り、松葉杖をついてどこかへ姿を消し、やがて軍医らしき男を連れて戻ってきた。

軍医が「おお、彼は生き返った」と言い、「まだもう少し眠っていた方がいいだろう」と言って注射をした。

意識が戻るのにそれから数日、からだを起こしても頭が痛くない状態になるのに二週間ほどかかった。房がぽつぽつと「軍医の話だと、君はどうも頭に砲弾の破片を受けたらしい。当たり方がよくて外傷はわずか、頭蓋骨も罅《ひび》で済んだらしい。捕まったのはペグー山中としか分からない」と教えてくれた。

忠一郎は気になって、「意識がない時、何か変なことを言わなかったか、譫言《うわごと》みたいに」と聞いたが房は首を横に振って、「何か意味不明の音声を発していたが」と答え、「日本軍が総崩れになって、俺たちは中隊も小隊もばらばらにペグー山系に逃げ込んだ。勿論、ちゃんとしていた部隊もあったらしいが、味方の砲では敵の戦車を擱座《かくざ》炎上させても一晩で修理してしまって、勝負にならない。そのうちに蜥蜴用の罠にはまって、動けなくなり、出血多量で意識朦朧の状態で、友軍にも見捨てられ、自決もできないうちに捕らえられた」と涙ぐみ、声を詰まらせた。

忠一郎は涙をこらえている戦友の顔を見て、ポートディクソンでも再三「お前らは皇軍兵士の指揮官である。ゆめゆめ生きて虜囚の辱めを受けるようなことがあってはならぬ。その際は自決あるのみ」と教えられたことを思い出した。

彼は、鼻の先も、顎も、背中も丸く、どこか愛敬のある房の地の黒い顔を眺めて何とか慰めなければと思った。

「捕らえられたのは俺も同じじゃないか。どうにもならなかった」と言った。

「しかし、お前は意識がなかったんだから筋は立つ」と、房は抗議するような口ぶりでからだを震わせた。

「五十歩百歩だ」と忠一郎は力を込めた。

「だが、俺は記憶を失うことができないでいるんだ。出血多量で朦朧としてはいたがな。そんなことは理由にならない。殊に日本では。弛《たる》んでいた、家名を汚した、なぜ潔く自決しなかったかと罵倒される。俺には分かっている」と房は怒った。

「まあ、ゆっくり考えよう」と言って忠一郎はひとりで病室へ戻りかけ、思いついて衛兵に断って並んでいる蒲鉾《かまぼこ》型の病棟の外に出てみた。戸外は刈り込んだ庭のようになっていて、ずっと先に金網が張ってあり、右手の後方に組み立て式の給水塔が作られていた。

忠一郎は、この病院で意識を回復してから、敵味方の区別なくいい食事が配られるのに感心した。

立って見渡していると、密林から密林へ渡るのか、嘴だけが赤い緑色のインコが数羽群を作って飛んでいった。空は雲ひとつなく晴れ、目が眩むような陽が照りつけていた。もう戦争は終わったかのように静かだった。腰に手をあててあたりを見回しているうちに、なぜか両眼から涙がとめどなく流れはじめた。

その涙のなかで、はじめて、日本が敗《ま》けたら自分たちはどうなるのだろうと思った。病室に戻ってから、彼はだんだん深刻になった。日本が戦争に勝てば、捕らわれた自分たちは国賊同様の扱いを受けるだろう。父親も鉄道省にはいられなくなるに違いない。敗ければ自分たちは白人の奴隷になるのだ。そうした想いのなかから、敗けた国に帰ってもどうってことないじゃないかという妙な考えも浮かんできた。忠一郎ははじめて自由になりたいと思った。

忠一郎は野戦病院の軍医から、幻覚が消え頭痛がなくなれば捕虜収容所に回されると教わっていた。それから、いつまで捕らえられていることになるのかは分からなかった。

先のことを考えていると彼はいつも、自分が逃げ場のない抽象的な空間にいるような気がした。それは、どこへ行っても帰属する場所を見付けることができない者にとっての、色彩も匂いもない空間だ。勿論、生きる目標はない。

アメリカ軍に管理されているこの病院にいるあいだに心掛けられることといったら、習った英語とは違う英語を覚えるぐらいのことだ。彼は病院のなかの図書コーナーに行ってニューヨークから送られてきているらしい雑誌や備えつけの書籍の背表紙を眺めた。そのなかに数冊の日本に関する本があった。日本人の習慣、心理、神道、歴史などであった。その選び方は日本を占領した際の心得を基準にしているようで、「敵性語は使うな」と警察や憲兵が国民を監視している日本とはだいぶ違うなと忠一郎は考え込んでしまった。「これからは日本人も列強に互して活躍しなければならない時代だ」という父親の勧めで英文科に入ったのだがそんな国で英文学を学ぶことがひどく心許《こころもと》ない努力のような気がしてきた。

その晩、忠一郎ははじめて妙な夢を見た。彼は仔犬ほどもある鼠をなんとかして仕止めようとしていた。蜥蜴よりも美味しそうに見えた。銃を撃ったが弾丸は逸《そ》れ、森が動き出してしまった。

梢が見えないほど茂っている樹々に絡まっていた、大蛇を思わせる蔓が音もなく千切れ、太い幹が裂け、重なり合って倒れはじめたのである。

急に開けた空間に思ってもみなかった黄金に輝く大伽藍《だいがらん》が現れた。

驚いて一歩前に出ようとした忠一郎は足首を摑まれた。怯《おび》えて振り返ると人間の手が見え、「水を下さい、どうか水を」と絶え絶えの繰り返しだ。

忠一郎は銃の台座でその手を払った。積もった葉の堆積の間から出ていた掌は摑む対象を失って仄暗《ほのぐら》い空間をさまよっている。すると黄金の大伽藍が揺らぎ、燦然と輝いていた姿が消え、濁った水の幕が忠一郎を包み込むかのような勢いで迫ってきた。耳を圧する痛さで被さってくるのは洪水の音だろうか。そのなかから「助けてくれ、助けてくれ」という大勢の兵隊の声が聞こえた。

助けを求める痩せ衰えた兵士たちの無数の声は、迫り、目の前を押し流れていく泥水の音とひとつになって忠一郎の耳を万力のような力で押し拉《ひし》いだ。頭が割れそうだった。彼は足を踏ん張り「助けてなんかやるか」と歯を食い縛った。忠一郎は冷然と洪水を見下す鬼であった。

やがて、総てが闇に消えた。

翌朝彼が目を覚ますと、夢で見ていた光景とは打って変わって病院のなかが騒がしく、なんとなく陽気な空気に包まれていた。上体を起こして隣の房義次を見ると、目だけ開けて天井を見ていた彼は「戦争が終わった」と言った。忠一郎たち二人の日本兵は一般傷病兵とは別に、頑丈な金網で仕切られ、隔離されていた。

意味がよく分からずに房を見詰めていると「戦争が終わった」と繰り返し、「日本が無条件降伏したんだ」と、はじめて忠一郎を見た。

それは神の国の消滅であった。そんなことがあってなるものか、という憤りがようやく治まり少し経って忠一郎は自分たちは永久の捕虜になったのだと思った。気のせいか、病棟のあちこちで、喜ばしげなビクトリー、ビクトリーとか、降伏を意味するサレンダー、サレンダーという言葉が漣《さざなみ》のように広がっていた。

数日後、忠一郎は病院長に呼ばれ、院長の部屋の隣に入った。中年の将官らしい男、その副官のような若い、子供のようにつるつるした顔の青年、そして東洋人の顔をした通訳がいた。

彼は捕虜になった経過、日本を出てからラングーンに配属されるまでの足取りを聞かれた。佐世保を夜出発し、台湾の高雄経由、シンガポールで集合後マレーのポートディクソンに送られた、とすらすら答えることができた。尋問だと分かった時、忠一郎は日本語で通すことに決めた。その方が通訳が日本語に訳しているあいだ答弁を考えることができる。

しかし、ラングーンに配属されて以後捕らえられるまでのことになると、密林のなかを逃げ回っていた印象がぼんやり残っているだけで記憶がないと答えるしかなかった。

病院長が忠一郎のカルテらしいものを将官に見せ、相手は頷いて、「捕らわれるまでに連合軍の捕虜と接触したことはないか」と質問を変えた。

陸軍少尉としてビルマにいた時の記憶は、失われたらしい部分と鮮明に記憶している部分が混在していた。それは夢のなかで仄めかされるばかりでなく、忠一郎の頭のなかに突如復活して彼を驚かすことがあった。

ずっと後になって忠一郎は、自分がはじめた東京を中心にしたサンドイッチチェーンNSSCが二百店になって、全国的に展開するためにはこれまで以上に美味しさを強調する必要を感じた。彼は味がいいので有名なレストランのコック長を招いてNSSCの社外役員になってもらおうと計画した。

しかし、そのコック長はいくらいい待遇を示しても、会社に顔を出すのは週二日でいいというような条件を出しても、自分のレストランを離れようとしなかった。

「わしは自分で作って食べてもらうのがいいんです」と彼は言った。「『有名になろう』『店を広げよう』とは思いません」と彼は忠一郎の招聘を本心困り果てたように断り続けた。

そうしてその時、彼はビルマ戦線でシッタン河の畔の村に住みついてしまった軍曹のことを思い出したのだった。

ラングーンを放棄せざるを得なくなり、日本軍の敗色が濃くなっていた時だった。軍紀も乱れはじめていた。そんな時になってもう一度ラングーンに戻れという命令が出た。主な街道はすでに英印軍が支配していたから密林のなかを抜けて行かなければならなかった。南方総軍と方面軍の間に明らかな方針の違いがあり、兵隊たちのなかにも指揮命令に対する不信感が強くなっていた。忠一郎の耳に、「たとえ軍命令であっても、こんな馬鹿げた命令など聞く必要はない」とラングーン死守命令に反対を唱えている青年将校の声が蘇った。

いろいろな意見があったが、やはり命令には従うしかない、ということになった時、軍曹の姿がなかったのだ。忠一郎には彼がいるところが分かっていたから部隊には黙って軍曹を説得しに出かけた。その村の一人の女性と軍曹が親しくなっていることを忠一郎は知っていた。

しかし放っておけば、軍曹は逃亡兵として処罰されることになる。もしうまく逃亡しきれたとしても、日本に帰ることは不可能になってしまう。下町で床屋を開業していたと聞いたことがある軍曹には妻も子供もいたはずである。

ニッパ椰子《やし》の葉を葺《ふ》いた農家のなかで、正面の右手に室内から押し出し式の窓が取ってあるのが目印の家の前に立って軍曹の名を呼ぶと二十歳ぐらいの、まだ幼さが残っている女が出てきて首を横に振った。母親らしい女性も出てきて同じように首を振った。忠一郎は腰につけていた銃剣を地面に起き、捕らえに来たのではないという仕種を見せ掌《て》を合わせて拝む真似をして、また軍曹の名を呼んだ。

やがて巣から這い出してくる狸のような表情で軍曹が現れた。しかし彼は忠一郎の説得に応じなかった。

「あっしはもう、ずっとここにいます」と彼は言った。

「日本に帰るつもりはありません。あそこはいい所ですが、いづらくってね。女房、子供には済まないと思いますが、少尉殿からよろしく言って下さい。死んだものと思って諦めてくれというのもいいし、日本に帰ったら憲兵に捕まってしまうからでもいいですよ」と彼はしぶとく言った。

そして、どうやって暮らしていくんだ、という質問には「あっしはバリカンを持ってきてます。隊でもずいぶん刈らしてもらいましたが、落ち着いたらラングーンに行って床屋をやります。他人様《ひとさま》の頭を刈るとね、こっちの頭もすっきりするようで」と、床屋という職業への愛着を語った。次いで「ここの家の主人は戦争で死んだんです。あっしは今、頼られていてね、それを振り切って戦争に戻るわけにはいかないんです、少尉さん」。

軍曹は「少尉さん」という言葉の語尾に明らかな不服従の感情を乗せて発音した。

「しかしなぁ貧乏暮らしで習慣も食い物も違うぞ」と忠一郎は押し戻してみた。軍曹は「覚悟はできてまさあ。あっしは俳句をやりますから、なんとか凌《しの》げまさあ」と、意味不明な部分を含めて言い方は丁寧だが梃子《てこ》でも動かない姿勢を見せた。

忠一郎は諦めて隊に戻り、「探したがどこにもいない。仕様がない奴だが、我々がラングーンを目指して移動したのは分かっているだろうから、元気だったら合流できるだろう」と適当に報告するしかなかった。

軍曹の逃亡を見逃したのは、こちらの士気も緩んでいたからだと思い返しながら、忠一郎はコック長を口説けなかったことから軍曹の記憶が戻ったことに驚いていた。

二つの話が、こちらの価値観と相手の価値観の違いがもたらした不一致だという点は共通していた。それまで忠一郎は自分の行動は時代の感性、希望を体現しているという点に自信を持っていた。だから事業は成功するのだと家族や側近の者には自慢していた。しかしそれは自分たちが思っているように意味のあることなのだろうか。

忠一郎は恒例になっている新年の幹部社員集会や、株主総会後の店主の集まりで、食生活の近代化、合理化こそ文化だと説いていた。家電製品の電気洗濯機や電気掃除機が主婦を家庭での重労働から解放し、女性の文化水準を向上させたように、ファストフードチェーンは主婦を調理というむずかしい作業から自由にするもっとも人間的なビジネスなのだという理論を繰り返し訴えてきた。

しかし空白の記憶のなかに浮かび上がった軍曹の顔は、目をショボショボ瞬《まばた》かせながら、忠一郎の説得に応じなかった。あの時、俺はなぜ軍曹を逃亡兵として憲兵に突き出さなかったのだろうと残念に思った。若すぎて人生の経験を積んでいなかったから甘かったのだと腹立たしかった。その軍曹の顔にコック長の顔が重なった。

しかしなぜ、そのコック長の言動が失われていた記憶を忠一郎に取り戻させたかは、事業拡大に熱中していた忠一郎には分からなかった。

作戦の途中から姿を消した軍曹の顔に手繰り寄せられたように、忠一郎の視野に茫々《ぼうぼう》とした濁流が広がってきた。杭のように点々と前方へ伸びているのは橋脚であった。敵機が爆撃して橋を落としてしまったのだ。上流から大きな木の根のようなもの、壊れた小屋の残骸が泥のなかで回転しながら流されてきた。空はビルマの雨季特有の重そうにくすんだ雲に覆われている。忠一郎は狼狽《うろた》えて目をつぶった。しかし「助けてくれ」「あっ」「助けて」という声が、気が付くと轟々と鳴る水の音のなかに、跳ね返る魚のように無数に、あちこちに散らばって交錯するのだ。何も叫ばないのは死体だ。生きているように流れに揉まれ、蒼《あお》ざめた顔を暗い空へ向けたり脚だけを水の上に突き出したりして流れてくる。忠一郎は河岸で動くことができずにそれを見ている。腰の上まで泥に埋まっている。

このまま不用意に水に入れば意外な水勢に足を取られ、流され溺れる危険は大きい。今朝渡河作戦を開始した日本兵の何割が対岸に着けたか分からない。疲れ、痩せ衰えた兵に、渡れという命令は無謀だった。かといって襲撃されれば全滅する。忠一郎は戻ってきた記憶を消そうとして首を左右に振った。どこかで読んだのだろう、「敗戦間際のシッタン河では六千以上の死体が英印軍によって発見されている」という文字が浮かんできて映像がパッと消えた。

捕虜収容所

捕虜収容所は野戦病院から二十粁《キロ》ほど離れた飛行場から小型の飛行機で数時間飛んだインド領らしい砂漠の近くにあった。飛行場にはどこから集まったのか窶《やつ》れきった様子の十九名の日本兵がいた。彼らは最近まで日本が降伏したことを知らずに密林に潜んでいた様子だった。忠一郎と房はずっと病院にいた自分たちの血色が良いのが目立つのを感じた。別の兵団の兵隊たちらしく忠一郎の知っている顔はなかった。兵員輸送機らしく蚕棚のような二段ベッドに順々に詰め込まれていたから、機内の会話は禁止されたこともあって沈黙が支配していた。これからどこへ連れていかれ、どんな目に遭うのかという不安が兵隊たちを押さえつけているようであった。

程度の違いはあっても忠一郎も不安だった。今までの病院での扱いが例外的だったのかもしれないのだから。

いつの間にか眠り、目を覚ますと飛行機は高度を下げはじめていた。

それは不思議な抽象的な空間であった。周辺には見渡す限り気紛れに散らばった岩石と砂、そして思い出したように二、三本の低い木が生えていた。そこには風が吹くと移動して新しい丘を作るさらさらした砂の官能的なうねりも、謎めいた風紋もなくて、不機嫌な無表情が広がっているだけだった。そうした無限のなかに、飛行機は砂漠の滑走路に降りて、車で収容所に行くのらしかった。その予想通り軍用トラックでしばらく走ると樹木が増えはじめ、そのあいだに忽然《こつぜん》とインド砂岩の、やや赤味を帯びた石造りの建物が十数棟、そしてあたりを睥睨《へいげい》している塔が一基見える建物に着いた。有刺鉄線を稠密《ちゅうみつ》に張り巡らした囲いは捕虜の逃亡を防ぐ装置というよりは荒蕪地《こうぶち》が体内に抱え込んでいる悪意のように見え、不格好な監視塔を嘲笑しているようでもあった。

そうした空間に呼応するかのように、捕虜は仮名で生きていた。囚われてなお生きている人間として、名前が本国に知られるのを避けてのことだ。本国のルールでは、生きて辱めを受ける者は人間の屑であり国から見たら賊であった。たしかに、捕虜たちには敗戦も、有り難い詔勅もなかった。朝、起きてから寝るまで、それは辱めの毎日であった。

英印軍は決して捕虜を虐待しなかった。しかし人間として扱っているとは思えなかった。兵士たちは足で「ここの掃除ができていない」と注意し、顎で「あそこのふき方が悪い」と指示し、屑籠を押して寄こして「捨ててこい」と命令した。

日本兵の捕虜が少しでも不服従の態度を示すと、連合軍の兵士は決して自分では手をあげず監視兵を呼びにいく。呼ばれた兵はいいところを見せようとして捕虜の胸ぐらを摑んで直立させ、烈しい剣幕で罵倒する。しかし日本軍がやったように殴ったり蹴ったりはしない。

彼らの話し方、表情、仕種のことごとくがお前らを人間とは思っていないという意思表示のように感じられて、忠一郎は何度も手にしていたモップの柄を逆さに持って彼らの白い膚《はだ》を銃剣術の要領で突き刺したくなった。

なかでも便所掃除は最悪だった。彼らは捕虜が作業をしていても開けっ放しで平気で用を足し、時には「ジャップのオカマを掘ろうとしたらひどい痔でどうにもならなかった」というような、大日本帝国陸軍の兵を蔑《さげす》む話をしてドッと笑ったりする。忠一郎は彼らの話が分かってしまうのは不幸だと思ったことが何度もあった。

捕虜たちにとって作業のなかで比較的気分が楽なのは農作業であった。荒蕪地を耕して植えるのは粟《あわ》、黍《きび》、ある種の麦であったが、捕虜たちの意志を拒否しているかのように水は少しも土壌に溜まらずに吸い込まれてしまい、強い太陽が照りつけると萎《な》えてしまう。その点では農作業は自然の悪意との戦いでもあった。忠一郎と房は野戦病院から送られてきたので倉庫から小麦の袋を担いで出すような重労働や農作業は免除されていた。その代わりに帳簿の整理や捕虜日誌を書くことが課せられた。

それはその日に支給された物品、給食、そして捕虜の作業と健康状態を発熱何人、病臥《びょうが》者何人と数字だけを記録する報告書に近いものだった。やがて忠一郎はこれは本国のどこかへ送られ、本国政府は国際赤十字のような機関に報告するのだと覚った。日本の政府だけがそのような国際的な組織の存在を無視したか知らなかったのだと分かった。

イギリス、インド、アメリカ三国が共同管理している捕虜収容所の所長室で通訳をしているトシオ原口という兵隊がいた。捕虜日誌は毎朝忠一郎が彼のところへ持っていくことになっていた。彼はいつもは無言で頷いて受け取るのであったが、その日ははっきり「有り難う、毎日御苦労」と言った。その発音は完全に日本人のもので、毎日御苦労という言い方も習った日本語ではなかなか出てこないものだと忠一郎は思った。

忠一郎はその日の昼休みに房に「あの所長室の通訳のトシオ原口ね、彼、日本の移民か、日本人じゃないか」と聞いてみた。房は「君もそう思うか」と大きく頷いて「俺の棟には九州出身の兵が多いんだが、そのうちの一人が『あれは原口さんの息子だ』と言うんだ。博多の有名な酒問屋の小僧だった彼は、十五歳から徴兵までその店にいたが途中からオーナーになった原口という人の息子を知っていたらしい。間違いないそうだ」と答えた。

「やはりそうか」と頷きながら、忠一郎はそれがどうして連合軍の兵士になっているのかと疑問は深くなった。

「ストレートに聞いてみるか」という忠一郎に、「俺もそう思ったが、何か秘密があって、その秘密が嗅ぎ付けられたと知ったらヤバイ。とにかく相手は絶対権力を持っているからな」と慎重論を唱えた。

そう言われれば忠一郎も自分を抑えなければならなかった。

間もなく捕虜収容所を揺るがす事件が起こらなかったら、その疑問はそのままになったかもしれない。

捕虜収容所からトラックで三十分ほど走った丘の下にある倉庫から週に一度、一週間分の食料品を運んでくることになっていた。それは、捕虜たちにとって飢えはしないけれども決して充分とはいえない食糧を盗む絶好の機会だった。英米軍の兵士たちと捕虜の食事にはかなりの格差もあったのである。たまたまその日の監視担当は、神経質で人種的な偏見を持っているとしか思えない言動の多いイギリス軍のLという瘦せて背の高い兵士だった。

トラックが到着して収容所の倉庫の近くに止まり積み下ろし作業が始まった時、一人の捕虜のズボンが異常に膨らんでいるのがLの目にとまった。Lがその捕虜に声を掛け、銃を肩から外して彼に近づいていった。咄嗟に彼は走り出し、Lの銃が火を噴いた。元日本兵は倒れ、脇腹から静かに血が流れ出した。

一瞬の沈黙のあとで、「殺した」「捕虜虐待」「責任をとれ」「殺人鬼」と数名がバラバラに口走り、やがて「殺した」「殺した」という合唱になった。Lは身構え、的を絞って威嚇しようとしたが、皆が一斉に叫んでいるので、キョロキョロとあたりを見回すしかなかった。

忠一郎が呼び出されて現場に駆けつけると、群衆に追い詰められて倉庫の扉の前まで後退したLが構えた銃を左右に振って、飛び掛かりそうな捕虜を必死に威嚇し、彼の二、三メートル横に血を流した戦友がうつぶせになっていた。

忠一郎はこの有り様を見てLに近づき「何をしたんだ」と詰め寄った。相手は「逃亡しようとしたから撃った」と答え、忠一郎は日本語で「逃亡しようとしたので撃ったと言っているぞ」と問い掛けた。捕虜たちは再び口々にLを非難し罵倒しはじめた。忠一郎は二十名ほどの武装した監視兵が駆け寄ってくるのを見た。

「静まれ、これから所長に談判しに行く。事件を見ていた者、二名一緒に来てくれ。L、貴様も一緒だ」と忠一郎は大声をあげた。捕虜たちはいつの間にか武装した兵に包囲されているのを知って少し静かになった。

高い監視塔の下の部屋に着くと所長はまずLを呼び入れた。忠一郎と二名の代表、それに心配して付き添ってきた房義次は外で待たされた。仲間はまだ集まって騒いでいるらしく、時々鯨波《げいは》のようにあげられる気勢に、ドラム缶を叩く音、スコップをコンクリートに叩きつけるような音が混じって聞こえてきた。

抑制が利かなくなったら、また犠牲者が出るかもしれないと思うと忠一郎は気が気ではなかった。たまりかねて房に、ここで死んだら犬死だ、今強談判《こわだんぱん》をはじめるところだから粛々と待つように説得してくれと小声で頼んだ。

「分かった、委しておけ」と房は胸を叩き、鞠のようにもともと丸っこいからだを丸めて倉庫の前に駆けていった。

やがて出てきたLを見た時、忠一郎は思いついて「なぜ、射殺した。捕虜虐殺が国際法上でどんな罪になるか、ジュネーブ条約を読んでみろ」と、収容所長に聞こえるように大きな声でLを英語で詰《なじ》った。

通訳の原口が顔を出し、忠一郎たちを呼んだ。

また仲間の鬨《とき》の声が聞こえた。

「所長、何とか手を打たないと危険だと思います」と、忠一郎は勢い込んで言った。捕虜代表の二名については、証人としていてくれればいいので、交渉は彼らを気にせずに英語でどんどん進めてしまおうと忠一郎は方針を決めていた。部屋の空気は尋問というより、最初から相談という感じになった。

実は忠一郎は、毎日提出する捕虜日誌についての所長の質問から、若い彼が根っからの軍人ではなく、ロンドンの大学を出た知識人であることを知っていた。だから、イギリス人が好む礼儀正しささえ崩さなければ、むしろ打ち解けた話し方の方がいいと考えたのだ。「私は捕虜ですからLのしたことについての裁定は所長にお委せするしかありませんが、背景には一般的なフラストレーションがあります」と忠一郎は主張した。

収容所にいるのはビルマでの戦闘に参加したものが一番多く、マレー、英領ボルネオなどにいた者も混ざっていた。気の毒なのは、それらの地域にいた民間人で、日本の敗色が濃くなると軍以外に頼る場がない状態になり、軍の方も彼らを臨時に召集して軍隊に編入したから、捕らえられてからこんなはずではなかったという不満は民間出身者に多いのは無理もないなりゆきだった。

「いずれ所長には収容されているわれわれ日本人の心理状態、少し前まであった敗戦を信じない人間の心理などを説明したいと思いますが、今はその余裕がありません。事態を沈静化する方法をお示しいただきたいと思います」と忠一郎は原口の方も見た。

「ここに入ってからどれくらいになるかな」と所長がトシオ原口に聞いた。今の所長は忠一郎たちが来てから一月ほどして赴任したのであった。

「多少、時期にずれはありますが、六カ月以上にはなっているはずです」とトシオ原口が答え、「これは他の収容所の話ですが、今、関少尉が触れた『神州不滅組』とでも呼ぶしかないグループが静かになったのも、日本に帰れるかもしれないという情報が伝わってからのようです」と付け加えた。

それを聞いて忠一郎は、そうだ、と膝を打つ思いだった。

「何だい、その敗戦を信じないという者の心理構造は」と所長が聞き、原口が彼らは自分たちは捕らえられているが、陰に陽に抵抗していれば、いずれは日本の軍隊が助けに来てくれる、神州は不滅だと信じているのだと解説した。

所長は「それは困った信仰だ。まともとは思えない」と慨嘆し、しばらく考えていた。やがて、「一番いいのは、日本は敗けて平和な国になったと家族から言わせることだな。よし、本国に要請し、家族との通信を認めさせよう」と言い、「今日の事件は残念な事故であった」。

と付け加えて所長は立ち上がり、「早く結果を捕虜に伝えろ」と命令した。

忠一郎は自分がジュネーブ条約と叫んだのを所長は聞いていたな、と直感した。

忠一郎たちが所長と議論している間も、気勢をあげる声が遠い波の音のように聞こえていたから、ゆっくり考えたり、仲間の捕虜たちへの報告の仕方を議論している時間がなかった。

忠一郎は原口に「明朝結果を報告しに来ます」と言って倉庫前に駆け戻り、「所長は遺憾の意を表明した。内地との通信の許可を取った」と伝えた。

内地との通信が認められると聞いて、どよめきに似た歓声が上がったが、たちまち水を打ったように静かになった。みんな家族の消息は知りたかった。こちらが元気でいると報《しら》せたら喜ぶだろうと思い、手紙が届いた時の家族が集まった、囲炉裏を切った部屋の情景なども想像することができた。しかしすぐ、捕虜になっていると報せてしまっていいのかという反省が生まれた。

それは家の恥に、一族の恥になるのではないか。隣組の組長は何と言うか、田舎の父親は何と言うか。

「そんな奴はわしの息子ではない、今後、いっさい連絡を絶て、家に入れるな」と叫ぶ親父の声が聞こえるように思った捕虜もいた。

「村から女々しい捕虜を出した」と嘆く村長の顔を思い浮かべる男もあった。戸板にぶつけられる石の音に怯《おび》える妻の様子を想像した者もいた。

「いや、国全体が捕虜になったようなものではないか」と主張する者に向かっては、すぐ「天皇陛下も捕虜か」という反駁《はんばく》が起き、「何を言うか、貴様、不敬だ、許さん」と息巻き叱りつける想像上の声が飛び交ったりした。

はじめは、収容されている棟ごとに意見をまとめ所長に報告し、同時にいくつかの点での待遇改善を要求しようという計画だったが、捕虜たちの怒りが治まってみると総てがあやふやなものになってしまった。内地との通信も当分は見合わせたいというのが大勢になった。

唯一の効果は戦友が殺されたことが一番の関心ではなくなったことだった。

彼の死を悼《いた》む集まりは同じ棟の数人と、交渉に押し掛けてから何となく代表のような格好になってしまった忠一郎や房が参加して静かに行われた。

翌日、忠一郎は捕虜日誌と事件報告をまとめて原口のところへ持っていった。今までの仕来《しきた》りだと、彼がそれを英語に訳し、原文を添えて所長に提出するのだった。

「昨日は勢い込んでいましたが、何だかわれわれを捕らえているのは、われわれ自身のような気がしてきました」と忠一郎は率直な感想を述べた。「特別な思想によって戦争を起こし、その結果捕らえられたが、まだその観念に捕らえられていて自由ではない」と続けた。彼は、天皇信仰、あるいは日本は神国という信仰と言おうとしたが、何だかそれはまだ恐くて、特別な思想、としか言えなかった。

忠一郎が本国との通信許可について、当分様子を見ようという結論になったと報告すると、「そういうことなんだよなあ」と原口が言い、「通信をするようになれば本名を書かなければならなくなる。それが呪縛が解けるきっかけになると思ったんだが」と嘆いた。

捕虜の大部分が仮名で入所しているのは事実だった。後々までも「あいつは捕まっていたんだ」と後ろ指を指されないためだった。

「本名に戻るっていうと、個人になるということですか」。そう忠一郎が質問すると、トシオ原口は頷いて、「日本人はずっと、一度も個人になったことがないと僕は思う」と言い、からだを乗り出してきて、「いつも何かの集団の名前で判断し、行動している。この収容所に何人かの民間人だった捕虜がいることは知っているが、彼らは会社の一員で個人ではなかったから、商売ができるはずもない戦地に来て捕まった。軍属になったことについては決して後悔しない。社の命令だったから、と澄ましている」と熱っぽく話しはじめた。その口調には長いあいだじっと溜めていたものを一気に表に出したような勢いがあった。日本人を批判しながら、その奥には愛情が流れているように忠一郎には聞きとれた。

はじめてのことだった。忠一郎は何を聞いても大丈夫だという気分になって原口の、ひょっとした痩せた骨格、その上に載っている眼鏡を掛けて頬が落ちている顔を眺めた。彼が中学校の教師になったら、さっそく、「麒麟《きりん》」という渾名《あだな》が付くだろうと余計なことを考えながら、「この収容所の第三棟に博多出身の兵がいまして」と忠一郎は踏み出した。「彼は原口さんが博多の大きな酒屋の倅《せがれ》さんだと言ったことがあります」と顔を向けた。

原口は大きく頷いて、「見破られましたね」と笑った。

彼の説明によるとヘミングウェイの研究がしたくて九州の大学の英文科にいた彼は、思い切ってアメリカの大学へ私費留学したのだった。原口は次男で家を継ぐ責任もなかったので米国へ残る道を選んだ。この収容所に来るまで原口はインドのデオリ収容所にいたが、そこはいわゆる神州不滅組の勢力が強く、身辺の危険を感じた彼は申請してここに移ったのだった。大きな変化が起こって岐路に立たされた時の原口の決断は見事だと忠一郎は話を聞いて感心した。風貌からすると行動的な人間の感じはないのだが、彼がヘミングウェイに魅力を感じた理由が分かるような気がした。

忠一郎は野戦病院から捕虜収容所への半年を超える生活で英文学に対する興味を失っていた。ことに捕虜仲間を指導するような立場に立たされてしまってから、大学に入ったらアイルランドの詩や小説を専門に研究しようとしていたのが遠い昔の夢のように思い返されるのであった。それは捕虜の生活が忠一郎の感情の構造を変えたのか、仲間たちを指導する立場が忠一郎の性格を攻撃的なものにしたからか、日常的にアメリカ兵、イギリス兵、インド兵と英語を使って接触しているから、彼らが作った文化についての神秘的な憧れのような感じが麻痺したからなのか分からなかった。

収容所の空気は仲間の死、Lが捕虜と接触のない部署に変わったこと、本国との通信が認められたことでそれまでとは異なったものになった。捕らえられたという現実をどう考えたらいいのかが、ひとりひとりの問題になって現れてきたからである。収容所にいるのは、いずれも戦争中に捕らえられた者だった。

一番多いのはシッタン渡河作戦の情報が、一足先に捕らえられた憲兵から事前に洩れていて包囲された者だったが、その次はペグー山系で動けなくなったり、友軍に遺棄され、もう役に立たないと見放されて谷に投げ込まれた者たちであった。ラングーンで逃げ遅れて孤立しているうちに捕らえられた民間人もいた。

いずれも戦時捕虜（POW）であったが、捕らえられた際の状況で少しずつ捕虜になったという事実の理解は異なっていた。次第に日本が敗けたという認識は浸透し、こと新しく誇りを刺激しない限り神州不滅組として徒党を組み、暴力を振るうようなことはなくなっていた。

Lが起こした射殺事件から一ヵ月ほどして、戦時捕虜は全員本国に送還されることが決まったので、その準備をせよ、という指示が出た。忠一郎と房、それに事件以来行動を共にするようになった二名の代表が確認に行くと、所長は全員の実名と本国の住所、原隊名などを書いてできるだけ早く提出すること、帰国の時期は輸送船の配船の都合によるので予測はできないということだった。アメリカの船は太平洋地域の捕虜の輸送で余力がなく、イギリスはドイツのUボートの被害で輸送力が低下しているとの説明があった。

所長との打ち合わせを終えて、忠一郎たちは四人で今後のことを相談した。捕虜の正式の名簿を作って提出する作業を、どう円滑に進めるかが問題だった。忠一郎の胸の裡《うち》にはシッタン河の近くの村に逃亡してしまった軍曹の記憶があった。収容所は、周囲が見渡す限り荒蕪地だから逃亡の心配はないにしても、輸送中姿を消す日本兵が出ないという保証はなく、その前に仲間の不安を解消して、名簿を作るのは困難な作業に違いなかった。

戦友たちの迷いや悩みの相談にのり、神国不滅の呪縛を解くためには、「生きて虜囚の辱めを受けず」という教えを正面から否定しないで、我々は降伏したのではなく武装解除された正規兵なのだというような、一見奇妙な理屈でも、それが正式名簿を作るのに役立てばいいではないかという意見も代表の一人から出された。別の一人は、仲間の相談を受ける場所は将校がいる別棟の一画がいい、と提案した。

代表のその意見に従って、元ビルマ方面軍の司令部にいた少将に房元少尉が交渉してみることになった。房は副官時代から彼の顔を知っていたのである。

兵士たちの説得には時間がかかった。一番多いのは、実名を申告しなければどうして帰れないのか、という質問だった。そう聞かれると、救い出された時に軍隊手帳を没収され、最初から本名になってしまった忠一郎には相手を納得させる答えを思いつけない。相談委員会の長になった少将のように、「神の国に帰るのに嘘をつくわけにはいかんだろう」というような説得は忠一郎や房にはできない。

兵士は、それなら日本に帰って、内地の様子を見てから名乗りたいと主張するのだった。

村落出身者ほどそういった希望が多く、名前は記号に過ぎないと考える度合いの多い都会育ちの兵には比較的抵抗が少なかった。

そうした議論の場にいると、忠一郎も親たちはどう思うだろうと考えた。さいわい母親は喜んでくれるだろうと予想できた。父親も、米英は敵だと叫ばれている時期に英文学を勧めたくらいの男だから安心ではないか。かつて鉄道省を辞めなければならなくなるのではないかと考えたことがあったが、そうした心配はいつの間にか消えていた。

帰国できた場合のことを考える時、忠一郎の心配は両親がうまくいっているだろうかということだった。彼が召集されたのは昭和十八年、大学に通うようになった最初の年だったが、父親の栄太郎はずっと九州だった。

召集されると聞いた父親は息子を門司に呼んだ。河豚《ふぐ》を御馳走し、門司の夜の案内役にと女性を付けてくれた。忠一郎はその夜はじめて女性を抱いた。後で、これは父親が戦争に行く前にと考えてのことだったらしいと覚った。その頃、まだ門司は空襲を受けていなかった。

戦争の状態が怪しくなりはじめた時期で、大陸や南方への兵員、資材の輸送基地になっている門司鉄道局の役割が重要なことは分かっていた。しかし、「息子の出征なのだから、家庭のある東京に帰って来てくれてもいいのに」というのが母親のもっともな言い分だった。その母親の呟きの続きに、「私もいるんだから」という言葉があり、さらに「他人様《ひとさま》の手前もあるし、みっともない」と繋がっているのを忠一郎は感じていた。しかし誇りを重んじている母親はそれを口には出さなかった。

忠一郎は母親が好きだったし父親を尊敬していた。中学の終わりの頃には、両親は忠一郎を介して会話を保っているような感じになった。

そうなると自然に、母親のことを父に伝える時は父の喜びそうな部分を強調して話し、父親のことを母に伝える時は「母さんのことをとても気にしているようだった」というような感想を付けて話すようになった。

栄太郎はそれを聞くと、「そうか、お前のお母さんは立派な、きちんとした人だからな」と褒め、母親の方は、息子の感想を聞くと、「当たり前だよ、あの人家庭よりも仕事ですからね、本当に気にしているのかどうか」と言いながらも、忠一郎の話に悪い感じはしなかった気配だったのである。母親の様子を見ていると、気を許して率直に感想を言うのは息子の忠一郎に向かってだけのようであった。そんな自分が日本を発ってから足かけ四年が経ったのである。

東京は焼け野原になったという噂だが、市谷砂土原町の高台にあった家はどうしたろう、ということも気になった。

五月になって暑さが厳しくなり、捕虜たちが本当に帰れるのかと苛立ちはじめた十四日の朝、原口が集会所に来て、「出発・十六日・朝十時」と黒板に書き出した。

それは長い旅であった。昼に収容所から五十粁ほどのところにある駅を出発した列車はほぼ南の方向へ走り続けた。誰かが、「これではアラビア海へ出てしまう」と言ったが誰も応える者がいなかった。夕方になってジョドブという幾本かの鉄道が交錯している町に着き、カレーを盛りつけた食事が出た。収容所から二百粁ほど南へ下っただけでかなり涼しくなった。日本を離れてから三年ほどの間に、南に行けば温度が上がるとか、四月より八月の方が暑いというような感覚はなくなっていたから、アラビア海に出ることが日本より遠くなるのか近くなるのかについても敏感ではなく、忠一郎も大きな不安は感じなかった。広い操車場のなかをゆっくり貨車が切り離されたり連結されたりしていたが、忠一郎たちは停車場へ出ることは許されなかった。四、五時間して列車は動きだし、ほとんど灯火が見えない暗黒のなかを、いよいよ南に向かって走っていった。窓を開けると涼しい風が入ってきて、草の匂いがした。荒蕪地から平野に出たのだと思うと慰められる気分になった。

朝になり、一日中走り続け、山をひとつ越え、三つほど大きな町を通過した。この日はダマンという駅で一泊すると告げられたが、それは忠一郎たちに付けられているS／JNO29・836POW、S／J74号NO6・CAPという記号と同じように抽象的なイメージしか与えなかった。

それは奇妙な旅であった。

抽象的な空間を、まだ日本人でもインド人でもない、ただ番号だけで呼ばれる人間が身動きもせずに運ばれているのだった。そこでは単調さと烈しさ、喜びと不安、希望と絶望が混合され攪拌《かくはん》されて、ゆっくり列車の動きにつれて車輪の先の方へ行ったり後部座席に移動したり、右に寄ったり左に寄ったりして輸送されていた。

また夜が訪れて、明日は終着駅のボンベイ（ムンバイ）に着くと言われたのだが、時間は分からなかった。はじめて捕虜たちは少しざわついた。おそらくそれから先は海の旅になるのだろうと考えられ、大勢の仲間は海上輸送に恐怖を抱いていたからである。忠一郎の体験でも一度ラングーンからモールメンに撤退することになった時、負傷している者、病気の兵は船で、元気な者は陸上を、ということになった。その頃までは楽な海のルートを希望する者が多かったが、結果は、海組は敵機の襲撃を受けて全滅した。その頃にはもう敵機に襲われなくても輸送船は潜水艦に襲われて補給も途絶えていたのであったが。

それは変な旅であった。

忠一郎たちにまだ自由はなかったし、まだはっきりしない目的地に着けば、自由になるのかも不確かであった。

終着駅のボンベイに着いた朝、この旅の抽象性はほとんど頂点に達した。

忽然と、想像もしていなかった大都会が目の前に現れたのだ。

大きなビルが林立し、荘重な大理石の丸い柱を持った建物の上にはイギリスの国旗がはためいていた。その領事館の隣は税関であった。終着駅からすぐの港では、赤いペンキを綺麗に塗った巨大なクレーンが音もなく大きな荷物をつり上げて移動させていた。領事館や税関の前の広い通りはパラソルをさした絵のなかのような女性が歩いている。その前を磨いた車体を光らせて乗用車が行き交っている。

こんなことがあっていいのだろうか、という思いが忠一郎を捕らえた。日本は戦争に敗けたはずなのである。ということはインドはまだ植民地として苦しんでいなければならない。

忠一郎は心を落ち着けて、自分の想像と眼の前の光景を合致させようとした。注意して見渡せばターバンを巻いたインド人が肩に大きな袋などを担いで倉庫のような建物に入って行くのが見えた。幾人も幾人も入って行く。背伸びしてその横の方を見ると、大勢のインド人がコンクリートの上に座って何かを叩いて作業している姿が見えた。

鳩の一群が、見えないところから一斉に飛び立って屋根を越え、忠一郎たち捕虜の集団が銃剣を付けたインド兵に守られてそろそろ動きはじめた方へ飛んできた。

そうか、と彼は理解した。日本が戦争に敗けたからイギリスやアメリカは栄え、インド人や日本人は同じような状態の下で働くことになるのだ。日本に帰れたら、このボンベイと似たような光景が展開されているに違いない。

駅のホームを離れると少しずつ、たくさんの窓を持った大きな建物が現れてきた。タージマハールホテルというサインが見えた。その横、インドの門と言われている高い大きな建物の間の広い通りを進むと埠頭《ふとう》が並び、少し奥に見たこともないような、貨物船とは違う船が停泊していた。あれがクインメリー号だ、と監視兼案内係のようなインド兵が指さし、「君らはあれに乗ってシンガポールに行く」と告げた。

誰もが、インド兵が冗談を言っていると思った。捕虜を豪華客船に乗せるわけがない。これは悪い冗談だと忠一郎も思った。しかし監視役のインド兵は肩に掛けた銃を少し前後に揺らす歩き方でどんどんクインメリー号に向かって歩いていく。忠一郎は横に房が来たのを見て「おい。どういうことなんだ、こりゃあ」と聞いてみた。

「あるよ、こういうことも」と房は落ち着いて乗船を素直に喜んでいるようだ。

房の推測を交えた解説では、イギリスの船舶不足はそれほど深刻で、とても日本人捕虜の輸送に回す船はない、というのだ。一方、こういう時期にクインメリーのような豪華船を世界一周させればイギリスの健在ぶり、文化的伝統を印象付けることができる。そこへ誰か頭のいい男がいて、それなら敵国の捕虜を運んだらいい、イギリスのヒューマニズムの宣伝になると考えたんだ、と房は解説した。

忠一郎はその説明にも、そう説明する房義次の感情を交えない判断にも感心して、「法律家になったら、君はいい裁判官になるなあ」と褒めた。仲間は混乱したまま見上げるような船体に近づいていった。

「こんなことは二度とないぞ、これは」と素直に驚く者、「冥途《めいど》の旅路とはこんなものか」と、なお陰気な姿勢を崩さない者、「飯は美味いぞ、きっと。カレーはもう厭きたよなあ」という者など、まちまちであった。誰もが古い兵隊服に戦闘帽といういでたちをそぐわないもののように感じながら。インド兵から船の乗組員に引き渡される時、忠一郎たちは所持品や荷物の点検を受けた。後甲板からずっと階段を下りて船底に近い広い部屋に入った。椅子席が講堂のように並び、ボタンを押すと背凭《せもた》れが倒れて寝台になる。

丸い小さな窓から埠頭を覗くと、大勢の見送り人がテープを持って手を振っている。インド人もイギリス人も、色の濃いアジア系も中国人も混じっていて、日本人はいない。そこからは植民地の支配者と被支配者という感じは見えてこない。

捕虜たちは自分が入ったフロア以外のところへ行くことは厳重に禁じられていた。「これは船で旅する方のルールになっています」と頑丈な体格の船員が説明したが、一度も「日本人は」とか「捕虜は」という言葉は使わなかった。総て「三等船客は」である。

捕虜たちはだんだん無口になった。何かに打ち負かされたような気分になったのである。

船窓の左手に西ガーツ山脈がどこまでも続いているアラビア海を、忠一郎たちは真っ直ぐに南へ向かった。夕陽を受けて山襞《やまひだ》は影を濃くし、岩壁は殊更切り立って見えた。ぼんやり眺めていると中腹から白く輝く直線がもう暗くなりはじめた麓へ落ちているのが見えた。それは長い滝らしく、忠一郎はあの滝はもう二度と見ることはないだろうと思った。はじめて、一生という言葉が浮かんできた。スープとハンバーグの夕食が済んだ頃から月が輝きはじめた。月の光は静かな波の上を渡って船に届いていた。忠一郎は自分の席とは反対側の窓から、しばらくその光に見とれていた。自分の内側に月を眺め、スコットやワーズワース、あるいはフランスのヴェルレーヌの詩を想起する感覚が消えているのを改めて確かめながら。

少し眠って目を覚ますと彼の席からは星が見えた。大きな、葡萄の粒を思わせるような星で、忠一郎はずっと幼かった頃、両親と一緒にこうした美しい星を見たことがあったのを思い出した。

あの頃はまだ両親は若くて仲がよかった。父親の転勤と共に移ったから忠一郎は小学校の時二度、中学の時一度学校を変わった。だから星が綺麗だったのが水戸だったか新潟だったかあるいはもうすっかり忘れてしまった所だったかは、帰還してから聞いてみないと分からない。中学の高学年になってから、高校、大学への進学を考えたのだろう、父親だけが任地へ赴き、母親と忠一郎は東京に残ることになった。東京の住まいはまだ市谷砂土原町ではなく、中央線の国分寺だった。親たちの間がなんとなく冷えたのは離れて暮らす時間が増えたからか、或いは冷えた結果として父は独りで任地に行くことになったのだろうか。

星が綺麗だった晩、父親が「宇宙にはまだ分からないことがたくさんある。そのなかでも分からないのは人間かもしれない」と言ったのを忠一郎は思い出した。栄太郎が宇宙と人間を一緒の話にしたのが不思議だったのを彼は覚えている。多分、その時、彼は中学の三年だった。

それから二日ほどしてセイロン（スリランカ）沖を過ぎインド洋に出ると船は揺れはじめた。その晩、忠一郎は夢を見た。それはやはり密林のなからしかったが彼は大蜥蜴になっていた。彼は蛙、土竜《もぐら》、地上を走る鳥の卵、そしていろいろな生きものの肉を食べて生きていた。その大蜥蜴はよく泳ぐのだが溺れる者を救うことができない。彼は乳と泥と緑が混ざり合ったような密林の中から、何とかして脱出しようと苦しんでいる夢であった。

マラッカ海峡に入って間もなく、忠一郎たちがはじめて戦闘訓練を受けたマレーのポートディクソンの町が船窓から遠望された。

その町の姿が目に入った時、戻ってきたという実感がはじめて忠一郎の心に浮かんだ。これでようやく振り出しに戻ったのだ。悪夢は過去の出来事になったのだと思った。

シンガポールに着くと日本の捕虜たちはクインメリー号が錨《いかり》を降ろした桟橋から一粁ほど歩いた船着き場に行き大型船艇に分乗した。

上陸したのはレンバン島と呼ばれる島で、低い丘全体が段々畑になっていた。その島は無条件降伏をした日本軍の兵が帰国するための集結地に使用されていたのである。忠一郎たちは大型船艇を降りると各々姓名と階級を名乗り軍籍表を貰った。その瞬間に捕虜という身分は消えた。どこの部隊にいてどんな戦闘に従事したか、などは一切聞かれなかった。勿論、捕虜になっていたかどうか、この島にどんな経路を通って到着したかについての質問もされなかった。その日からレンバン島で渡された軍籍表が忠一郎たちの唯一の身分証明になった。かつては入隊した際に支給された軍隊手牒と戦死した時にすぐ誰か分かるように常に首から胸に斜めにたすき掛けにかけておく認識票が本人の存在を証明しているのであったが。

認識票は小判型の真鍮《しんちゆう》製の板で所属連隊番号、中隊番号、個人番号が刻印されていたし、軍隊手牒には軍人勅諭をはじめとする勅諭、勅語などが印刷され、その後に各人の所属部隊名、服のサイズ、出身地、軍歴などが記入されるようになっていた。忠一郎たちはその次にはS／Jという通し番号の後に投降した捕虜か、傷ついて捕らえられたのかなど捕虜としての性格を表すPOWなどの記号が続き数字が書き込まれているものが存在証明であったが、今度は一番簡単な軍籍表になったのだった。

簡単になったのは、おそらく捕虜になっていた等々の不名誉な過去を消す配慮も働いていたのだろう。それは有り難いことであったが、それだけ一層抽象的な存在になったと忠一郎は思った。

もと日本兵たちはこの島で一つのテントに二十人ぐらいずつ寝起きし、昼間は芋を栽培しながら日本へ行く船を待つことになった。

レンバン島の段々畑からはシンガポール港に出入りするたくさんの船が見えた。忠一郎は腰を下ろして船の往来を眺めながら「これから自分が帰るのはどこなのだろう」とふと思ったりした。

帰還

懐かしいものは何も残っていなかった。

アメリカ軍が戦争中建造したリバティ型貨物船に乗って名古屋に上陸した。

その日はまだ梅雨が来る前の快晴だった。朝日がかなり高くなった頃、誰かが、「日本が見える。おい、日本だ」と叫んだ。船が傾くのではないかと思うぐらいに、捕虜ではなくなった兵隊は甲板や船窓にいっぱいになった。

誰もが、帰って来た、生きていたという想いを胸のうちに抱きしめた。

「あれは伊良湖岬だ」と一人が言うと、もう一人が「こっちが知多半島だ」と泣き声になった。海の色も、浜に生えている樹々の緑も鮮やかであった。名古屋港に着き、船舶事務所でDDTを振り掛けられ、検疫を終え、軍籍表と引き換えに渡された身分証明書、従軍証明書、携行被服員数表を見せて二百円を受け取った。

忠一郎は胸中に湧き返るいろいろな思いに耐えて背嚢《はいのう》を背負ったからだをゆっくり運んでいた。熱田駅から東京、東北に行く列車と、関西方面に行く復員列車が待機していると報されていた。

焼け跡と焼け残ったビルと急造のバラックが混じっている街を歩いていると、男や女が立ち止まって目を細めるようにして忠一郎たちを見ていた。彼らはどこから見ても帰還兵であった。房も東京に行く予定だったから、忠一郎は二人で熱田行きの市電に乗った。二人とも、家族の安否が分かっていなかったから、日本の土を踏んだ喜びは直ちに不安に取って代わったのだった。

熱田駅の周囲にはたくさんの露店が出ていた。それは闇市と呼ばれているらしかったが、驚くほど雑多なものがたくさんあり、どれもびっくりするくらい高かった。物の値段がすっかり違ってしまったのが分かり、大金を支給されたと思ったのは錯覚だったことが分かった。

気が急くので個別に帰ると言っていた者も、値段の錯覚に気付いて復員列車に集まって来た。主要な駅で炊き出しがあると伝えられていたからである。帰還兵たちは敗戦後の日本に慣れなければいけないのだった。

慣れなければならないことは次々に現れて帰還兵たちを無口にした。

名古屋から少し走った駅に着いた時、窓の下に群がってチューインガムを売りに来た子供を、同乗していたもと捕虜の一人が殴り倒した。

「アメリカ兵から貰った食い物を売って歩いて貴様ら恥ずかしくないのか」と、彼が列車のデッキで怒鳴った。

子供を殴り、怒鳴りつけた復員兵に向かって浮浪児のなかから意外な声があがった。兄貴分らしい少年が前に出てきて、「偉そうなことぬかすな、降りてこい。てめえ敗けたくせして、できゃあ面すんな。降りてこい。敗戦つうの教えたるわ」。

それを受けて子供たちが喚声をあげた。車内は色めき立った。それまで、心のどこかで労られたい気持を抱いていた忠一郎の仲間たちは、泥や煤《すす》を顔のあちこちに付け、裸足の汚い子供らに馬鹿にされて傷ついた。

もし、子供たちの後ろの駅舎のなかに、MPの腕章をつけたアメリカ兵がいなかったら、二、三人は飛び降りて、子供たちを打ちのめしていたに違いない。しかし、MPがいるのではそれもできずそのことが屈辱感を深いものにした。

さいわい汽笛もなく列車が動き出して、車内のどうしようもない空気を少し楽にした。

「糞！　我慢にも限界があらあ」と復員兵の一人が怒りをぶつける相手を探している目つきであたりを見回した。

熱田駅で、戦争の頃のモンペをはき、「熱田婦人会」の襷《たすき》を掛けた女性たちから口々に「御苦労様でした」「有り難うございました」と声を掛けられ、握り飯を手渡されて涙ぐみ、訳もなく、日本へ帰ったのだと思った復員兵たちは、急に谷底へ落とされた気分だった。

「大石内蔵助になれってことよ」と別の誰かが呟いた。

重苦しい沈黙が車内に広がり、車輪が立てる音に揺れていた。これから自分の家や郷里に戻って自分はどう迎えられるのかという不安が彼らに覆い被さっていた。

忠一郎も黙っていた。捕虜収容所でもそうだったが、捕らえられていたことを家族や郷里の人々がどう見るか、みんな見当がつかなかった。

「うちの父ちゃんは死んだのに、あんたのそーっと帰ってきて、捕まっとった言うじゃないか」という村の親戚の声が聞こえるという者がいた。

「でも、かあちゃんは喜んでくれるぞ、間違いない」と妙に力む者には、「どうか分からんぞ、待っててくれるかどうか」と茶々を入れる者がいて、そうなると憎しみをあらわにした殴り合い、取っ組み合いの喧嘩がはじまったりした。忠一郎は目をつぶって、そうした喧嘩の光景を想像していた。

忠一郎は両親が無事だったら自分の家では無条件によく生きて帰ってきたと喜んでくれるだろうと思った。村や大家族のなかにいないことは、こういう時は安心だった。

するとそのなかから、自分は密林のなかで何をしたのかという別の不安が頭をもたげてきた。

ある時期から以後、捕まえられるまでの時間の記憶はその長さも含めて戻ってこないのであった。

そのために密林のなかでのことらしい夢魔が事実に基づいているのかどうかは確かめようもなかった。

できるだけ早く静かな日常に復帰して戦争の夢など見ないようになりたいと思い、逆に烈しく何かに打ち込み、目標を立てて前へまっしぐらに進むのがいいのかとも考えた。しかし英文学についての情熱、スコットやワーズワースの詩に心が揺さぶられた感性が脱落してしまったような状態はどうしようもない。

忠一郎はアメリカ軍の軍属になっていたトシオ原口はどうするだろうと考えた。収容所での生活の末期、英文学を学んでいたという共通点もあって親しくなったのだが、忠一郎が彼から学んだのは、分かれ道に立たされた時の原口の既存の何ものにも捕らわれない思い切りの良さであった。

原口は彼の表現によれば「捕虜になることができず」、一度アメリカに戻って、日本への帰化申請をしなければ日本に定住できない、という奇妙なことになっていた。それはいち早くアメリカ人になってしまったことの代償のような感じであったが、原口はつくづく「国家という制度は不便なものだ」と率直な感想を洩らし、忠一郎は国を制度のひとつと見る原口の考え方に改めて刺激されるようでもあったのである。

不安は一様でも、人はそれぞれの事情があるのだと彼は今更のように列車のなかで思った。

市谷砂土原町の、家があった場所に着いて、忠一郎は危惧していたとおり、あたり一帯が焼け跡になっているのを発見した。復員局でもう少し詳しく調べればよかったと反省したが遅かった。

ずっと遠くまで見渡せるようになった住宅地の一隅にポツンと三階建てぐらいの、鉄骨が錆《さ》びたビルの残骸が、晴れ上がった空の下に建っていて、市ケ谷へ下りていく坂の方には、幹だけになった大きな樹が半分焦げたまま見えていた。瓦礫のところどころが板きれやトタンで囲ってあるのは、残った防空壕に人が住んでいるらしかった。

ところどころに水道管が気紛れのように裸で立っていて、水滴がポタリポタリと不規則に、陽に輝きながら落ちていた。その周囲が少し取り片付けられているのは、そこが朝晩の共同の炊事場、洗濯場になっているのだろう。

忠一郎は戸惑ってうろうろとそのあたりを歩き回った。これから先、どう探したらいいのか分からなかった。

戦争が終わってからの一年ほどの間に、東京を引き払う者、疎開先に根を生やして東京へ戻るのを諦めた者、会社の工場に住み込む者など、それぞれが身の振り方を決めてしまった後にノッソリ帰ってきたのは、どんな事情があったにせよ、焼け出された人から見れば本人が鈍感なことを示しているようにも思われた。

忠一郎が防空壕住宅のひとつに声を掛けてみようと近寄った時、中から濃い口紅をつけ短いスカートをはいた派手な格好の若い女性が現れた。思いきって所番地を確かめ、名前を言うと彼女は壕へとって返し、「叔母さん、お客さんだよ、兵隊さん」と伝えた。壕から出てきたモンぺ姿の年配の婦人は、「まあ関さんねえ、関さんはここらが焼ける何カ月か前に疎開しましたわ」と言っているうちに思い出したらしく小腰をかがめて壕へ戻ると「父ちゃん、関さんの行き先書いた紙、どこかにしまったなあ」と男へ声を掛けた。狭いなかに三、四人が同居しているらしかった。

やがてゆっくり出てきた年配の、痩せて無精髭を生やした男が、「あんた、関さんの倅《せがれ》さんだね、忠一郎さんか」と念を押し、頷くと納得がいったように何度も頷き返して、「長いこと御苦労さんだったなあ、行方不明と聞いて関さんの奥さん大層心配しておられたが、まあ、よく無事でのう」と、しげしげと忠一郎を眺め回すのだ。曖昧な薄笑いを浮かべている様子を見て老人は、「隣組長の島田、島田善太郎《ぜんたろう》ですよ」と名乗り、忠一郎はかすかに覚えていたような気になって、「ああ、あの頃はお世話になりました。何もかもお願いしっぱなしで」と適当な口上を述べ、「で、母は無事でしょうか。父は？」と矢継ぎ早に質問した。「奥さんはお元気なはずだ」と老人は母の行き先を書いた紙片を忠一郎に渡して「早く行っておあげなさい」と組長の顔になった。

父親の安否についての質問にかつての隣組組長は、「関さんはなあ、何しろあの戦争で九州を離れられんとかで、奥さんずっとお一人でな、健気なお方ですなあ」と、茨城県の母親の居場所の、文字を辿っている忠一郎に向かって彼女を褒め続けるのだった。

上野から五時間ほどかかった、常磐線の高萩駅で降りた忠一郎は、次第に急になる坂道を一時間歩かなければならないと交番で教えられた。

洗面道具と下着、郷里に着くまでの間に必要になれば飯盒《はんごう》で炊けるようにと持ってきた米などを入れた背嚢は長い船旅で疲れているからか殊更重く感じられた。何度も途中で休み、そのたびに上ってきた道筋を振り返った。

焼け跡も混じる駅前の商店街を越して海が見えた。日本の海はどこまでも深い青であった。満員の船の上から日本の島々を遠望した時、緑がビルマとは違うと思い、復員列車が静岡県に入って、山頂にわずかに白雲が浮かんでいる富士を発見した時、車内に広がった静かなどよめきのようなものを忠一郎も感じていた。しかし、母がいるはずの寮へ急ぐ山道から振り返って見る海の美しさは、今、忠一郎だけが見ている美しさであった。長い兵営生活からやっと一人になって見る海であった。

かなり坂道を上がったところに集落が見えてきた。それは、いくつにも分かれている高萩鉱山のなかのひとつの山で働く人たちのための住宅であった。集落の入り口の家で聞くと、母が住んでいるのは主に東京からの疎開者が入っている、かつての体育館を改造した寮であることが分かった。

「でもここもね、艦砲射撃の時はどうなるかと思いましたよ。アメリカの軍艦が何隻もずっと沖合にいてね」と寮へ行く道を教えてくれた年配の女性は、兵隊服姿の忠一郎を点検するような目で眺め回した。

寮はその集落からもう一つ上の集落の丘の上に建っていた。忠一郎が、集落の中央に通っている道を折れて寮に向かって歩き出した時、その建物の横の出入り口から、バケツを片手に窶《やつ》れた恰好の中年の女性が出てきた。

それは忠一郎の母親関静江《しずえ》だった。

「母さん」と彼はいくらか自信なさそうに呼び掛け、少し急ぎ足になりかけたが、からだが思うように動かない感じで、むしろたどたどしく彼女に近付いていった。

訝しげに彼の方を見た母親は、小手を翳《かざ》して少し目を細めるようにした。やがて、ひどく戸惑っているような、恐いものにそっと触るような口ぶりで、「忠一郎か？　忠一郎」と繰り返し身じろぎをするように少し前に動いた。やがて、近寄って互いに眺め回し、忠一郎は片手を何だか小さくなったように見える母親の肩に置き、その動作で堰《せき》が切れたのか、彼女は両手で忠一郎の胴回りに手を回して「帰ってきたんだ。本当に」と、手の感触で息子が生きていて自分の前に立っているのを確かめるようだった。

「ずいぶん探したろう」と彼女が聞き、忠一郎は「いやそうでもない。焼け跡に行って隣組長の島田善太郎さんに教わった」と事実を告げた。

「空襲で焼けた時は、もうこっちに来ていたらしいけど」と確かめる忠一郎に、静江は、「ああ、運が良かった方だよ。怪我しなかっただけでもね。ほら、私の弟がこの炭鉱会社の役員だからね、お父さんも、そうしてもらえるなら安心だと言ってくれたから」

そう聞いて忠一郎は何の苦労もなしに叔父の伝田章造《でんだしょうぞう》の名前を思い出した。彼はひそかに記憶はそのまま昔通りに確かだと点検していた。やはり密林のなか以外は大丈夫なのだ。

「もう一人、海軍に行っていた叔父さんは？」と更に記憶力の具合を知る意図もあって聞くと「昭雄ね。戦死した。名誉の戦死だった。兄弟中で一番素直ないい子だったのに」と、静江は声を潤ませた。

「お前が応召して間もなくだった。マレーの方だと聞いて手紙出したけど届かなかったかい」と聞かれて、「届かなかった」と答えたけれども、それは記憶が失われているのか、本当に届かなかったのかは分からなかった。「行方不明と言われたけど何でもなかったんだね。ほとんどの不明者は駄目だと言う人がいてね、私はそんなことはない、うちの忠一郎に限ってそんなことはないと言っていたんだよ」そう話しているうちに静江は泣き出した。

忠一郎は焼け跡で隣組の組長が、「関さんはなあ、何しろあの戦争で九州を離れられんとかで」と言った口ぶりが引っ掛かっていて、ためらったが、「父さんどうしているのかな、元気かな」と思い切って聞いてみた。

「ずっと九州だよ。元気らしい。月に一度は東京に出て来てたんだけどね、焼けてしまってからは泊まるところもなくなったから」と、静江の口ぶりはなんとなく弁解しているようであった。忠一郎は両親の関係は冷えたままなのだと推測した。

彼は母親が寝泊まりしている高萩炭鉱の寮に七日間泊めてもらった。それは出征の直前、父親の門司の官舎に一泊して以来の本格的休養であった。

そのあいだに彼は鉱山事務所に寝泊まりしている叔父の伝田章造に帰国の挨拶に行き、母が世話になっているお礼を言った。章造は「いつまで居るか」と聞き、忠一郎が「よろしければあと四、五日」と言うと、「一晩僕に付き合え。今後どうするかも相談に乗ろう」と言ってくれた。

叔父は鶏のすきやきを「炭鉱は幸い復興のための重点産業に指定されたからね。多少の自由がきく」と説明し、「日本がどうやったら自立できるかは、結局、経済の力に頼るしかないだろう。資源のない日本は原材料を輸入し、加工、組み立てをして完成品を輸出する。貿易立国と言ってもいい。それは平和主義でないと成り立たない」と述べ、「忠一郎君は大学は何を勉強していたかな」と質問した。

「英文科の学生でした。一年の時召集されましたから、復員学生として受け入れて貰えるそうです」と答えると、叔父は、「それはいい、英語はこれから第二の国語になる」と励ました。

忠一郎は、この叔父には何でも言って相談に乗ってもらおうという気になって、「でも、困ったことに戦地でいろんな体験をしているうちに英文学に情熱が湧かなくなってしまったんです」と白状した。

食事の終わりになって、叔父は少し改まって、「もう気が付いているだろうが、関さんには九州に好きな人がいるんだ」と言った。

「姉さんには言っていない。知らないことにしておいてあげたい。でもお父さんを恨んじゃいけないよ」と釘を刺し、「今後、何でも相談してくれるといい。姉さんのことも、君自身のことも」と言った。

忠一郎はやはりそうかと思いながら、不思議に父親に対して反感を感じなかった。おそらくビルマに行く前の自分だったら反応は違っていたろう。何かが自分のなかで変わったのだった。それがいいことか悪いことか分からないが、むしろ父さんも大変だったろうとさえ思った。

「君が行方不明と聞いた時、弟も戦死したし、姉さんは僕が面倒見ようと思った。姉さんは我儘だけど姉弟のなかでは一番気丈でね、言い出したら意見を変えない。一度こじれるとなかなか関さんとは折り合いがつくまいとは思っていたが。しかし、君が無事だったのは心強い、嬉しいことだ」

そう言う叔父の口ぶりには忠一郎の帰還を心底喜んでいる気持が滲んでいた。

帰り道、忠一郎はおそらく母は父の事情をとっくに察していると推測した。しかし彼が質問しても、自分がその気になるまでは何も言わないに違いなかった。そんなところが叔父に、「気丈だから」と言われるのだろうと考えた。

東京に戻る日、忠一郎は叔父の事務所に挨拶に行った。母親も一緒だった。忠一郎は学生寮に潜り込むことに決めていた。

前の晩、彼は母親に「お礼に行くんだから、何を持っていったらいいかねえ」と言われて驚き、「だって焼け出された疎開者なんだから、そんな心配要らないんじゃないか」と言う息子に向かって「そういうものじゃないよ。いくら親類でも姉弟でも、親しきなかにも礼儀ありだよ」と言い、忠一郎はこうした暮らしの仕方について父と母がよく議論していたことを思い出した。

事務所に行って挨拶を終えると伝田章造が、「ところで忠一郎君は、これからどうするかね」と聞いた。一人で御馳走になった時、進路についてはあまり突っ込んだ話が忠一郎もできなかったのだった。

「自分としては少し辛くても復学して資格を取ってビジネスをやろうと思います。学資は自分で稼ぐつもりですが、問題は焼けた家をどうするかなんです。雨風を凌ぐだけでいいのですが、そこに住んでいないとこういう時節ですから、土地も払い下げてもらえるかどうか分かりません。罹災者《りさいしゃ》のためにどんな制度があるのかを調べてみるつもりです」と答えた。伝田は静江を見て、「忠一郎君はしっかりしたなあ。出征する前の、どちらかと言えば青白きインテリの感じとは大違いだ」と感心してみせた。

伝田章造は忠一郎に向き直って、「僕も調べてみよう。いろいろな方法があるに違いないし、いよいよの場合は僕でできることならするよ。恒産あれば恒心ありだ」と、途中から静江の方を見て言い、忠一郎は「お願いします」と頭を下げた。

忠一郎は戦地から戻って再三、自分の感性が変わってしまっていることを意識させられた。まず茨城から戻り、何年かぶりで大学の構内を訪れた時がそうだった。一年近く通訳のようなことをしていたからか、英語についての感じが殊更違ってしまった。

途中から親しくなった連合軍側の通訳のトシオ原口は「こういうふうに収容所なんかで英語を使っていると新しい感性の場に引っ張り出されるような気がする。ボストンでヘミングウェイなんか読めば読むほど、自分には本当のところが分かっていない、言葉では分かっても作品の中の人物の、身ぶりや表情が見えてこないと感じたところが、いつの間にか気にならなくなっている」と、かえって英米文学への情熱を語っていたのであったが。

忠一郎は自分と原口の差は、実際の戦闘に参加して敗け、傷つき捕らえられた自分と、勝った側の通訳として危ない目には遭わなかった体験の差だと考えた。そんな時、忠一郎には、戦場での辛い体験が戻ってきた。幸い密林のなかでの彷徨の場面の記憶は空白のまま閉じられていたが。

心のどこかに大きな傷を受けた時、文学が大切にしている翳りのようなもの、事柄と事柄の間にあって、決して論理では説明され尽くされることのない凹《くぼ》みのようなものの大切さを受け取ることができなくなってしまうのだろうか、などと考える時もあった。しかしすぐ忠一郎は、そんなことはないと自分の頭に浮かんだその考えを斥《しりぞ》けた。なんだかそれは自分を貶《おとし》める思想のように思えたのである。

秋になって彼は正式に大学に復学したが、文学部の講義がなぜか遠い場所で話されている話のような感じで、からだごと入っていけなかった。

伝田叔父にも話した計画を実現するために、忠一郎はいろんなアルバイトを探し、あちこちにつくられた英会話学校の講師の口を見つけた。ためらいがなかったわけではないが、時間がある程度自由になるし、何より収入がよかった。受講者の多くが、日常のビジネスでアメリカ人と接触する必要があっての飛び込み受講であったから、忠一郎の講義は評判がよかった。叔父は約束どおり学資の援助をしてくれることになったが東京でのインフレは烈しく、何から何まで甘える訳にはいかなかった。

安曇野の秋

良也は長野駅から真っ直ぐに新しくできた美術館に行った。館長に就任した小室谷は、前衛的な抽象絵画に目を配りつつ長野県に縁の深い画家は順次、企画展として取り上げていきたいと抱負を県版に語っていた。その話にも、私立美術館ではあっても大きく自治体に応援してもらわなければならない館長の立場の苦労が表れていると良也は思った。

一緒に長野支局にいた時以来気が合って、東京へ戻った後も、小室谷は希望して文化部へ行き、良也は社会部に回ったが、時々会って雑談する関係が続いていた。小室谷はその頃から美術評論で身を立てるつもりだった。四十代で思い切りよく社を辞め、個展の批評などを精力的に新聞や雑誌に発表していた。彼の強味は美術批評を、現代詩や前衛音楽などと同じ土俵に乗せて論じられるところにあった。父親が有名な財閥の御用を承る画商でありコレクターでもあったからフランスと日本の間を往来していて、中学校までフランスにいたことも、小室谷のこうした活動の背景になっていた。もっとも生まれたのが良也と同じ戦争直後だったから、フランスでの暮らしも楽ではなかったようだが、それでも日本よりはましというところもあったらしい。

そうした生い立ちだったからどこか日本人らしくないところがあり、社会人になっていろいろと悩むところの多かった良也にとっては得難い友人だったのである。

その小室谷が、教育文化の先進県とはいえ長野市の美術館長に就任して、東京で培った人脈などをうまく活用できるのだろうかというのが、親友を慮《おもんばか》っての良也の心配だった。それだけにできるだけ早く美術館に行って彼を励ましてその健闘ぶりを確かめたいのでもあった。それに抽象画がどんなふうに地元の人に受け取られるかも、まだジャーナリストとしての興味の持ち方が残っている良也の関心事であった。その上、小室谷の手紙では二回目の企画展として、生命の象徴としての男根を立体的に描き出している女流画家を取り上げるつもりだとある。それはあまりに勇気ある独自路線の追求のように良也には思われた。もっとも小室谷は良也の心配に感謝しながらも社を辞め、評論家としての自立を果たした実績を持っているから、今度も成功するかもしれない。そうなれば長野県を美術の面でも先進県に担ぎ上げた功労者になるだろう。ハラハラしながらも良也には小室谷に賭けたい気持もある。

昔の公立専門学校の跡地に建てられた美術館は来館した人が作品を見やすいように床材を柔

らかいものにし、そこここにスロープを用いてあったり、周辺の植生も随所に混ぜ植えをあしらって煉瓦造りの建物と緑を調和させていた。その緑のなかに女流画家の巨大なトーテムポールのようなオブジェが建っていて来館者を驚かせている。

「今展示している幾何学的抽象は幸い好評でね、こういうふうに丁寧に解説付きで見せてくれると現代絵画も分かってくるという声が多い。ただ××さんの庭のトーテムポールには問い合わせが多いよ。一昔前だったらPTAから文句が来たかもしれない」

館長室に良也を迎えた小室谷は文化部の記者だった頃と少しも変わらない笑顔を良也に向けて男根派の画家の名前を口にした。

このぶんなら滑り出しはまずまずだと良也は安心し、今度の長野出張は社の仕事を兼ねていると正直に告げた。それは『現代人の俳句全集』の取材だと杉田久女と数年前急死した上田五千石の名前をあげた。

「杉田久女なら松本だろうが、上田五千石は長野のどこだろう」

そう小室谷が聞くので、良也は「いや、伊那と、松本中学に二年ほどいただけだが、彼の作品を読むとね、どうしても雪を被った北アルプスを見ながら育った俳人という感じがあるんだ」と説明し、ビジュアルな『現代人の俳句全集』について計画を話し、カメラの菅野春雄は三日遅れて松本に直行すると報告した。

良也は、夕方小室谷と落ち合う時間と店を決めて美術館を出、思い立って国立の東長野病院に行ってみることにした。そこで誰かに会うとか話を聞くというつもりはなかった。ただ、支局にいた三十年ほど前、週に二日は通った病院はどうなっているだろう、見ておきたいと思ったのだ。

タクシーに乗ってから思いついて、良也は急がないので古くからの北国街道を通るように頼んだ。江戸時代から在ったというこの街道をかなり走って右に曲がると病院に行く道に出るはずだった。ほとんどの家は新しくなっていたが、気のせいかところどころに見覚えのある店が残っている。たちまち通り過ぎてしまったが、細い道が交差する角の写真屋は確か三十年前もあった。良也は長野で旧友に会ったことが、自分をセンチメンタルジャーニーに誘ったのかもしれないと思った。

車は良也が思ったとおり北国街道を右に折れた。少し走ると大きな建物が見えてきた。運転手に聞くと最近市街地から移転した名門の女子短大だという。良也はその名前を聞いたことがあった。病院はその奥にあった。四階建ての白い病棟は総合病院らしい構えになっている。はじめて支局に来た時のことなど考えているうちに車は着いてしまった。正面の入り口の左側が外来患者と薬が出てくるのを待っている人の待合室になっていて、たくさんの人が腰掛けていた。当時は、戦争が終わってずいぶん経っているのに、まだ葉中長蔵のような傷痍《しょうい》軍人がかなり残っていた。もとは陸軍の軍人専門の療養所で結核患者が多かったらしい。

良也は用ありげに一番後ろの空いている席に腰を下ろした。すると「ここに人びとがやってくるのは、生きるためなのか、だがぼくにはむしろ、死んでいくのではないかと思われるほどだ。」というフレーズが前後の関係なしに浮かんできた。リルケの『マルテの手記』の冒頭である。主人公のマルテは「生きることが大切だ。とにかく、生きることが大切だ」と、自分に言いきかせるのだけれども。

良也は今いる待合室の光景とは関係のない章句の記憶を振り払ってあたりを見回した。むち打ち症で傷めた頸を固定するために首に顎を支えるコルセットをしている人が二人いた。片手を三角巾で吊った怪我人、松葉杖の老人がいたが、多くの人は艶のない皮膚を見せて疲れたように腰掛けていた。どこか内臓が悪いのだろうと良也は思った。

彼はこうした病院の様子をマルテの手記を引用して茜に話したことがあった。

その頃、いろいろ悩んではいても、今から考えれば未来へ目を放っていた記者の良也に、十九世紀末から第一次大戦にかけての時期にヨーロッパを覆った絶望の深さが分かるはずがなかった。二十世紀末を生きてきた今だって、分かっているとは言えない。年を取り、あの頃ほどひたむきではないだけに、そうした生と死の問題などからは離れていようとしているだけだ。

若かった良也は、今の学生とは違って背伸びして茜にリルケという詩人について、来るべき革命とその挫折を先取りしたような『マルテの手記』について話した。茜はそうした話に強い関心を見せ、もっとよく理解しようとしていたような記憶が蘇り、良也は、それはなぜそうだったのだろうと今になって思った。

夜、ひと昔前の民芸酒場ふうだが、ゆっくり話ができるスペースもある店で小室谷と落ち合った時、良也は「今日はあれから、感傷旅行をしてきた」とうち明けた。

「思い出の場所の探訪か、お互いにあの頃は若かったからな」という小室谷の言葉に頷いて、良也は「まず病院、それから田子池、蚊里田《かりた》八幡宮」と訪ねた場所を挙げた。

「よく覚えていたな。そうか、君にとっては切実な場所だったんだ。茜さんにはずいぶん打ち込んでいたから僕なんか心配したくらいだった」

良也は小室谷が「探したいのなら手伝う」と言ってくれた親切を「有り難う、それはいいんだ。探し出せたとしても彼女は僕に会いたがらないだろう」と断った。

「それもそうだ。昔の恋人にはまず再会しない方がいい」と小室谷はあっさり同意した。良也は何となく最近の心境を親友に話したくなった。自炊生活などと、使い慣れない言葉を使った思い付きで妻を悲しませたことが頭をかすめた。

「年のせいかもしれない、時代の空気のせいかもしれない。最近いろいろ迷ったり考えたりすることが多い」と前置きして良也は自分のなかでの『潮騒の旅人』の企画のその後の煮詰め具合を話題にした。

「それは学生風に言えば、自分に人生を考える力があったろうかという問題なんだ。この本を編集してみることで自分と向き合うというか」とも解説した。

小室谷は黙っていたがやがて「前にも同じことを言ったかもしれないがそれはすすめたらい い。途中で厭になったらやめてもいいんだから。大義をふりかざさないで作るのは賛成だな。個人に訴える力のないものは誰にも何も訴えないんだから」と、彼も若い頃の話し方になった。良也は彼と付き合うようになった時、その何事にも冷静な態度と、やや皮肉っぽい表現に、自分よりも大人の判断力を持っている男という感じを抱いたのだった。

それでいて彼は現実主義者だ。年次休暇などはきっちり取ってフランス印象派の画家の伝記資料の収集のような仕事を進めていた。そんな小室谷を見るたびに良也は、中学校までパリで過ごした彼は、自分より老成しているというふうに考えた。

新聞記者から美術評論家になった小室谷は館長になってはじめて幾人かの部下の上に立ったのだった。

「仕事の内容が考え方を変えることは大いにあると思った」と彼は述懐した。

「救いは若い館員にやる気がある点だ。能力もある。『今どきの若い者は』式の考えは間違っているよ」とも言った。

開館して三ヵ月目に入った美術館の話が一区切りになった時、小室谷が、「さっき思い出したんだが、三人で軽井沢にドライブしたことがあった。覚えているか」と聞いてきた。小室谷と良也が交代で運転し茜はずっと助手席にいた。

「僕の番の時、彼女は眠っていてね。よほど疲れているんだろうと思った。勤めと看病で大変だったんだろう」

小室谷はそう言って、その際の茜の様子を想起する目つきになった。その日彼女は努めて快活に振る舞おうとしていたような記憶が良也にも残っていた。

良也はいつも小室谷のことを一目置いている口ぶりで話していたから、恋人の親友にいい印象を持ってもらおうとしているのだと、良也は好意的に見守ったのだった。少しためらっている気配を見せていた小室谷が「その時、僕はびっくりしたんだが、彼女、眠っていて涙を流しているんだ。よほど悲しい夢でも見ていたのかもしれないが」と言って口を噤《つぐ》んだ。

はじめて聞く話に良也は驚き、父親の死後忽然と姿を消してしまった行動はその頃から考えられていたんだろうかと思った。しかし良也は記憶を辿ってすぐその想像を否定した。二人の関係がはっきりと恋愛の形になったのはその年の夏の花火大会以降である。だから茜の涙は自分たちの恋愛を巡ってのことではない、良也は希望を交えてそう思った。

考えている良也の視野に落葉松の鮮やかな芽吹きが浮かんできた。まだほとんど人のいない新緑のなかに茜の目があった。その瞳は悲しそうではなく、かといって楽しそうなのでもなく、ただ深い色を湛えていた。

彼はふとあさま山荘事件で捕らえられた連合赤軍の若者たちの目は深い色だったろうかと考えてみた。事件が血腥《ちなまぐさ》くても当事者の目が悲しみに深くなっているという矛盾もあり得るのだから。

良也は茜が姿を消してしまう前、一緒にお水端に行ったことを思い返した。

茜は最終列車で長野へ戻り、良也は旅館に泊まった。夜明け前、良也は再び一人でお水端に行った。二月のはじめのお水端はすっかり凍っていた。枯れ木の影のなかに茜の瞳は浮かんでいなくて恐いほどの月が照っていた。それは鑑賞の対象としての月ではなかった。葉を落とした落葉松の裸形を浮かび上がらせ、噴き上げようとしたまま凍った噴水の氷柱《つらら》に射し、浅間山を黒々と近くに見せている光であった。

またこの月は、私刑《リンチ》に遭い命を失う寸前に意識を奮い立たせた連合赤軍コマンドが見た月であった。月は八人を殺した榛名山のアジト、三人の仲間を殺した迦葉山《かしょうざん》のアジト、そして一人が犠牲になった妙義山を照らし、なによりも彼らの愚かさと残忍になってしまった無知を照らしていたはずであった。

そしてまた冴えた月は、良也の無事平穏を照らしていた。

良也は六〇年安保闘争の後の、学内が比較的静かだった時代に大半の学生生活を送り、東大紛争がはじまった昭和四十三年の初めにはもう新聞社の入社が内定していた。良也にとってもっと決定的なのは、二つの原爆が爆発し、国全体が惨禍に沈んだ戦争の翌年に生まれたことだった。一度も大きな波を被ることがなかっただけに、良也は学生たちの運動にも冷静であり、好意的に見る立場も批判的に見る立場もあり得るなどと考えてここまで来たのであった。月が照らし出していたのはそうした良也の平穏無事でもあったのである。

この時、彼は自分は独りだと感じていた。はじめてと言っていいくらいに深く独りだと思った。良也は茜が珍しく指示するような口調で「月の光って好きじゃないんです。恐いんです、覚えておいて」と言ったのを想起し、彼女は自分とは違い、何かとても酷《むご》い光景に触れた、そうした現場にいたことがあったのだろうかと思った。

しかし、それはもう三十年も前のことだ。良也は回想から自分を引き離して「もう三十年も経つんだよなあ」と小室谷を見た。

彼は無言で頷き、ふっと息を吸い込むようにして目を上げた。今までのことは分かった、それで話題を変えるが、というような間合いに彼が見せる仕種だった。それが、彼の含羞《がんしゅう》からくるのか、相手への労りから出るものか、おそらくその両方からだろうと良也は受け取っていた。だいぶ夜も更けて、一時賑やかだった店内も少しずつ静かになってきていた。

小室谷は良也に、道順からいけば少し戻る形になるが一度上田に出て、それから松本に抜けるのがいい、直接抜ける松本街道がいい道になっているから、と教えた。それにつけたして「上田には最近ホテルも建ったし、駅前にいい鰻屋があった。無言館、デッサン館を見て松本泊まりという方法も可能だ」と言ってから、思いついて、「安曇野へは茜さんと行ったのか?」と聞いた。

「あの頃は一日がかりという感じだったが、距離からすれば七、八十キロだから、三度ほど行ったなあ」と良也は答えた。茜は安曇野の風と光がとても好きだったと思い出しながら。

「今度の旅行はセンチメンタルジャーニーに徹するといいよ。取材は取材として。安曇野はずいぶん変わったよ。明日美術館に行ってあのあたりの資料を揃えさせておく。行きがけに取りに来てくれればいい。そのなかに演劇関係の戦没者の資料などを集めたいい美術館があった。個人の小さな館だが雰囲気があってね、確か万緑美術館と言った」と説明をし、「その他にもいわさきちひろの作品を中心にした安曇野ちひろ美術館、ロダンの弟子だった荻原碌山の美術館、高田博厚の作品を常時展示している美術館」と数えあげた。

それに続けて「茜さんと何度か行っている訳だから安曇野もゆっくり回らないとセンチメンタルジャーニーは完結しないね」と幾分からかうような目付きをした。

良也はそれに気付かないふりをして、「その頃は僕の方に関心がなかったからかもしれないが、博物館・美術館はそんなになかったように思うが」と首を捻《ひね》った。

「おそらく、八〇年代になってから生まれた館が多いと思う。高度成長というか、むしろその後のバブルはそういう面ではいい影響もあったわけだ。僕のところの美術館も計画が決まったのは九〇年代に入ってからだ。皮肉な見方をすればバブルの最後の計画だったと言えるかもしれない」

その小室谷の言葉を最後に二人は立ち上がり、良也は東京から提げてきたブランデーの瓶を小室谷に差し出して「今日はご馳走になった。ゆっくり話ができて楽しかった。帰りは真っ直ぐ帰京することになると思うが『現代人の俳句全集』か『潮騒の旅人』の件でもう一度会いにくるかもしれない。前もって連絡するが、その時は頼む」と礼を言った。

良也は小室谷が教えてくれた道順に従って翌日の昼遅く上田に行って一泊し、戦没画学生の遺作などを集めた無言館を訪ねた。少しも思い入れを表に出さず、無言こそ一番の雄弁だと主張しているような展示の仕方に感心した良也は館長に挨拶をして感想を述べた。戦争がどれだけの才能を殺してしまったかを今更のように感じて、良也は素直に『潮騒の旅人』の企画を少し本気で詰めようと思った。

いくつになっても、好感が持てる青年という風貌を失わない男のように見える館長は喜んで、自分で運転して良也を上田駅前の鰻屋に案内した。良也はそこで名前は聞いていた有名な出版社の元社長に紹介された。会うなり、近頃の新聞は何を考えておるのだ、大衆に迎合ばかりしているではないかと一喝された。次の日、良也は長野支局から案内に来てくれた若い記者と一緒に安曇野の博物館、美術館を回ることにした。

小室谷が話してくれた万緑美術館は、やや大きな別荘風の建物であった。一階にはケーテ・コルビッツ、レービン、メキシコ社会派の作品が展示されていた。二階が小室谷が説明した戦没演劇人の資料展示室になっていた。どの階にも個人の趣味が一貫しているからか、親しみやすい雰囲気があった。見終わって良也と若い記者は一階の、コーヒーを飲みながら雑談ができるように作られている喫茶室に腰を下ろした。

良也は若い記者に、「小室谷館長が指揮するような大きな美術館と、今日見て回っているような個人博物館、美術館とが並立しているのはいいね」と感想を述べ、「こういうのを本当の贅沢と言うんで、それには社会が成熟していることが前提になる」と続けると、青年が、「でも、関さんの言うそうした贅沢がある一方で、旧城下町や県全体に封建的なものが残っているのをどう考えたらいいんですか」と、目をキラキラさせて食いついてきた。彼を見ていて、良也ははじめて長野支局に配属された頃の自分を思い出した。

「僕もちょうど君と同じ年の頃、この長野支局にいてね、同じようなことを考えていた」と話し出した時、カウンターのなかにいた四十歳ぐらいなのだろうが若い感じのする女性が、「おそれ入りますが、よろしかったら御署名を」と大きなノート型の来館芳名帳を持ってきた。

彼女の声を聞き、顔を見た時、良也はどこかで会ったことがあるような気がした。

良也は迷ったが社名は書かず名前だけを書き、連れの若い記者は支局名と名前を並べた。

その時、携帯電話が鳴り、玄関ホールまで立っていった記者がすぐ戻ってきて「済みません、ちょっと事件が起こってしまって、支局へ戻ります。関さん、よろしければ途中までお送りしますが」と聞いた。良也は迷ったが疲れていたので、「いやいい、もう少しここでゆっくりしていく。必要ならタクシーを呼んでもらうから。有り難う」と断った。

青年記者はエンジンの音とともに消えた。さっき、来館芳名帳を持ってきた女性が、それを待っていたかのように近寄ってきて、「関さんでいらっしゃいますね」と念を押し、良也が頷くと、彼女は、「私、葉中茜の従妹でございます。葉中知枝《はなかちえ》と申します。茜からあなた様のことを伺っておりました」と名乗った。

気がつくと良也は立ち上がっていた。

「茜さんはどうしていらっしゃいますか、お元気ですか」。そう思わず出た言葉に知枝は頷いて、「元気なはずです。私はずっとこちらにおりますものですから」と微笑んだ。笑うと唇の右のところに小さな糸切り歯が覗いた。

「茜のお父さんと私の父が兄弟で、軍人だった父親が亡くなって間もなく従姉は京都に帰ってきました。それから二十年近く、ずっと一緒でした」

「……」

「私の父は軍人が嫌いでしたから、父同士はむずかしい面があったようですけど、従姉は別で、喜んで私の父も迎えて、私は姉のようになついていました。高校に行くようになってからは、よくあなた様のことを伺いました」

もうほとんど忘れてはいたが、聞いていると茜に似ていると分かる声であった。

良也は立ったまま動くことができなかった。当時の自分の迷い、母親の病気があったとはいえ、彼女の前から遁走《とんそう》してしまったような行動への悔いが、三十年の年月を背負って押し寄せてきた。

「大事な時に力になれなくて、ずいぶん行方を探したんですが分からなくて」と弁解の口調になった。

母親が癌と分かった時、自分が立っていた分かれ道は、母を選ぶか茜を選ぶかではなく、生涯を誓った恋を選ぶか、会社に籍を置き続ける安全な道を選ぶかだったのだという気がした。どこか茜を彷彿とさせる知枝の顔形は、当時の自分を映し出す鏡のように見えた。

良也は、「茜さん、僕のこと恨んでいたでしょう」などと如才なく言って、事柄自体を受け流す態度をとれなかった。それでいてわが身が可愛いから口から出る言葉はつい弁解めく。

そんな良也の動揺には頓着せずに知枝は「従姉はあなた様にとても感謝していました。本当に自分を想ってくれたのは関さんだけだ、私のために会社を辞めようとまでなさったのよと言って」と、従姉の言葉を思い出そうとする目になった。

知枝の顔を見詰めても社交辞令などではなさそうなのだ。良也は思いきって一歩踏み込んで「僕は茜さんのことを詳しく知りたいんです。どうしても分からないことがあって。それは僕自身の問題でもあります。会っていただけるかどうか自信はありませんが、結婚なさったんですか」。

その質問に知枝はゆっくり首を振って、「いいえ、独身です。でも、今日本にはいません」と言い、良也が「どこに?」という問いをのみ込んで顔を見ると知枝は、「インドネシアのバリ島に行っています。現地で臈纈《ろうけつ》染めの布を作ったり、子供たちに日本語を教えたりして。ここ十年ほど向こうで暮らしています。民話の採集なんかもしているようです」と言ってまじまじと良也の顔を見た。瞳孔を絞るようにして相手を見る目の周辺、そして少し受け口の口元などが良也に茜の面影を思い出させた。

知枝は少しのあいだ迷っていたが、顔をあげると、はっきりした言い方で「関さん、私も教えていただきたいことがあるんです。従姉について、私にも分からないことがあるんです。最近になってそう思うようになったと言った方が本当かもしれませんが」と、謎のようなことを言った。

良也は気が付いて彼女に自分の前の椅子をすすめた。幸い入館者は一人もいなかった。

「茜さんは、ある日僕の前から姿を消してしまったんです」。良也は知枝の言葉に触発されて、自分の回想のなかへ落ち込みながら話し出した。窓の外には秋の安曇野の昼前の陽が色付きはじめた白樺に当たって、葉が細かく揺れていた。

「やはりそうだったんですか」と知枝の声は小さくなった。「私が、そんなに好きだったら、どうして結婚しなかったの、って聞いたことがあるんです。高校生の二年の時でした。そうしたら『私、逃げてしまったの』と言っていました。ごめんなさい、初対面のかたに率直すぎるかもしれないわね」とあわてたけれども、すぐ鎮まって、「私、従姉の書いたノートを持っているんです」と告げた。

良也は、知枝が持っているノートを読むことができたら、ずっと一緒だった従妹でさえ分からないという、茜の心の奥底のところが見えてくるかも、と思った。しかし、知枝がどういういきさつでノートを持っているのかが分からなければ「見せてくれ」とは頼みにくい。

知枝が何か言おうとした時、マイクロバスのような車が着いたらしく、入り口にかなりの数の人が入ってくる気配がした。良也は急いで、「僕はまだ数日、松本駅の近くのホテルにいます。杉田久女と上田五千石という俳人の足跡を取材しなければならないので、昼間は出かけていることが多いかと思いますが。いつ、どこへでも伺います。朝寝坊の性質《たち》ですが、予告があれば起きてお待ちします」と言った。

良也の急き込んだ言い方に知枝はかすかにおかしそうな表情を見せたが、「明日は休館日なので、よろしければ一時頃伺うのでは」と良也を見た。

車を呼ぶというのを「一番近くの美術館に行く道を教えてください。天気がいいから歩いていきます」と断って外へ出た。

彼は一人で歩きながら考えたかった。

茜のはっきりした消息が摑めたのだ。良也が私家版『きけわだつみのこえ』、つまり『潮騒の旅人』の企画を小室谷に話し、その後で彼が、「安曇野の万緑美術館を見ろ」と言ってくれたからだけれども、それを茜の従妹が主宰していることは彼も知っていなかった。

考えてみると、知枝の父親が軍人嫌いだったことが良也に茜の消息をもたらしてくれた遠因のように思える。しかし、なぜ知枝は安曇野で万緑という名前の美術館を開くことになったのか。

良也は茜が安曇野の光と風を殊更愛していたのを思い出した。すると、彼女の行方が分からなくなってから一度も真剣に探そうともせず、結婚し家を建て、自分がまとめたと言えるような仕事をしたいと考えて『現代人の俳句全集』の企画を練り、ひそかに『潮騒の旅人』の資料を集めている自分の姿が他人事《ひとごと》のような想いのなかに浮かんできた。

良也の視野に、黒いものを纏った男の姿が現れた。東京の玉川学園前の丘から見た光景で、良也はなんとなく求道者の後ろ姿だと思ったのだった。その男の、急ぐのでもなく、しいてゆっくりでもない歩き方が見せている後ろ姿は、その背中で、求道者とは比較もできない良也を厳しく批判しているようであった。

もう少し秋が深くなれば、黄色くなった落葉松の林は風のない日を選ぶかのように、小さな渓流のような音を立てて葉を散らす。今は櫟や白樺の広い葉が舞うのだった。

良也は茜と愛を確かめ合った秋、土、日はいつも長野市の郊外の林を歩いた。人目がないのを確かめて唇を合わせ、何度かは茜が作った弁当を林のなかで開いた。木々の間にはびっくりするような真っ赤な小さな実がなっていたり、一週間ほど前には一本もなかった茸の群生が出現したりして二人を驚かせた。蟷螂《かまきり》や飛蝗《ばった》の交尾や、冬支度をする栗鼠《りす》のせわしげな枝伝いの様子のひとつひとつが、これからの自分たちの営みを暗示しているようであった。

良也は、茜があんなに気に入っていたのに、なぜもっと早く安曇野に来て彼女を探さなかったのだろうと、歩きながらまた悔やんだ。

あの当座、良也はなんとなく茜が「私を探さないでくれ」と言っているような気がしていたのも事実だった。

しかし、そんなことがあっていいだろうか。二人の気持は完全に一致していたのではなかったか。

そう考えはしても茜の分からなさは、依怙地《いこじ》な性格から来るのでも、偏屈な気質からのものでもないと経験で分かるだけに、良也は解明したかった。それが解ければ、なぜ彼女が自分の前から姿を消してしまったのかが分かるはずだ、と良也はひたすら思った。

それにしても、京都時代の二十年近くを、茜はどんなふうに生きたのであったろうか。その間に、従妹の知枝は中学校を卒業し、高校大学を出た後、年月を歩んで、今は安曇野の美術館の若い女主人である。

「インドネシアで日本語を教えている」と知枝は言ったけれども、それならば京都に戻ってから教員の資格を取ったのだろうか。彼女の素質だったら当然大学に進めたのだが、看病疲れで母親が早死にしたことで総てが狂ったのだ。京都に戻ってから茜が、看病に費やされた青春を取り戻せたのだとすれば、それは良也にとっても不安を拭う安堵だ。

良也はその日、知枝に教わった古いガラス製品を集めた博物館と、ファッション画の美術館を訪れたが、何が展示されていたのかほとんど覚えていない。ただしきりに落ち葉が舞う林のなかの道を歩くうちに茜の顔が浮かんだり消えてしまったりしたのだけが記憶に残っている。

翌日の午後二時過ぎに知枝は訪ねてきた。

「済みません、コピーを取っていましたら遅くなってしまって」と断って、知枝は灰色の大学ノートと、それを複写した綴じていない紙片の束を喫茶室のテーブルの上に置いた。ノートの方を、断ってパラパラとめくると、見覚えのある細い茜の筆跡が頁を埋めていた。

「お忙しいでしょうし一度にお読みいただくわけにもいかないと思いましたので写しを作ってきました。原本はやはり私が持っていとうございます」

よろしいですね、という目つきで良也を見て知枝は念を押した。

知枝は続けて、「これは従姉が外国に行く時、置いていったんです。従姉の話から」と話しかけて知枝は、「あの、従姉のことはいつも私たち『茜さん』て呼んでいたんですが、『茜さん』でいいでしょうか」と、まるでその呼び方をするのには良也の許可が必要と思っているような聞き方をした。

良也は「結構ですとも、僕もそう言ってしまうかもしれません」と断った。

知枝は頷いて、「その日頃の茜さんの話から、関さんにならお見せしてもいいのではないかと思って、私の独断でコピーしてきましたので、お願いします」と頭を下げた。

良也はその言葉を、取り扱いに注意して、他の人などに見せたりはしないで欲しいということだと受け取って、「分かりました。何かの必要があって、その一部でも引用するような場合でも、必ずあなたの許可を得てからにします」と約束した。その上で、「あの、今、外国というお話でしたが、それはインドネシアのことですか。仕事の関係とか、熱心に勧められたとか、具体的な理由があって、長い滞在が続いているんでしょうか。記者の悪い癖で立ち入り過ぎたことを質問しているのかもしれませんが」と重ねて聞いた。

知枝は、気兼ねは不要とでも言うように首を振って、「はじめは中国の奥地の金沙江《きんさこう》というところに行くつもりだったんです。そのあたりに住むチベット族に、日本の『竹取物語』とそっくりな説話があると知って、どうしても行くと言い出したんです」。そう言われて良也は、中国語が読める女子学生の卒業論文が中国における竹取物語の存在を指摘したことで、国文学界が騒然となったことがあったのを思い出した。それは確か日本と中国の国交が回復した前後のことであった。

持ってきた灰色のノートについて、知枝は「これは茜さんが京都で国語と国文学の勉強をしていた頃に書いたものです。講義録っていうより、その時々の感想のような文章が多くて、竹取物語のことなんかも、ずいぶん突っ込んだ批評をしています」と解説した。

良也は昨夜なかなか寝付かれないままに、知枝に会ったらいつ茜が京都に行ったのか、そしていつ知枝は安曇野に来たのか、彼女がここに美術館を開こうと考えた動機は何だったのか、何よりも茜がインドネシアに行ってから十年も帰ってこないのはなぜか、などを順序立てて聞こうとしていたのを思い出して質問をはじめた。

知枝の話によると、茜が突然のように京都に来たのは、父親の葉中長蔵元陸軍大佐が死去して間もなく、秋がはじまる前のことだった。まだ中学生だった知枝が迎えに行ったのである。高等学校に進む時、知枝はいずれは京都芸術大学に行こうと考えていたが演劇同好会のメンバーになったのがきっかけで、結局絵描きにはならず、劇団を組織し、自分で脚本を書き演出もするようになった。

「団員も十四、五名を超える頃から、事務も繁雑になって、若者の集団に起こりがちな人間関係も難しくなり、気が付くと年も七、八歳からひと廻り以上も上の茜さんが事務長というかマネジャーのような立場で、団員の交通費、エキストラで出演をした時の出演料の管理や連絡なんかを引き受けてくれるようになっていました。団員のほとんどは二十代の前半でしたから、茜さんは皆のお姉さんのような感じで信頼されていました」と知枝は説明した。

茜はその間にも、大学の国文科の聴講生になって、古典の勉強を続けていたらしい。良也は最後の頃の手紙で茜が「童話を書きたい」といい、しかし、書きたいことがたくさんあって、書き始めると童話でなくなってしまう、という意味のことを書いてきていたのを思い出した。

知枝の話を聞くかぎり、京都時代の茜はそれなりに充実した月日を送っていたことになるが、そこから海外に行ってしまう動機は出てきそうになかった。竹取物語の中国における発見は、ひとつの動機にはなったかもしれないが、それだから海外に、というのは無理がある。しかも、今いるのはインドネシアなのだ。そこに何か、もうひとつの条件が絡まっているはずだと良也は思った。

知枝が組織していた劇団の〝万緑群〟という名前に深い意味はなかった。最初に借りた稽古場が五月の林に囲まれていたことと、演劇界に新緑の季節をもたらすのだという若者らしい意気込みを表す名前としてなんとなく決まった名前だった。貿易商だった父親の紹介で関西芸術座の演出家に教わりながら、知枝はたちまち演劇に夢中になった。

団員は大学生が中心だったが、高校生も、西陣で着物の図案を描いている社会人も混ざっていた。演目はなんでも自由に選べる時代であったが、それだけに議論も百出した。背伸びしてベケットの『ゴドーを待ちながら』とか、サルトルの『水いらず』を取り上げたり、日本の脚本《ほん》で演技を身につけようという主張が通って、一転して岸田国士《くにお》の『紙風船』とか、田中澄江の『鋏《はさみ》』などを上演したこともあるらしい。

そんな試行錯誤のなかから、やはり自分たちで脚本を書いて、それを舞台に乗せたいと思うようになって、知枝は戯曲を書きはじめたのだった。

「そんな、方針の転換とか、迷いが生まれた時、茜さんはいつも親身になって相談に乗ってくれました」と知枝は言った。

「そんなに打ち込んでいたのに、なぜ劇団をやめてしまったんですか」と良也は聞いた。万緑美術館ができた頃などから逆算すると、十年ほどで中止してしまったことになる。三十歳ぐらいだから、どう考えてもこれからという時期の中止なのだ。

「理由ははっきりしています。父の死で後援者がいなくなったこと、そして劇団を引き受けてくれる人が現れたからです」と知枝は少しもためらわずに答えた。それは良也をがっかりさせるぐらい、平凡で日常的な理由だった。当然、茜はその時どんな意見を言い、どう行動したのかが良也は気になった。

「茜さんはとても静かに『それがいいと思う。そうしなさい。未練は残るでしょうけれど』と言ってくれました。茜さんのような言い方でなければ私は意地になって劇団を続けようとして、多分傷だらけになったと思います。その少し前から劇団の内部の人間関係で私は難しい立場に立たされていて、茜さんは心配してくれていました」と知枝は頭の切れる人が示す率直さを示して、「それに父が集めた美術品が結構ありました。相続税の問題があって、美術館のようなものを作らないと、家もお金に換えて納税しなければならないことも分かりました。安曇野のあの場所はもともとは父が持っていたんです」と知枝は報告した。

知枝の話だと、茜は京都に来てから一回か二回は、長野、松本、そして安曇野へ旅行したことがあった。父親の葉中長蔵の墓があったことを考えると、それは少なすぎる。元帝国陸軍大佐の墓は法然院にある葉中家歴代の墓ではなく、傷痍軍人向けの療養所であった病院に頼んで、物故した軍人が数多く眠っている長野市の墓地にあった。

「それは茜さんの選択でした。伯父さんは『俺の戦友はみんなフィリピンの山野に眠っている。俺だけ家族の墓でぬくぬくとすることはできない』と言っていたそうです」。知枝はそう話し、良也は「わが屍《しかばね》は鳥に与えよ」と歌ったフランスの詩人のことを想起した。また『野ざらし紀行』という言葉も浮かんできた。茜に受け継がれている棗の形の目が、異様なほど黯ずんだ顔のなかに見えた。元帝国陸軍葉中大佐の「一族の墓に葬るな」という意見は、「自分は間違っていなかった」と強弁し、政治家になろうとしているような元同僚や上司に対する異議申し立てだったのだ。その彼の美学はおそらく深い罪の意識の淵に懸かっていたのだろうと良也は思った。そして一生をその罪の意識と戦って終えた父親の墓の前で掌《てのひら》を合わせている茜の姿を想った。

なぜかすぐ傍らにたくさんのコスモスの群れが風に揺れている光景が浮かんだ。それは茜が長野を引き払ったらしいことは承知していて、思い出をたしかめに空き家を訪れた時のことだと気付いた。コスモスと向かいあって細かい臙脂《えんじ》の萩の花が哀しんでいるように揺れていた姿も浮かんできた。

知枝は少女時代を過ごした家に愛着があったけれども、茜の勧めに従って思いきって京都の家を畳み、安曇野の今美術館になっている建物と少し離れた場所に小さい家を建てたのだった。

そうすれば、父親が愛し親しんでいた絵画や美術品と一緒にいることができるから淋しくはないとも思ったらしい。

「劇団から身を引くことに賛成してくれたんですから、私は茜さんも当然、一緒に安曇野に来ると思っていたんです」と知枝は言葉を継いだ。

「私がそう言うと『有り難う』と頷くのですが、何か別のことを考えている様子でしたから、問い質すと『竹取物語の村に行ってみる』と言うんです。それでも、ただ旅行で行くのだとばかり思っていました」と知枝は困ったような表情で笑った。それでも思い直したように、「茜さんは銀行で、財産の管理や運用を見聞きしていたからか、いつもいい忠告をしてくれました」と、しんみりした口調でいい、少し首を斜め上方に向けて茜の姿を想い出そうとしている様子だった。天井の明かり窓から射す午後の光線が彼女の顔の下半分に翳りを作った。

茜と知枝は遺された絵画や美術品を柱にしてどんな美術館を作るかを真剣に相談した。目的と性格をはっきりさせることは財団設立の許可を取るためにも必要だった。

茜の父親より十歳若く、多感な少年から青年への十代を、大正デモクラシーの空気のなかで育ち祖父が始めた貿易商を継いだ知枝の父親は、ずっと戦争に批判的だったことを知枝は母親からも聞いていたし、遺された絵画や美術品にもその思想は表れていた。ただ従姉の茜の父親のことを慮って、知枝はぐずぐずしていた。

「知枝ちゃん、あなたはずっとお芝居をやってきたんだし、叔父さんが遺したものを見れば、演劇に関係した人の平和への願いを表すような、美術館て言うか、博物館て言うのかしら、そういうものにしたら」と、ある日話し合いのなかで茜は言い出したのだ。

「私、なんだか茜さんがそこまで考えていたのかと思ってびっくりしたんです。確かに浜田知明《ちめい》さんとか、丸木位里・俊夫妻のものとか、ケーテ・コルビッツのリトグラフなんかを見ていると茜さんの言うとおりなんですけれど」

知枝はそう万緑美術館が作られた背景を良也に説明した。

それはよく理解できる話だった。良也は、それなら自分の『潮騒の旅人』の計画を知枝に伝え、今後お互いに協力し合う関係を作れると考えた。

「よく分かりました。それならというわけではありませんが、僕があなたのところをお訪ねした目的なども申し上げないと、一方的な取材みたいになってしまいますから」と前置きして、良也は芸術家を目指していて戦争のために自分の道を進めなかった人たちの資料を集めている、と万緑美術館を訪ねた動機を話した。

「僕は戦後生まれの一番早い方の人間です。戦無派の年長組というのかな、ずっと新聞記者をしてきて、これだけは自分の手でまとめたいと思っていて、この間、新しくできた長野の私立美術館の館長にも、安曇野の万緑美術館を訪ねろと言われて」と具体的ないきさつも付け加えた。

「美術館については上田の無言館がいい活動をなさってます。私のところはあの二階でご覧いただいたのが全部で、まだお恥ずかしいレベルだと思っています」

知枝はそう言ってすっかり打ち解けた表情で良也を見た。

良也はその知枝の顔を見て、やはり似ていると改めて感じ、同時にどこかが大きく違うと思った。茜に比べると知枝の方が背丈もしっかりしていて、棗形の目と目元は茜にそっくりなのだが、気持が直接瞳に浮かび、消え、変化するので強い目という感じになっている。手ぶりや体の動かし方は年よりも若く、ずっと自分の意思で生き方を決めてきた女性の感じなのだ。唇の形も茜を思い出させるのだが、時々、糸切り歯がチラッと現れるところはそのまま子供っぽい愛敬に通じている。良也の記憶にある茜は、今の知枝より十四も十五も若いのだが、従姉妹という関係が頭にあるためか、やはり知枝の方がはるか年下に思われた。

こうした印象と年齢の差は、直接、戦争の影に覆われて生きた茜と、六〇年安保の闘争が終わった後に生まれた者との違いなのだろうか。いや、そうは言えない、と良也はなぜか足を踏ん張るようにして考えた。人間の翳りのようなものの有無はそんな時代区分では片付けられないはずなのだ。

「私も劇団にいましたから多少は分かりますが、演劇関係の場合は写真と舞台装置の模型、それに手紙や公演関係のポスターが中心になります。衣装が展示できればいいんですが戦争中のものはほとんど残っていません。どうしても会場は地味になります。それでも、本物の舞台の空気のようなものを想起するヒントになればと思うのですが」と知枝は悩みを打ち明ける口調になった。

「それで充分なんじゃないですか。困難なだけに誰かやらなきゃいけない」

良也はそう励まし、「しかし、万緑美術館の経緯を伺うと、なぜ茜さんが好きだった安曇野に一緒に来ようとしなかったのか、そこのところの謎はかえって深くなるような気がします」と、ふたたび質問の姿勢になった。

「ごめんなさい。私も、どうしてもそこのところが分からなくて。私がいけなかったんでしょうか」と、知枝は両手を膝の間に差し込んでからだを前後に振るような格好をした。

「多分、そんなことはないでしょう。僕も茜さんに取り残された人間ですから、知枝さんのその困惑は分かるような気がします」。そう言ってから良也は、自分と知枝とから茜を引き離したものは、何かとても大きな、自分たちが認知できていない力なのではないか、という想念に捕らわれた。自分の『潮騒の旅人』の企画も、戦没演劇関係者の展示も、実は自分たちでは捕らえられていないものに迫ろうとしている試みなのかもしれないと思った。

茜は中国の奥地を目指したが、チベットに治安上の問題があったのか、陸軍大佐だった茜の父親が、フィリピンに行く前に中国戦線にいたことが障害になったのか、はっきりした理由が分からないままに、茜は四川省西部に入ることができなかった。

現地に行ってチベット族の間に伝えられていると発表された竹取物語そのままの『斑竹姑娘《バンチユークーニヤン》』を採取しようという茜の計画は挫折した。しかし茜は知枝の頼みにもかかわらず、なぜ日本に戻らずに香港経由でインドネシアに行ってしまったのかは謎のまま残された。

もともと茜がどうして竹取物語にそれほど執着したのか、その点もよく分からないのだった。

「どういうことなんでしょうか」と知枝に聞かれても「僕も分かりません。ただあなたの責任ではないと思います。多分そういうことではないでしょう」と答えるしかなかった。

思いついて良也は「香港で、何かあった。誰かインドネシアに案内するような個人かグループに巡り合った。あるいは、どうしてもインドネシアに行かなければと思うようなこと、例えば『斑竹姑娘』に似た説話がジャワ島とかスマトラ島にあることを知った、というようなことが起こって、急に思い立ったとか」。

良也はそこまで自分の推理を述べて「その頃の手紙や電話でのやり取りはどうだったんですか」と知枝に聞いてみた。

「香港からは電話と、遅れて手紙があって『ちょっとボロブドゥールを見てから帰る』と言っていました。手紙には、七、八名ほどの女性ばかりの旅行グループに出会って、そのなかの二人がかつて長野で同じ銀行に勤めていた人だとかで誘われたと書いてありました」

そう言われれば、茜は、有名な仏教遺跡ボロブドゥールを見て帰国することにして観光旅行を楽しんでいると理解するのは自然な成り行きである。しかし、茜は、それからバリ島に渡って何年も滞在することになるのである。

「茜さんからは、説明とも弁明とも読めるような手紙が来たんです。それには、少しゆっくりここにいたい。美術館を手伝えなくて、ごめん、と書いてありました」

知枝がそこまで言った時、カメラマンの菅野春雄がのっそり喫茶室に入って来た。

良也はその日夕方の陽射しのなかで杉田久女の墓の写真を撮ろうとしていた。その前に城山に登り、彼女の句碑に寄るつもりだった。

茜ノート

葉中知枝と別れた良也は松本に着いたばかりの菅野春雄と一緒に杉田久女の句碑を見に行った。それは城山公園の一番高い所に建てられていた。風が吹いて落ち葉が舞うのを待って撮り、町の中にある彼女の墓は夕陽《ゆうひ》になってから撮りたかった。翌日は、父親の納骨のために戻った松本の実家で腎臓病を発病した久女が退院後療養した浅間温泉に行く予定だった。

知枝がコピーしてくれた茜の灰色のノートが気になったが、良也は自分に真面目に本来の仕事をしなければと言い聞かせていた。

知枝の話を聞きながら、どうしても一度京都の葉中茜が従妹と住んでいた家を見、茜が事務をしていた劇団の稽古場や事務所も見ておきたかった。幸い京都は京大俳句会を中心にたくさんの俳人の往来があった。日野草城や平畑静塔を中心に東京へ行った山口誓子、東京から参加した西東三鬼も「京大俳句」に集っていた。ただ会の主要メンバー十五名が昭和十五年からはじまった弾圧で、治安維持法違反の嫌疑で逮捕されている。『現代人の俳句全集』は俳人を個人として掘り下げる方針であったが、京大俳句弾圧事件は、検事が「君たち花鳥風月だけを詠むと誓うのなら釈放してもいいんだ」と言ったことも含めて触れないわけにはいかないと良也は思っていた。個人を中心に編集するという方針を貫くなら、日野草城か平畑静塔どちらかの集の解説で触れるしかないと良也は決めていたが、まだ編集会議にかけていない。良也と菅野は一晩浅間温泉に泊まり、それから松本に戻って五千石に因《ちな》んだ松本深志高校や山葵《わさび》畑を撮るつもりだった。

そこまでは決めてあったのだが、今日の良也は取材に訪れる先々で茜のことを思い出した。彼女と過ごした時間のなかで、一番深く記憶に残っているのは、飯綱高原での花火大会から、母の発病で良也が東京へ戻るまでのごく短い期間であった。それだけに「秋冷いたる信濃かな」という表現に出会えば、花火を映していた大座法師池の澄んだ水の反映が思い出されるし、杉田久女集に収録することになっている、「張りとほす女の意地や藍ゆかた」を思い浮かべれば、また花火大会の夜の場面に回想は引っ張られてしまうのだ。あの晩、茜は句と同じような藍の浴衣を着て、桃色のリボンのような帯を締めていた。病院から一度家に戻って着替えたのだ。車で待っていた良也は、はじめての着物姿に驚いた。

二十世紀が終わった今になって三十年ほど前の記憶を並べてみると、茜が時々着てくるものや身につけてくるアクセサリーの多くが早く死んだ母親の着物だったり、帯留めを作り替えたりしたものだった。

それはその頃の茜の我慢と工夫を表していたと今になれば分かる。当時は高度成長が軌道に乗って、社会部記者だった良也も経済の発展がもたらした暮らし方の変化とか、中間層全体が豊かになる時代か、などと疑問符を付けながらも、いくつもの記事を書き、発展に取り残された人たちにも目を配って取材していた。それでいて自分の身近のことには関心がなかったようだ。茜のひそかな苦労を受け止める姿勢はなかった。

それは主体が入っていない文章を書いていたことになるのではないか。言い換えれば人を動かす力のない記事を作っていたということだ。

茜についての回想は、とかく良也をあまりにも若すぎた自らの姿を恥ずかしく思う方へ連れていくのだった。

温泉に泊まった晩、早めに食事を済ませてから良也と菅野は大浴場に降りた。

「先代の女将さんはよく覚えていて、久女先生は家族風呂が多かったけど、朝一番とか、夜遅くお客さんのいない時刻を見計らって大浴場もお使いになったそうです」と宿の古参の仲居さんが説明してくれた風呂だった。何度か張り替えたが、当時も檜《ひのき》の浴槽だったという。

二人は腎臓にも胃腸にも効くという透明な湯に浸かって、思い切り手足を伸ばした。

「こういう感じはアメリカでは無理でしたね」と菅野が言い、二人で計算してみると一緒に『収容所の日系人』の企画のためにアメリカの東海岸に行ったのはもう二十年以上も前のことだった。

「帰国してから福岡に行って原口という教授に会ったでしょう。あの人の顔は忘れられないな。まあ背格好というか顔も動物の麒麟《きりん》だけど、表情は何でも見てきた人の暗さみたいなものがあった」

そう菅野が話すのにつられて良也は「あの教授は、軍属のような資格で日本人の捕虜収容所で通訳をしていたらしい。あの取材の時は僕もそれを知らなかったが」と付け加えた。菅野は、「関さん、僕はね、いろいろな人の肖像写真にその人の知られていない面を発見します。こちらの状態がいい時にですけど、僕はひそかに『隠された素顔シリーズ』と名付けて溜めています。それは報道写真と少し違った仕事ですが」と言った。

良也は菅野の話に興味を持った。

「今までに君にその『隠された素顔』を撮られた男女は何人ぐらいいる」と聞いてみた。彼は「そうですね、報道取材に行って撮るわけですから、機会を摑《つか》めない場合もあります」と答えた。

菅野は浴槽の縁に頭をもたせかけ、湯気が濛々とこもっている天井を眺めていたが、「まあ、九十人ぐらいになるかなあ」といい、続けて「最近ではネス（NSSC）チェーンの創業者を撮りましたよ。何と言ったかなあ、あの男は面白かった」とごく自然な調子で言った。良也が「それ、関忠一郎《ちゅういちろう》だろう」と教えると、「ああ、そうです。よく知っていますね」と言ってから思い出したらしく、「そうだ、確か親戚か何かでしたね」と良也の方を向いた。

「兄貴だよ。もっとも母親が違うし、今でもほとんど会うこともないが」

良也がそう説明すると、「よかった、早くそれを聞いて。危うく悪口を言うところだった」と言うので、良也はもう一度興味を引かれ、「どんなふうな素顔だったんだ。遠慮のないところ」と聞き返さずにはいられなかった。

さすがに少し慎重に言葉を探すようになった菅野によれば、粗野で野性的なところに魅力がある創業者型と忠一郎は少し違うと言うのだった。

彼によれば発言だけを聞いていると、それはまさしく創業者型だと二、三の例を良也に伝えた。

「『ネスのサンドイッチに比べたら、日本のサンドイッチは、まあ惣菜だね』とか、『味っていうのは小学校を卒業するまでに覚えるものだ。それまでに食べたものが、おふくろの味になる。うちのサンドイッチを食べた者は還暦になっても食べますよ。僕らはこれをネス世代と言っている』とかね。取材しているこちらの記者が、ちょっとうんざりするような話を次々にするんです」

菅野は、そうした忠一郎と新聞記者の応答を聞きながらシャッターを切ったのだが、「言葉が自信に溢れていて、かなり乱暴ですらあって、創業者型そのものと言えるのに目は違うんです」と断言した。

どう違うのか、と質問した良也に向かって、菅野は、「うまく言えないんだけど、何か別のものがありますよ」とだけ言い、「事故とか不祥事を隠している顔というのを自分はずいぶん見てきました。表情は能のお面みたいなのに手が震えているとかね。でもそういうのとは違う何かが隠されていますよ」と繰り返した。

忠一郎の写真を撮った菅野春雄の感想を聞いて、良也は漠然と異母兄はどこかで犯罪を犯したのだろうかと思ったが、すぐそんな馬鹿な、とその妄想を打ち消した。もしそうだとしても、それは自分に関係のないことだと思った。

東京に戻る前に、もう一度長野市に戻って美術館長の小室谷に会い、私立の万緑美術館の館長、葉中知枝が茜の従妹であったことを話し、今後、何かと彼女と連絡を取ることもあるという理由で、その際の協力を予め頼んでおきたかった。

その前に良也は茜の灰色のノートを読んだ感想を知枝に伝えて、取材があって京都に行くので、その際、茜が良也と別れてから二十年近く住んだ京都の家を一緒に見に行く約束をしたかった。

良也は菅野との仕事を終えて部屋に戻るとさっそく知枝がコピーしてくれた灰色のノートに向かった。

それは、竹取物語そのものについての注釈とか現代語訳というのではなくて、その時その時の感想などを茜らしく丹念に書いたものであった。

書かれた時期は主に京都に戻って数年経って、従妹の知枝が高校生になり演劇の活動を始めた頃からの十年くらい、年代でいうと七〇年代の後半から八〇年代の前半にかけてと推測できた。ということは、この他にも、もし茜が同じ調子でノートを書き続けたとすれば、続編があってもおかしくはない時期に書かれたものである。

あるいは、このノートの前にもいくつか書かれたものがあって、良也とのことについてより多く触れているのだけれども、それは知枝に渡していなかったのかもしれない。そう思いたくなるほど、この灰色のノートには良也に関する記述は少なかったのである。

ノートは、――私にとって竹取物語はとても重要です、と書き出されていた。

私はずっと月の光を恐れていました。そのことが私を地上的な幸せから遠ざける原因になっているのを知りながら、どうしても正面からこの恐れの気持に向き合うことができなかった。

今から八年前、アポロが人を乗せて月面着陸に成功したことは私を強く揺さぶりました。私を勇気づけるようでもありました。

月に正面から取り組もうとしない限り、私は父の呪縛から自由にはなれないのだと知りました。私は月を題材にした文学作品を探し、真っ先に『竹取物語』にぶつかりました。

宇宙飛行士を乗せたアポロ11号が月に到着したのは、一九六九年の七月二十日だが、灰色のノートのこの箇所は一九七七年に書かれている。知枝は十七歳の女子高生で、京都の私立大学の学園祭を見にいって、その大学の演劇同好会にスカウトされたような格好で学生演劇に参加するようになった。

二人はよく似ているのに、知枝の方は茜と違って貿易商の父親に可愛がられて伸び伸び育ち、明るい性格が異性の目を引くことも多かったらしい。十三歳という年齢の差は育った時代の違いを二人の上に刻印していたとも言えそうだ。

そんな従妹の成長は茜に、自分ももう一度脱皮しなければという刺激を与えたとも考えられる。茜は知枝が学外から参加した演劇同好会があった同じ大学の聴講生になった。おそらく、従妹の保護者のような立場で芝居の稽古に立ち会っているうちに、自分も若い学生に混じって今までの勉強をもう一つ深く考え直す気になったのだろう。もっとも、知枝の話によれば、茜は父親を亡くして京都に来てから間もなく、京都の染織関係の組合が後援する古典教養講座に熱心に通ったらしい。

アポロの月面着陸から受けた八年前の感動を書いた少し先の方で茜はおよそ正反対の意見を記している。

――科学が月の神秘のベールを剝がしたという意見に私は同調できない。アポロの成功の一番大きな意味は、地球も月と同じように、一つの星なのだという発見の方が、いろいろな考え方に影響を及ぼす点なのではないだろうか。そこから、科学技術とは人間にとって何なのかとか、科学と宗教と芸術の共存は可能かというような、難しい問題も出てくるのだろうが、私にとっては、やはり月は美しく、その美しさに私が怯《おび》えるという現実は変わらないのだ。科学技術の進歩でベールが剝がされたとして問題を脇へどけてしまうのは無理で、私は月そのものに向き合わなければいけないのだと思う――

こうした記述から、良也は茜が自分と月、あるいは月の光との緊張関係から竹取物語へと関心が向かっていったことは確かだと思った。しかし、そのもとになっている疑問、彼女がそれほど月を意識しなければならなかったのはなぜかについては、少しも解明されていない。おそらく知枝も、そこのところにぶつかって立ち往生しているのだろう。良也はもう一度でも二度でも知枝に会って、茜についての問題意識、疑問点のすり合わせをしなければならないのだ。

茜のノートを読むにつれて、良也は彼女の父親が言った、「茜は学校の成績も良く、条件が許せば大学に進んで好きな国文学の分野に深く入ることができたはずだ。わしがこんなからだになったばかりに」という話を思い出した。良也は茜に会いたかった。しかし別れてから三十年近く経っているのだから会わないでいた方がいいのではないかという気もするし、彼女が再会を喜ぶとは限らないと囁く声も聞こえる。間違いないのは、知枝と茜を巡っての会話ができるのは楽しいということだ。

翌日の朝、杉田久女を『現代人の俳句全集』の一冊にまとめるための資料を渉猟していて、彼女が福岡県立の精神病院で息を引き取ったことを知って衝撃を受けた。しかし作品を読む限り、資料が暗示しているような「統合失調症」という気配はない。良也は、彼女の天才的な感性が創る作品の鋭さが、人々に「精神をやんでいる」という予見を与えてしまったのではないかと思った。ここには、村社会と呼ばれる風土が、才能を潰してしまうという問題が含まれているのかもしれない。

そこから彼の思考は、茜が海外に住むことを決めた理由のひとつに、日本で生きていく際に陥りがちな困難な人間関係を避けたかったからではないかという方向へ飛躍していった。

その前提を認めると、考えられるのは茜の父親と知枝の父親との関係である。

知枝の父親、葉中新蔵は茜の父親より十歳年下なのに祖父が明治に興した家業の貿易商を継ぎ、中国から東南アジアへ、イギリス、アメリカへと広がっていった戦争に批判的であったらしい。一方、長蔵元陸軍大佐は、熱血漢で親や親族の反対を押し切って陸軍士官学校に入り職業軍人になったらしい。日本が無条件降伏をした時、葉中家の人たちの長蔵を見る目は、「それ見なさい」という性格のものだったと思われる。長野の陸軍の軍人専門の療養所なら長期加療が可能であり呼吸器以外にもいい医者が揃っているという評判を頼りに長蔵は京都を離れたようだ。

長男の長蔵さんは親の意思に背いて軍人になって失敗した。もともと我儘で他人を見下すような性格で馴染めない人だったが、娘の茜さんは別だ。ああいう父親のために苦労して可哀想な親孝行な娘だ。知枝も懐いているしここに置いてあげよう。

父親が死んで身寄りのなくなった茜を迎えた京都の空気はそうした性格のものだったと思われる。自分を包んでくれた温かい空気は、長蔵への批判を前提にしていると知れば、有り難いと思いながらも、居心地がいいということでもなかった。自分を慕ってくれる従妹の知枝を可愛いと思う気持が唯一の励ましになる毎日を、茜は以前から関心のあった国文学の古典を読み、分からないところを市民講座に出かけて講師に教わるような努力で補っていったらしい。

知枝が芝居に引かれ、自分で後に劇団の形をとるようになったグループを作るまでの期間に、茜の国文学についての知識は大いに充実したものになったと考えられる。

良也はこの二晩、宿に戻ってから茜のノートを読むことに時間を使ったのだが、今までのところだけでも、何かにつけて茜は迷っていた。それは良也が知っている茜とはかなり違っていた。それは父親を失ったのが原因だろうと良也は思った。彼女のような性格の女性には、いつも自分が献身する相手が必要なのだ。それなら、今、ずっとバリ島で暮らしているということは、茜がそうした対象を見付けたということなのだろうか。

いや、対象は人間でなくてもいいのではないかと、良也は自分の考えを訂正した。

アポロ11号の月面着陸を巡っての茜の受け取り方のブレは、迷いのなかでも際立っているように良也には読めた。とばし読みをした後の方には、劇団の方針を巡っての若者たちの議論について、茜はどの意見が正しいか迷っている心境を書いているが、そうした迷いとは比較にならないほど茜はアポロの成功に動揺している。

三日目の晩、良也はその部分を読み直して、今更のように「月に正面から取り組もうとしない限り、私は父の呪縛から自由にはなれない」という表現に気付いた。

「父の呪縛」という言葉を追っていって、良也は一度だけ葉中長蔵が、自分の憧れ、なぜ軍人になったかについて話してくれたことがあったのを思い出した。それは元陸軍大佐の憧れと若い頃のロマンであった。

葉中長蔵は第一次世界大戦で日本が戦勝国の側になった頃、青年期を迎えた。オーストリアがセルビアに宣戦布告をした時、彼は中学生だった。是非も分からず山東省に進出した日本陸軍の雄姿に憧れ、何回も父親と口論になり、無断で陸軍士官学校を受けてしまったのである。

「戦争そのものが好きな奴はおらんが、戦争が持っているロマンがわしを捕らえて離さなかったんだ」と長蔵は言った。

「そのために、人生の安定も実家も失くした。しかしロマンというのはそういうもんじゃないかね。それは損得ではない、冒険への誘いなんだ」

その日、長蔵はフィリピン体験については一言も喋らず、もっぱら軍人になった動機について、父親が息子に語るような口ぶりで話した。

茜が書いている呪縛というのは、この「ロマン論」のことだろうか、と良也は考えてみた。人間は自分は持たなくても、ロマンを抱いて生きている人に魅せられ憧れてしまう場合がある。茜の看病ぶりは良也から見て、難病の父親を看ているという以上の情熱がそこにあるのを感じた。

しかし、戦争に敗け、原因のよく分からない肝臓病にかかり、十五年戦争の時代は悪夢のような時代、暗い谷間としか言いようのない時代だとばかり言われている風潮のなかで、長蔵がもし青年時代の夢を持ち続けているとしたら、それは恐るべき頑固さではないか。

おそらく、葉中長蔵の胸中は、インパール作戦は正しかったなどと言い張って平和な余生を楽しんだ将軍などとは全く異質の泥のような悔恨に閉ざされていたに違いない。茜はその父の胸中の傷痕《きずあと》をそっと温めたかったのだ。

戦争が持っていたロマンに熱中した人たちも戦争の犠牲者と言えるのか。自らの言動に責任を持つのが当然であれば長蔵は加害者だ。加害者として追及されるべき人間だ。にもかかわらず長蔵も大きく言って戦争の犠牲者と考えたい気持が良也の胸中には蠢《うごめ》く。しかし、そうすれば『潮騒の旅人』の編集方針はぐらつかざるを得ない。

良也は、『きけわだつみのこえ』を編集した時、戦争を正しいと思い、天皇陛下のために死ねるのを幸福と書いた学徒兵の手記を採用するかどうかで議論が白熱したという話を聞いたことがあった。良也はそのような手記を書いた学徒兵も紛れもない犠牲者だという気がするのであったが。

一度、『きけわだつみのこえ』の出版を基に設立された日本戦没学生記念会というところへ行って取材をしてみなければいけないと良也は思った。そればかりではなく、戦争の犠牲者を学徒兵に限定しないで『昭和の遺書』などを編んだ人たちにも会ってみよう。世紀が変わる十年ほど前に、遅ればせに読んだ記憶では、地域ごとに手記、遺書が分類されていて、生活の具体的な形が悲劇の色を濃く重くしていた。そうした文書に登場する妻や兄妹、年老いた両親を想う兵士の気持は、立場は逆なのになぜか父親を看病する茜の気持に通じているような気が良也にはした。

安曇野に来て茜の消息を知り、知枝と話し、茜のノートを少し読んだところで、良也は誰が戦争の被害者なのか、被害者の範囲の広がりはどこまでいくのかという難しい問題の前に自分が立たされているのを知った。そうした難しい問いに、思想の言語ではなく、記録の選択と編集の仕方でどこまで回答を用意することができるのだろう。

良也は、すべてのことに対する茜の迷いの原因に、いつか父親のロマンに同調してしまっている心情と、戦争には絶対反対だという気持の矛盾があったのではないかと勝手に思った。

そうして良也は、自分もいつか彼女と同じようにぐらついていると気付いた。彼の胸中に、またもや茜に会いたいという気持が、突然のように溢れてきた。戦争反対ということも、今まで考えてきたほど簡単ではない。協力し、助け合って現実に向かわなければ危うい作業なのだ。良也は知枝に会って、バリ島の茜の正確な居場所を教えてもらい、無理をしてでも会いに行こうと考えた。同時に知枝が充実させていきたいと言っていた戦没演劇人の資料展示室のためにできるだけの協力をしようと決めた。『潮騒の旅人』と彼女が求めている情報・資料は重なっているところが多いのだから。でも、そのためには、彼女がなぜそこまで深く戦争のことを考えるようになったのかについて、しっかり聞いておこう。父親が戦争に批判的だったのは、ひとつの条件に過ぎないような気が良也にはするのだったから。

あるいは茜と知枝の間に、戦争に対する態度を巡って決定的な意見の違いが出てきてしまったというようなことは考えられないか。

「だから、茜さんはいつも最後のところが弱くなってしまうのよ」というような、大人になった知枝の、想像上の声が聞こえてきた。それは知枝の、茜からの独立宣言を兼ねた発言だったのではないか。

松本での仕事を終えて万緑美術館に連絡をすると、知枝は急な用で京都に行っていた。

「三日後までには戻りますが」と若い館員が気の毒そうな声を出したが、良也はそこまで出張を延ばすわけにはいかなかった。

その日、菅野は良也と一緒に上田五千石が住んでいた古い町まで行って写真を撮ると東京に戻って行った。良也は午後ホテルに戻って茜ノートの先を読み、夜に長野まで戻って、今度の出張のまとめを小室谷にすることにした。万緑美術館への協力も彼に頼んでおくつもりだった。

「茜さんの消息が分かったって？」

民芸品などをそこここにあしらった小料理店「信濃」に姿を現すなり小室谷はそう聞き、良也は安曇野の万緑美術館の話をした。

葉中茜は元気らしいが、もう何年もバリ島に住んで現地の人に日本語を教え、自分で臈纈染めなどもやっているらしいと説明すると、「結婚しているのかな」と小室谷は首を傾げた。

「さあ、従妹の葉中知枝さんは独りだと言っていたが」と良也は答えた。

それはいくらか彼の願いも混じった判断でもあった。茜の、いつも耐えて、自分としっかり向き合って生きていた印象からは、現地の男と結婚して子供をもうけているという想像が生まれにくいのだ。

良也はそれから万緑美術館の葉中知枝の話をし「君のことを説明しておいたから、何か手助けしてやれることがあったらよろしく」と頼んだ。

小室谷は快く引き受け、「克子さんはその後どうしている、元気か」と聞き、良也は出張の前、自炊生活という発言を巡ってぎくしゃくしたことを思い出した。長野に来てから驚くほど東京のことを忘れていた。今晩こそ、明日帰ると電話しなければと自分に言い聞かせた。茜ノートを読んでいるとどうしても克子に電話する気持になれないのであった。そんな自分の状態を克子には言わないようにしなければと自戒しながら、「ああ、彼女は変わらない、元気だ。もう二十年かな、いや二十五年になるかな」と答えた。

「君はどうなんだ。奥さんはずっと東京なのか」と問い返したのに、「うん、彼女は東京を離れたがらない、こっちの方が住むのにはいいと思うんだが」と小室谷はくぐもった声になった。

そこへ、この店に入った時から目にとまっていた、まだ四十代に見える、きちっと着物を着た女性が近付いてきて「大伴《おおとも》志乃《しの》でございます、どうぞよろしく」と良也に挨拶した。良也に挨拶する前に「あなたの親友の関さんに自己紹介するわね」とでも言うような眼差《まなざ》しを小室谷に向けた彼女の身のこなし方で、良也は「おっ」と思った。彼が、この志乃という女性と深い関係のように感じた。

小室谷は良也にちょっと面映《おもは》ゆそうな笑顔を見せて、「この信濃という店の名は、志乃さんのシノという音から決めたらしいよ」と説明した。「なるほどね」と良也は受け、彼女が去ってから、「いいんじゃないか、彼女は」とだけ言った。小室谷は黙っていたが、やがて顔をあげて、「で、関はバリ島に行くのか」と聞いた。

「行きたいと思っている。でも迷っている」と良也は正直に答えた。さらに「行っても会えないかもしれない」と付け加えた。小室谷は「迷うのは君にエネルギーがまだある証拠だよ」と言い、「そうかなあ」という良也のあやふやな声を押し戻すように、「僕は志乃さんが好きだし関係もある。しかし一緒に住もうとは思わない。今の女房と別れてもその考えは変わらないだろう。もっとも七十を超す年になったら、もう一度考えは変わるかもしれない。僕は未来のことは断言しないことにした。せっかく新聞社を辞めたのに、またこうして窮屈な館長なんかを引き受けているんだから」。

良也はそれを言う小室谷の口調が少しも自嘲的でないのをいいことだと思いながら聞いていた。

良也は、彼がまだ東京にいて美術批評家でいた頃、夫人とうまくいっていないのを知っていた。長野市に来たのは夫人と事実上別れたかったからかもしれない、と思った。夫人はたいへんな慰謝料を要求して離婚届に印を押さないのらしかった。二人が黙って酒を飲んでいると、小室谷が「ここの動物園で飼育係の青年が虎に襲われて死亡した事件があった。君が東京に転勤になって、僕がここに残っていた頃のことだ」と言い出した。良也は忘れていたから、おそらく単なる不注意の事故として記事の扱いも小さかったのだろう。

「その飼育係の青年は対立セクトに重傷を負わせて逃げていた過激派だった。僕は彼の死は事故ではなくて覚悟の上でのことだったと思った。その彼がさっきの志乃さんの恋人だったんだ」と小室谷は意外なことを口にした。彼はふとしたことでその事実を知ったが、記事にはせず誰にも言わなかった。彼女は小室谷を信頼し、今度彼が長野に来てから二人は急速に親しくなったらしい。

小室谷の話では、長野には志乃を東京の大学へ進ませてくれた伯母がいた。心情として過激派に傾いていた彼女は、恋人との関係は伏せて市内に部屋を借りた。卒論をまとめるため、というような口実だったという。

事故死そのものに疑問を持った小室谷は、寝たきりではあったがまだ頭がしっかりしていた富沢多計夫に会って、もう一人の年配の飼育係を紹介してもらい、ベンガル虎の習性と事故の当日の状況から、飼育係の青年が、わざわざ虎を挑発したらしいという結論を得た。その青年に恋人がいたことは別の筋から探り出したのだった。

「もう時効だし、どこにも犯罪という事実はないが、君にしか話せない内容であることも確かなんだ」。小室谷は二度そう断って、「僕はね、その事実よりも、夜になって猛獣の咆哮《ほうこう》を聞きながら、藁を敷いた道具小屋で抱き合っている恋人たちの想像上の光景が強いインパクトだった。それは何だろうと思った」。

若かった小室谷はこの事件から、社会の秩序、法の正義、ヒューマニズムとは何だろうというようなことを考えたらしい。彼は探り当てた事実を記事にしなかったのは志乃のことを考えたからではなく、「若い恋人たちの生き方に、自分にはないロマンへの衝動があると認めたからなんだ。変な表現だが、彼らの方が美に近い生き方をしていると思ったからなんだ」と言った。

そこまで打ち明けられて良也は小室谷には何でも話せるという気持になった。良也は、茜の父親に対する献身的な看護には、親孝行という概念だけでは括《くく》れない暗い情熱のようなものがあったのではないかという推測を述べた。茜のノートに書かれていた「父の呪縛」とは何を意味するのかと考えているとも告げた。

彼女が月の光を恐れたこと、竹取物語への異常とも思える関心は何なのだろうというような迷いを小室谷にぶつけてもみた。

ぶつけられた彼は「月の光と言えば、藁の上で抱き合っている二人にはきっと獣の咆哮と呼応するかのような凄まじい月の光が射していたよ」と言い、「この年になると、人の出会いと別れというのが、何だか全部、走馬灯の影絵のように見えてくる。影絵のようにしか見えない、と言った方がいいかな」と心境を語った。

予定より三日遅れて出張から戻った良也は、夕方家に入って一瞬戸惑った。

良也を出迎えた克子の様子が違ったのだ。思わず立ち止まってしげしげと彼女を見て、髪の色と形そして化粧が変わっているのに気付いた。

「どお、びっくりした?」と克子ははしゃぎ気味に言う。

外形が変わったからか、話し方も動作も以前にはなかったものに見える。短くなった髪の色が明るい栗色に変わっていて、口紅もオレンジがかったベージュなのだ。

「うん、何だかすっかり変わったみたいだ」。そう良也は言い、「どうしたの?」という言葉を飲み込んだ。うっかり下手なことを口にすると、たちまち攻撃されそうな気配も、彼女のはしゃぎ方のなかに感じられたからだ。

「あなた、あんまり帰って来ないし、連絡もなかったから」

そう言われれば良也は「ああ、ごめん」と謝るしかない。彼はそれに続けて「二度ほど電話したけど留守だった」と弁解した。すると克子は「それ、いつ、何時頃」と真顔で聞くのだ。

良也は考えて、「昨日の夜と、出張が延びることになった三日前の夜だ」と答えた。

「おかしいわね、私、いたのに」と克子は言い、電話の話はそれきりになった。

出張前とおなじようにリビングダイニングの食卓に向かい合って掛け、少し遅い晩飯になった時、克子が「私ね、お料理習うことにしたのよ」と言った。

「新百合ケ丘の駅前にお料理教室ができたの。授業料もそんなに高くないし、お料理で釣るのが一番確実なんですって」

そう言われて良也は気づき、「同窓会か？　なんだか僕はペットみたいだな」と言い、夕刊を見てテレビをつけた。コマーシャルの時間で大きな音が出たので、もう一度ボタンを押して音を小さくした。良也には内心弱みがあった。

電車のなかで考えて、茜のこと、そして従妹の知枝のことは克子には話さないでおこうと決めたのだった。出張前の自炊生活という失言もあったし、彼より三歳若い克子は、戦争には反対でも、その話に深い関心を持って入っていく背景はない。彼女は平和で恵まれた少女時代を送り、お見合いに近い形で良也を知って結婚したのだから、深刻な話はふさわしくないのだ。良也はたちまち自分を包み込んだ玉川学園前の日常のなかで、今朝までいた出張先の時間は何だったのかと思った。安曇野の知枝も、そのずっと遠くにいるバリ島の茜も戦争、敗戦という過去を真剣に辿ることで自分の今を確かめようとしている。美術館長の小室谷は、戦争そのものではないが、志乃という女性と巡り合ったことで、連合赤軍事件にも繋がる過激派の木霊《こだま》と向かい合っていた。

もともと、今度の出張は杉田久女、上田五千石という二人の俳人の足跡を探るためだったから克子には「杉田久女の取材は奥が深くて、お墓を探すのにも時間がかかった」と出張が長くなった理由を説明したが、それは苦しい言い訳であった。

出張先で会った人たちが持っていた時間と、この玉川学園前の日常を包んでいる時間は、とても同じ国の、同じ時期のものとは思えない。それはどちらが正しいというようなことではない。

ここに住む人も、決して毎日いい加減に暮らしているわけではない。

良也の、自炊生活をしたいといった失言は、克子のなかに、この日常への問題意識を目覚めさせたように見える。その最初の現れが髪と口紅の色を変えたことかもしれないが、これから次々に料理教室に通うような、自分の生き方に積極的な行動も出てくるのだろうか。そういえば自炊生活事件の数日前「このあたりも今から緑を守ることに気をつかわないと」と口にして良也を感心させたことがあったのを彼は思い出した。

誰が克子を誘導しているのかは分からない。同級生で資産家の夫を早く亡くし、今は保険会社の営業で成績をあげているらしい滝沢尚美だろうか。

「同窓会で滝沢夫人に会ったかい。彼女は元気だろう」と良也は探りを入れてみた。

「あの人、相変わらずよ。彼女、高校の頃から私に好意を持っていたみたい。あなたも知っている人だから、自炊生活の話しちゃった」と克子は少し子供っぽい科《しな》を作って言い、良也は内心驚いた。従来になく彼女ははっきり喋り、何かにつけて前向きなのだ。

玉川学園前の日常が、性格はそのままに一人一人が活発になっていくとすれば、克子はどこへ行くのだろうと良也は少し不安になった。

すると別れ際に小室谷が言った、「この年になると、人の出会いと別れが走馬灯の影絵のように見えてくる」という、年齢に比べて老成したような言葉が想起された。とにかく自分は『現代人の俳句全集』を完成させ、『潮騒の旅人』をまとめるのだ、それに集中していこうと思った時、また先日見た黒装束の男の後ろ姿が現れた。

準備

母親が疎開した先の、高萩炭鉱の叔父に家を建てて母親を引き取ると約束した計画を実行するために、忠一郎は英会話学校の講師になった。そのために、なかなか大学の授業に出席できなくなってしまった。

ようやく時間を見付けて大学に行き、顔見知りになった学生や研究室の助手に聞くと、地主の息子だったが農地改革で土地を取り上げられ仕送りが途絶えたために自分で学資を稼がなければならなくなった者、空襲で実家の工場がなくなり、両親は田舎に引き揚げたままで、一人で暮らしていかなければならなくなった学生などが、かなりいることが分かってきた。期末試験の時はどうするのかと聞くと、友人からノートを借りるのだという。それなら、写す作業を組織化してプリントを作ったら、アルバイトや親たちの看病などで登校がままならない自分のような学生は助かると思った。

捕虜収容所で世話役のような立場になり、報告書を作って複写したり、各収容棟から代表を選ぶような作業を続けていたことが、応召前とは違って忠一郎にそうした思い付きを可能にしたのらしかった。

正月は二日間、高萩炭鉱の母の寮に行っただけで、忠一郎は冬休みの大部分をアルバイト学生のためのプリント製作組織を作ることに費やした。大学の近くの学生寮に潜《もぐ》り込めたことが作業をやりやすくした。また復員学生で、年齢が三つほど一般学生より上だったことも、忠一郎が学生たちに指示して謄写版を何台も借りてきたり、講義を書き取ったノートをガリ版に切る作業を割り当てたりすることを容易にした。

一方、英会話学校での忠一郎講師は人気があった。受講者はすぐ間に合う会話力を習得しようとしている者が多かったから、英文法から説きおこす講義ではなく、耳で聞き取り、話す際に日本人が陥る妙に文法を考えてぎこちなくなる癖を指摘したり、間違いやすい言葉遣いを直す忠一郎の講義は役立つという評判を取った。

二カ月が過ぎ三カ月が経つと、忠一郎の教室は大学教授の講義を尻目に満員で入れない受講者が廊下に立つほどになった。

会話学校の経営者は喜んで、忠一郎に日曜を除く毎日の講義を依頼した。忠一郎は彼の指揮下に集まってくれた若い学生たちへのアルバイト料を増額したかったので、自分が大学の授業に出ることは諦め、毎日の出講を承知する条件として逆に単位時間当たりの報酬の値上げを要求した。

忠一郎は、自分のための交渉はしづらいのに、他人のためだったらかなり強引な条件闘争もできると知って我ながら驚いた。また、英会話の講師としての力も、若い学生たちを組織するやり方も、召集されて戦地へ行く前には考えられなかった行動だ。しかもこれらは野戦病院と捕虜収容所で身についたと考えられる。そう思うと忠一郎はまたしても不思議な気分になるのだった。

ある日彼は、同じ寮にいる学生で、一番早く手伝ってくれるようになった村内権之助《むらうちごんのすけ》に、「考えてみると、今、俺のやっていることは戦地の体験抜きには考えられない。俺は変わったと自分でも思う。しかし、算盤《そろばん》の方はもうひとつ自信がない。今度のプリント作りは、二割残ると赤字になってしまう。人助けでも長く続けるためにはある程度儲かってないといけないんだが」と持ち掛けてみた。

「そりゃ法学部と経済学部のプリントを作ったらええですわ」と村内権之助、通称「ゴン」が即座に答えた。法学部と経済学部は一人の教授の講義を聴く学生の数が多く、プリントの製作費が割安になる、とゴンは説明した。彼は神戸の商家の出身であった。忠一郎は感心して「さすが、関西人だよお前は。実際的だ。経済を勉強したら成功するぞ」と褒めた。ゴンは社会学科にいたのである。

「実は僕も来年、学部を変わって経済学部の商業学科にいこ思てます。英文科に変わろうかとも思たんですが、これから英語をやる奴はうんと増えるでしょう。よほど先輩のように才能がないと勝ち目はない。そこへいくと経済は広い、思想と軍隊をなくした国は経済しかありまへん」と、本人は本気でそう考えているらしく真面目な顔付きで「それに、後継ぎの兄貴が戦死したから、弟はずっと下だし、一時僕が助けなあかんかもしれへんのです」と打ち明けた。

敗戦直後の今のような時は、誰でもそれぞれの事情があるのだと、忠一郎は当たり前の感想を持った。英会話学校での講師の一人は帰国してみたら広島に住んでいた家族は原爆で全滅していた。英会話学校の事務の青年は、復員したら若い妻は自分よりずっと年配の男と一緒に暮らしていた。それにしても打ち明けられる事情の奴はいいと忠一郎は思った。何か摑まえどころのない影が、すっと彼の胸中を過ぎた。

二月に入って間もなく、忠一郎は文学部自治会の部屋の前を歩いていて、なかから出てきた学生に「おい、そこで何をしているんだ」と咎められた。

「何をって、ただ」と口籠《くちご》もっていると「ちょっとなかに入ってもらおうか」と後から出てきたもう一人に背中を押され、二人がかりで、暗い、刷り上がったビラや、何本ものプラカード、書きかけの壁新聞が広げたままになっている部屋に押し込まれた。

「学生証は」と聞かれ、さすがにむっとして「そんなもの持っていない」と答えると、奥から立ち上がって尋問に加わった一人が「何か身分を証明するものをお持ちではありませんか」と慇に丁寧な口調で質問し、忠一郎は思い付いて英会話学校の講師のカードをポケットを探って差し出した。毎週、このカードを会計に出し、ウラの升目に判を押してもらって給料を受け取るのである。しかし、それがいけなかった。それを見た最初の学生が、「おい、こいつ英会話をやっているぞ」と大きな声を出した。

「学生課に行って俺の学籍簿を調べてくれ。関忠一郎、英文科一年、復員学生だ」と彼は一語一語をはっきり発音した。

学生たちの険しい空気が少し緩んだ。忠一郎は内心、どこの戦線でどんな作戦に参加したのか、部隊名は、などと聞かれたら困るな、と思っていた。ビルマに行ってからの記憶はところどころ曖昧で、突然に欠落しているところもあるのだ。

しかし軍隊の経験がない若い学生たちは、戦地での忠一郎の行動を深く追及する姿勢を持っていなかった。そこへ、学生課へ調べに行った学生が戻ってきて、「確かに在学している、英文科一年だ」と報告した。色の浅黒い、細面の、意志の強そうな学生がゆっくり近付いてきて「いや、失礼した。我々の運動が盛んになるにつれて、反動勢力の破壊工作も活発になってきているのでね。あなたも復員学生なら戦争の犠牲者です」と、そこまで言って「そうだ、あれがあったろう、戦没学生の手記募集のパンフレット」と後ろを振り返って資料を持ってこさせた。

「これに書いてあるが、知っている学徒兵で、戦死した兵士の資料を持っていたら、この手記募集に協力してくれたまえ」。そう言って彼は奥の方へ行ってしまった。

忠一郎は割り切れないものを抱いて自治会の部屋を出た。

自治会の部屋にいた学生たちはアルバイトをしないでもやっていけるのだろうと彼は思った。来月、学期末の試験に間に合うように、法学部、経済学部のプリントを発行する打ち合わせのために、忠一郎は村内権之助と、正門を出て少し左へ行った喫茶店白十字で待ち合わせていた。学生たちが主張していること、平和と独立ということには頭では賛成だが、彼らが発散している体臭のようなものには忠一郎は反発を覚えてしまう。

「あんな奴らとは付き合っている暇はないんだ」と忠一郎は自分に言いきかせた。彼は学資を稼がなければならないばかりでなく、何とかして資金を作って高萩炭鉱の社員寮から母親を迎えなければならなかった。先月、母親に会った時、九州の栄太郎から、思いがけないまとまった送金があったことを彼は知った。

叔父は「栄太郎さんも気にしているんだよ」と言い、母親は「当たり前ですよ」と言ったが、その金は利回りのいい炭鉱会社の共済資金に預けることにした。それに勇気を得て忠一郎は学資はプリントビジネスの中から捻出し、英会話の給料は家の資金に回すことにしたのだった。

この日、村内権之助は遠くから見ても憔悴した様子で、白十字の二階の窓際に座っていた。

「ゴン、どうしたんだ。どこか具合が悪いのか」と思わず忠一郎が聞いたほどだった。

「いや、なんでもありまへん」と答える声にも張りがない。

打ち合わせを終えてから、忠一郎はゴンが失恋したことを知った。

結婚をするまでの気持になっていた彼女から「私たちのこと、なかったことにして下さらない」と一方的に宣告されたというのである。

理由は、戦争で片脚を失くして働けない父親に楽をさせたいからということらしい。彼女が結婚を考えている相手は、勤めていた会社の社長で、奥さんは実家に疎開したきり東京へは帰ってこないから近々別れる、と言っているという。

「何だ、そりゃあ」と思わず忠一郎は声をあげた。「そんな女、やめてしまえ」と憤慨しながらも、人間には恋愛という感情があり、男も女も、その恋愛で悩んだり有頂天になったり、時には死のうかと落ち込んだりもするのだということを今更のように発見して驚いていた。いったい、自分はどうなってしまったのだろうと思い返してもいた。

考え続けている忠一郎の耳に、「ううーうー」と呻《うめ》く声が聞こえ、驚いて意識を現実に戻すと村内権之助が泣いているのだった。

彼は仕事の相棒で、二つしか年の違わない男が失恋でげっそり痩せてしまう青年だったと今更のように発見した。それは自分はもう青年ではない、あるいは青年らしくない青年だという事実の再確認でもあった。どこへ青春を置いてきたのだと、先刻の自治会の部屋でのように追及されれば、ビルマで、さらに言えばペグー山系の密林のなかで、と言うしかない。

どうしてそう思うのかと、珍しく自分を追いつめる意識になった時、彼は頭が割れそうに痛むのを覚えた。それは砲弾の破片が当たって意識を失った時の後遺症なのだろうか。

彼は人間であれば異性を求めるのは当然だと思っていた。自分も、いずれは社会の仕来《しきた》りに従って結婚し、家庭も持つことになるだろうと漠然と予想していた。しかし、それは全体のなりゆきのなかで、一番自分にとって落ち着ける相手を探せばいいのだ。思想だってそうだ。なにもマルクス主義や実存主義の看板をぶら下げて、サンドイッチマンのように歩くわけではないのだから、その時々に自分の考えや立場をうまく説明できる観念形態を覚えていればいいだけのことだろう。忠一郎はそう考えたが、これもひとつの思想かもしれないという気がしたし、どうも自分のものの考え方、行動の仕方が学内では異質のものらしいという不安があったので、ゴンにも話していなかった。

ことに、学内の様子を探りにきた私服刑事と間違われたらしく自治会の部屋に連れ込まれて尋問されたことは、この不安を証明しているようであった。忠一郎は考えて、学内に作られた英語同好会に参加することにした。授業には滅多に出られないので、サークルにでも顔を出して友人を作っておかないと、何かの際、ひどく困った立場に立たされそうに思ったからである。三、四回顔を出すうちに仲良くなった学生のAに忠一郎はある日、大学の近くの伯爵邸に連れていかれた。

本郷西片《にしかた》町の一隅にあるその屋敷は空襲の被害を逃れ、邸内には一抱えもある楠《くすのき》が何本も鬱蒼と茂り、夕暮れが迫っていて全容は定かではないが、煉瓦造りの広大な洋館があった。木立のあいだから懐かしげな灯りが見え隠れしている。英語同好会の仲間は勝手を知った足取りで、その洋館に忠一郎を案内した。

忠一郎は学生Aに伯爵夫人を紹介された。まだ若くて三十歳代の半ばにしか見えなかった。敗戦によって華族制度は廃止され、経済的特典もなくなることになっていた。働いて収入を得る手段を持てない華族たちには生活問題が生まれつつあった。彼女の夫は心労が重なって倒れ、せっかく焼け残った西片町の屋敷も、そうなればいずれは手放さなければならないだろうと言われていた。英語同好会のAは、こうしたむずかしい問題について、忠一郎の意見を夫人と一緒に聞きたいと考えたのだった。彼はその伯爵家の家老の家柄の青年で、十四、五歳上の伯爵夫人に恋をしていた。

税金が払えなければ屋敷を物納するか、没収になる。それを避ける方法は二つしかないとA

は言った。

ひとつは、自分の手で買い手を見付けて有利に資金化すること、もうひとつは進駐軍に借り上げてもらうことだ、とAは説明した。しかし、無理もないことなのだが、夫人はどちらの方法を採るか決心がつかないのだと言う。

「でもあなた、ドイツやフランスの将校ならいざしらず、ガムを嚙んでコカコーラばかり飲んでいるカウボーイが年取ったみたいな軍人に占領された家に小さくなって片隅で暮らせとおっしゃるの?」と夫人が反対している。

「でもあなたはここを離れて、大衆と一緒の小さなアパートなんかでは暮らしていけませんよ」

「じゃ、あなた、私と一緒に住んで下さるの?」と、二人の議論は到底結論が出そうな様子ではない。忠一郎は面倒なところに引っ張り込まれたと思ったが、頼られているのなら知恵を出さなければならないなと覚悟して、「僕にはむずかしい問題でよく分かりませんが」と前置きして、

「今はインフレがどんどん進んでいますから、土地はお売りにならない方がいいと思います。僕も元住んでいた家はやられてしまいましたが」

と意見を言いはじめた。

「それに、これは誰にも言っていませんが、僕は日本に帰還するまで連合軍が管理する捕虜収容所にいましたから、その経験で申し上げれば、彼らは日本の軍隊とは違います。捕虜に対してさえそうでした」と正直に自分の経験を話した。

「それにA君はもう少しすれば先方と日常的な折衝ならできるようになりますよ、語学の才能は抜群ですからしっかり捕まえておくと何かといいんじゃないですか」と彼の英語の力を保証してみせた。

帰り道、もうすっかり夜になった路地を歩きながらAはからだ全体で喜びを表し、「今夜は有り難うございました。お陰で助かりました、夫人も決心するでしょう」と繰り返した。

忠一郎は、「それはまだ分からないよ。女の人、ことに世間を知らない人は自分の判断に自信がないから迷うんだよ」と大人びた感想を述べた。彼は高萩にいる母親のことを頭に置いていたのだった。

彼女は、同じ社員寮に疎開していた知人が、焼け跡の壕に戻って頑張ることになったと聞くと、自分も東京に出た方がいいのではないかと迷い、九州の夫からの送金もあり、弟の協力もあるから、あと一年我慢すれば、という話になっていたのに、もっと早く戻れないかと言い立てて忠一郎を困らせたりしていたのである。

高萩炭鉱の叔父からも「姉さんは焼け跡で辛抱できるような人ではないから、条件が整うまで何としてでもここにいて貰うから安心して欲しい」というような手紙が来たりしていた。

四月の新しい学期がはじまって忠一郎を喜ばせたのは房義次が大学に戻ってきたことだった。芽を吹きはじめた銀杏並木の下で房を見付けた時、他人の空似ではないかと疑ったほど彼の感じは変わっていた。鼻先も顎のあたりも肩も丸っこかった彼の全体から人懐っこい感じが消えていた。拳を丸めて鼻のあたりを擦《こす》る仕種は戦地のままだったが、四、五年、年を重ねたような感じがあった。それでも忠一郎が大きな声で「房じゃないか、房義次ではないか」と呼ぶと、その声の主を認めて房は「おお」と顔を輝かした。名古屋に上陸して以来、ほぼ一年ぶりの再会なのだ。

「どうだった、家の人は」と聞くと、彼は黙って首を横に振るのだ。「そうか」としか忠一郎には返す言葉がなかった。やがて房は「一人も」と言い「両親も兄弟も、三月十日の空襲だったそうだ」と付け加えた。

「心配はしていたんだが、そうか」と忠一郎は言い、するとあたりの学生たちのざわめき、銀杏並木の新緑に降り注ぐ春の陽が不謹慎に陽気に見えてきた。かつて野戦病院で、忠一郎は房義次の家が徳川時代から江戸に住んでいたと聞いたことがあった。下町で何代も続いた材木問屋と言っていた。関東大震災では類焼を免れ、復興需要で家産は三倍ぐらいに膨れたとも房から聞いたのを忠一郎は思い出した。

戦争は運、不運で生死が分かれる。それは現代では戦地にいても残っていても同じになってしまった。そのことだけでも戦争はよくない、と忠一郎は念を押していた。だからといって俺は学生運動なんかはやらんぞ、俺は俺流にやると彼はいつか銀杏並木の下で両脚を踏ん張っていた。

「それで、どうなんだ。俺は今いろんなことを計画している。こちらの近況も話す。お前に頼みたいこともある」と忠一郎は矢継ぎ早に房に言った。房は手にしていた書類を振って「今、これを学生課に出してしまえば後は自由だ。ちょっと待っててくれるか」と言うや否や法学部の事務室めがけて走っていった。その後ろ姿は忠一郎に仲間の捕虜が殺された日の房の行動を思い起こさせた。英語同好会のAの頼みで、伯爵夫人にはアメリカやイギリスの将校のことを少し良く言い過ぎたと後悔し、彼は房の駆ける姿にもう一度目をやって、これなら房は大丈夫だと、ひとりで頷いてもいた。

その日、房は家族が全滅したらしいと分かった時はさすがに途方に暮れた、二、三日は何も考えられなかったと正直に告げた。そのうちに太平洋戦争がはじまる前、これから郊外に住宅が増えると見込んで父親が練馬にも営業所を作って、自分の弟を所長にしていたことを思い出した。叔父は実直な男で房も好感を持っていたのだった。もしその営業所が残っていたら、最期の様子も少しは分かるかもしれないというわずかな望みを抱いて練馬へ探しに出かけた。その間ずっと父親が「材木屋に学問は要らないが、次男のお前は大学に行って法律家か役人になれ」と言った言葉が遺言のようになってしまったと思い、これからどうやって学問を続けられるか一所懸命に考えたのだった。

うろ覚えだったが、運良く練馬の営業所はすぐ分かった。角材や板材がたくさん立て掛けてある懐かしい光景のなかに入って名乗ると、奥から駆け出してきた叔父が「おお、義次さん、あんた生きていたか。おーい皆、義次さんが帰って来たぞ」と大声をあげ、彼はたちまち叔母やその子供たちに取り囲まれた。

「よく無事でねえ」と叔母が涙ぐみ、「何よりもまずお線香を」と立ち上がって仏壇が置いてある応接間に案内した。「皆さん亡くなってしまって、私たちだけこうして無事で」という声を聞きながら、房義次は一度に位牌の増えた仏壇に手を合わせた。

忠一郎と房は、医学部の近くの第二学生食堂で長い時間、ときどき感想を差し挟みながら情報を交換した。あまり他人には話せないし、話しても戦場体験のない者にとっては理解しにくい時間を共にした者と話ができるのは忠一郎にとってホッとするようなことであった。もっともそれは相手が房の場合だからなのかもしれないのだが。

房義次は、叔父が「あんたが無事だったんだから房材木店を継げ」と言うのを「父親は僕に法律家になれと言っていた」と断り通したのだった。

「叔父の気持はよく分かるし、有り難いとも思ったが、空襲で家族全員が死んでしまった後、戦地にいたので偶然に助かった僕が後を継いで、昔と変わらずに家業を営んでいくというのが僕には抵抗があった」と房は言った。

「それは庶民の逞しさでもあり、忍耐強さでもあるかもしれない。ほほえましい国民の姿でもあるだろう。だが、そうしたら戦争をはじめた奴の問題はどうなるんだ。そういうむずかしいことはお上に任せて営々と暮らしの構築にかかるとする。しかしまた、それを根本から突き崩すことをお上がやらかすかもしれないじゃないか」と、そのように問題を詰め、論理を積み上げていく口ぶりは、捕虜収容所でも時折房がみせた真面目さであった。忠一郎は感心して聞いていた。

「かと言って、僕は革命をやれと言うんじゃない。今の状態で革命をやったら、もし成功したとしても同じだ。名前だけ変わった新しいお上ができるだけだ。僕はもっと総てをきちっとしたい」

房はそう胸中を打ち明け、忠一郎は自分が英会話学校の講師をほとんど毎日やって生計を立てていること、アルバイト学生のための講義プリントを作って学生たちに配布していること、母親は地方の親戚の会社の寮に疎開したままになっていると告げた。だから早く彼女を東京へ迎えたいと思っていると計画を打ち明けた。

「それでお前の顔を見て咄嗟に思いついたのは、そのプリントを作って配る仕事を手伝って欲しいということなんだ」と単刀直入に話した。「一人、村内権之助という文学部から経済学部の商業学科に変わった学生が手伝ってくれているが、俺は来年の夏以後は就職のことも考えないといけない」

そうした忠一郎の頼みに房は「いいよ、そりゃあ人助けらしいし、僕は編入の手続きが遅れてお前より一年下になったし、当面アルバイトをしなくても済むから」と賛成した。

大学に戻ってきた房義次の話を聞いた忠一郎は自分もそろそろ卒業後の進路を決めなければという気になった。それまでは何となく新聞社に入って外報部に回してもらい特派員になるか、あるいは商社かと考えていたが、一度父親の意見も聞いてみようと思った。

復員してから一年近くが経つのに、忠一郎はまだ父親に会っていなかった。母親がいる高萩炭鉱から帰国したという電報を打ち、「無事生還万歳」という父の返信には続けて「一段落したら門司に来い」とあったが、それから何となく連絡が途切れていたのだ。もっとも、正月の賀状には「春休みになったらそちらへ行く」と忠一郎は書いたけれども、英会話学校の講師と、講義録のプリントを配る仕事で気忙《きぜわ》しかったのだ。母親のところへ送られてくる生活費を忠一郎は一切受け取らずに自活していた。それは抵抗があったからではなく、早く母親を呼び戻すために家の建設資金に回したからであった。父親の勧めで英語を勉強していなかったら、こうした計画も立てられなかった。そう思うと今度も彼の意見を参考にして進路を決めたかった。

戦争中に関門トンネルが完成し、複線運転が可能になっていたから、夕方の六時半に東京を発つと翌日の夜八時に門司に着くことができた。この工事の指揮も取らなければならないからというのが関栄太郎がずっと九州に留まるようになったきっかけだったのである。

夜行列車に揺られてその晩忠一郎は妙な夢を見た。暖房が利き過ぎていたのだろう。

はっきりした筋があるわけではなく、ただ密林のような光景がしきりにあたりに流れていた。捩れた大蛇のような蔦や巨大な羊歯、あるいは垂れ下がった気根が何本も低い枝から地中へ垂れている木の下闇のなかを忠一郎は必死になって歩いていた。時々、始祖鳥のような真っ黒い鳥が梢が見えないほど高い樹から樹へ滑空した。

見ていると羊歯の葉は次々に指を開いた人間の掌に変わって忠一郎を捕らえようとする。噛み付かれたら溺れてしまうという恐怖に彼は駆られていた。それは密林の暗い木の下闇に澱んだ雨季の空気に溺れるということなのか。

彼は必死になってズボンを摑もうとする闇のなかの掌を銃の台座で払っていた。幸いゴトリと列車が揺れて彼は目を覚ました。水蒸気の付いた窓を擦って外を見ると復員の時に乗車した熱田だった。

父親に会って忠一郎はさすがに懐かしかった。南方に出征する直前に会った時から四年に近い月日が経ち、五十歳になった栄太郎の髪には大分白髪が混じるようになっていたが、それだけ落ち着いて見えた。

門司の市街地を見下ろす丘の上にあった鉄道省の官舎は空襲にも残って、栄太郎は敗戦後もしばらくの間そこに住んでいるのだった。

忠一郎はひそかに、父親が九州の女の人を紹介するのではないかと予想し、その時の応対を考えていたのだが、その様子は感じられなかった。

「今日はお前が来るので河豚を予約しておいた。店はバラックだが逞しいものだ。ああ、出征する時も河豚だったな」と栄太郎は言い、「ビルマだったようだが、よく無事で帰ってくれた」と声を詰まらせた。

忠一郎は驚き、年を取って涙もろくなったのかと思い、まだそれほどの年でもないのにと考え、続いて、それほど栄太郎が潜り抜けてきた時間が厳しかったのかもしれないと受け取った。「完全に無事というわけでもなかったんです」と彼は父親にはできるだけ本当のことを言っておこうという気になった。

忠一郎はビルマ戦線での軍の非常識、作戦指導の失敗から何万人という将兵が犠牲になった実情を「命令を受ける方からすると悲惨そのものでした」と報告した。その実例として「僕もペグー山系の密林で頭に敵の砲弾を受けて意識をなくしました。アメリカ軍に捕らえられて命拾いしたんです」と正直に報告し、「英語が喋れたので助かりました。お父さんのお陰です」と感謝した。

栄太郎はフーッと長い息を吐き、「知らなかったなあ、後遺症はないか」と聞いた。「頭痛も幻覚もありません。むこうの医者は当たりどころが良かったんだ、と言っていました」と安心させた。ペグー山の密林のなかを、敵に捕まらないためにどれくらいの期間逃げ回っていたのかについては触れなかった。うっかり口にすれば記憶が失われていることを告げなければならなくなるのを恐れたのである。

「お母さんにはそのこと話したか」と栄太郎が聞き、「いいえ、ただ密林の中を逃げ回ったと言ってあります」。

「それはその方がいい。心配するからな」と栄太郎が言い、忠一郎は父親が、「あの人は他人の身の上を想像することは不得手だから」などと言いたいのを抑えたのではないかと思った。

「母さんからも『よろしく』と言いつかってきました」と忠一郎は言った。

忠一郎は母親のメッセージを伝えることで、直接の会話がなくなった父親と母親の間を取り次ぐ出征前の役割に戻った。栄太郎は無言で頷いて、「焼けてしまった砂土原町の土地の払い下げができれば一番いいが、それが駄目なら、あの近くに土地を見付けるといい。高台でないとあの人は気に入らないだろうが、今ならまだ安く手に入るかもしれない」と勧めた。

「もしそういう運びになったら、僕もできるだけのことをする」と栄太郎は言い、二年前に鉄道省から運輸通信省を経て運輸省に変わった役所の管轄下に入った国有鉄道は、いずれ公共企業体として独立するだろうと栄太郎は息子に説明し、「そうなったら僕はそれを区切りにして役所を辞めるつもりだ」と意中を打ち明けた。

驚いて父親の顔を注視した息子に向かって、「僕は天皇の官吏として精一杯仕事をした。しかし、僕が手配し、運行計画を作った列車に運ばれて大勢の兵が大陸へ、南へ行った。そして死んだ。お前もそのうちの一人だったが無事に帰って来た。これは天の慈悲だよ。僕はその慈悲に応えなければならん。他人には言えんし言うつもりもないが、天皇陛下は、多分来年中に東京裁判の判決が出れば退位されると思う。その時、官吏たるもの、精一杯やった責任を国と共に取るべきじゃあないかな。連合軍もいるし、世間的には役所の体制が変わったので辞職と言うつもりだが」と真剣な表情になった。

忠一郎はこんな父親の表情に遭って無意識に座り直していた。

「その後はどうするつもりなんですか」と忠一郎は聞いた。この際、いろんなことをしっかり聞いておこう、こういう機会は滅多にないだろうとも思った。

「僕の技術が役に立つなら民間で働く。しかしそれも当分はむずかしかろう」

そこまで言うと栄太郎は手をたたいて店の者を呼び「もう一本付けてくれんか」と言ってから「この近くに石楠花《しゃくなげ》園というのがあってね、僕は石楠花の栽培に興味を持っている。いずれは東京に戻るつもりなので、関東に石楠花園のようなものがあるといいなと思っているよ」と、淋しそうでも愉快そうでもなく笑った。

栄太郎から九州にいるはずの女性については何の話も仄《ほの》めかしもなかった。官舎にも女性がいる気配はなかった。忠一郎も、高萩で叔父から聞いた話には一切触れず、一日も早く母親を東京に呼び戻せるように、大学に行きながら働いている現状を話した。

栄太郎はひとつひとつ頷きながら聞いていたが、話が一区切りついた時、「分かった。これは僕の責任でもある。君がそこまでやったのなら、後は僕が引き受ける。僕の信用なら、まだ金を借りる方法もいくつかある。君はもう少し勉強をしたらいい」という言葉が出た。忠一郎は、母親はとやかく言うが、それは昔からのことで、やはりこの人は自分の父親だと嬉しかった。やがて栄太郎は、「君も変わったな、戦争が鍛えたということかな」と言った。

「鍛えられたのかどうか、英文学に興味を失くしてしまいましたから、愚物になったのかもしれません」と謙遜した。

「いや、醒めていれば、愚物になるのはいいことだ、知識人が愚物になれないと国が滅びる」とむずかしいことを言った。

「それで、どの方向に進むつもりだ」という質問で、父子の会話はもうひとつの本題に入った。

「迷っているんです。新聞社に入るか、商社に行くか、それともお父さんのように役所にするか」

栄太郎はその答えにしばらく考えていたが、「いや、官吏は勧めないな」と、はっきり答え、その理由として「今の状態で進むと日本の民主主義は必ず衆愚政治になる。衆愚が選んだパッとせん奴が威張る。なかにはスターもいるだろうがね。そいつらが役人の上に立って思いつきを強制する。当然、世の中はぎくしゃくする。衆愚の非難は全部役人が被らなければならん」と、日頃の憤懣《ふんまん》も籠もっている口ぶりであった。それからまた少し考えてから、「新聞社もいいが、自分のやっていることが虚しいと感じる時がきっとくる。その時に転換がきかない。役人も同じようなものだが、これからはやはり経済じゃないかな」と言った。

忠一郎は「分かりました。英語が役立つ職業をと思いましたが、とにかく入れなければ勝手に考えても駄目ですから」と答え、栄太郎は、家を建てるについてはここに知恵を借りろ、と国有鉄道の総務部の男の名前を書いたメモを渡した。

門司で父親とゆっくり話した結果を、忠一郎は取りあえず電話で母親に報告した。できるだけ早く家を建てる相談をし、父親も熱心であったが、こういう時代だから雨風をしのぐだけの家になるだろうと思うと話した。

母親は「何でもいいから早くしておくれ、もうここは飽き飽きよ」と愚痴をこぼした。

「そんなに言ったら泊めてくれている叔父さんに悪いよ」と注意すると、「だってそうなんだよ。私は嘘はつけないから」と声が尖った。忠一郎はあわてて電話を切った。叔父もそろそろもてあましているに違いないと思うと、かえって母親がなんだか可哀想になった。

忠一郎は英会話学校の講師を続けながら、房の参加でプリントを配布する仕事がいくらか楽になった時間で経済学部の講義を聴くことにした。経済原論と国際貿易論などである。

忠一郎は月に二回ぐらいの間隔で房と村内権之助、それに時には英語同好会のメンバーで手伝ってくれている学生を交えて、講義録のプリントの部数の決定や、配布方法の改善などについて相談会を開いた。

一年経ち夏近くなった時、房が、今まで以上に計画的、合理的にこの仕事をするには有限会社か株式会社を組織した方がよくはないか、と言い出した。そうした形を作れば、印刷所への支払いは手形でできるし、信用金庫から資金を借りることも楽になると説明した。

会社設立などということを考えもしなかった忠一郎は感心して房を眺めた。

村内権之助が「学生のやることは卒業したらいなくなってしまうやろうという不安がありますから、会社形態ならその点楽です。僕も賛成や」とはっきり言った。最終学年になっていた忠一郎は「しかし、そうすると卒業しても続けなければならなくなるんじゃないか」と心配した。

「いや、それとこれとは別だ」と房が言い、話し合っているうちに、忠一郎は、こういう経営などについて自分が無知であることを知らされた。「なるほど、これはいかんなあ。俺には全く知識がない。これじゃあ民間の会社に入っても役に立たないな、どうしたらいいんだろう」と当惑した。「関がはじめた事業なんだから会社づくりからやったらいいんじゃないか。俺も知識だけだから、よかったら一緒にやるよ」と房が言って話が決まった。

訪れた出発

忠一郎は翌年の秋の入社試験で商社に入った。K社は財閥系の総合商社が連合軍の財閥解体指令によって分割されたうちの一社であった。

忠一郎は入社の時から注目される存在であった。それは英語が抜群であったこと、学生時代に会社を設立して社長に就任していたことが、学校の成績は平凡なものであったが、それを上回る珍しく実戦力を持った新入社員という評価になっていたのであった。

「もし入社できたら、この講義録の会社はどうしますか」という面接試験官の質問に彼は、「すぐ辞めて商社マンに徹します。後継者も決まっています」と答え、「ビルマ戦線の戦友です」という言葉を思いついたが言わなかった。その答えが試験官の興味を引いて戦地での模様などを質問されたら自信がなかった。何となく平静さを失って取り乱しそうな不安があったのだ。

試験官は大きく頷いた。とにかく百倍を超える競争率だったから、一人一人にそう時間をかけているわけにはいかなかった。入社してから忠一郎は面接の時、主に彼に質問したのが人事担当の常務で父親の栄太郎と大学が同期だったことを報《しら》された。父とその常務は一時学内の俳句同好会で一緒だったのである。

軍隊で大きな組織はどんなふうに動くのかを経験していたことが役に立った。一緒に入社した同期生は忠一郎から見れば子供のように見えた。会社の上層部は、いずれは分割された会社が統合して、昔の総合商社に戻れる日を夢みていた。そのためにお互いの社の仕事が競合しないように注意し、アメリカは忠一郎の会社が分担していた。彼はそれを調べて入ったのであった。

家を建てる計画は栄太郎が話したとおりに進んだ。公共企業体日本国有鉄道が発足した際に栄太郎は辞任し、運輸省の息がかかってはいたが、形は民間の技術関係の研究所長に就任した。昔の退職金のちょうど半分ほどを回すだけで同じ砂土原町に新しい家を建てることができた。昔の家のすぐ近くで、その点も母親の静江は満足であった。忠一郎は両親が揃っている家から会社に通うことができたのだ。東京で一緒に暮らせるようになって、両親の間に小康状態が訪れた。

忠一郎は新しく入った会社で繊維部に所属になり、貿易実務を習得するのに忙しかった。便利屋になってしまわないように気をつけながら、GHQと呼んでいた連合国軍総司令部との折衝の通訳をやり、房が引き継いでくれた講義録の会社の様子なども月に一度は聞くことにしていた。二十六歳の忠一郎はエネルギーに溢れていた。

関栄太郎は丸の内にある研究所に中央線で通う毎日になり、半年ほどして前橋から少し入った赤城山の麓に知人が石楠花《しゃくなげ》園を作ることが決まり、それを手伝うために週末は家をあけるようになった。趣味が現実の形を取りはじめて栄太郎は活気を取り戻した。

東条元首相をはじめ戦犯を裁く極東軍事裁判の判決は一九四八年の十一月十二日に出たが、栄太郎の予測したように天皇が退位されることは起こらなかった。

しかしそのことに誰も異議や疑問を申し立てることはなかった。敗戦後も皇室の問題はタブーとして残り、経済が少しずつ復興すると、世の中はひたすら物質的な繁栄に向けて足並みを揃えることになったのである。

母親の静江は、敗戦前に馴染《なじ》みの酒屋と魚屋がなくなってしまったと文句を言いながらも、夫を中国大陸で亡くした女性に住み込んでもらって、少しずつ昔の習慣に戻っていけているようであった。忠一郎も母親を東京に迎えるためにできるだけのことはしたけれども、何といっても父親の資金力は大きかった。アルバイトをしながら講義のプリントを読んで単位を取っている学生や、豪華な屋敷は残ったが税金を払うために物納してしまうか、連合軍の将校専用のホテルに貸すかで悩んでいる元華族の女性の話を聞いても、忠一郎は自分たちが抜け駆けをして家を建てたという感じがするのだった。

その後ろめたい感じは、日本の敗戦を信じない移民を納得させるためにブラジルから「勝ち組」説得の資料集めに近親者のグループが日本に来たという話や、高利の金融会社を作ったが、既存の銀行法と物価統制令に追いつめられて自殺した同じ大学の「光クラブ」の学生社長の記事を読むにつれて理由のない罪の意識に変わった。

そのたびに忠一郎は、戦争から帰還できたのは結局、抜け駆けが可能だったからではないかと自問自答するのだった。

ビルマの女性と生涯を共にすると決めた軍曹を抜け落ちとすれば、自分はペグー山系で負傷して意識を失ったという幸運に恵まれて抜け駆けの機会を摑まえたのだと思った。どこまでも体制に従っていては抜け駆けは不可能だ。そんな人間は体制が没落する時は一緒に駄目になる。せっかく、恵まれて帰還したのだからと、忠一郎は罪の意識を跳躍の発条《ばね》にしようと身構えるのだった。

忠一郎が入った商社は、繊維、鉄鋼、肥料、化学製品、電気製品などの各部門が、それぞれ予算を持った事業部として達成度を競い合う仕組みになっていた。人に聞かれれば、貿易を促進することで経済復興に貢献するのだという答えになるのだが、社員たちの毎日を捕らえているのは、「負けてはいられない」という感情であった。忠一郎もそのなかの一人だった。

この単純明快な動機は、「戦争をはじめた以上は勝たなければならない」という軍隊の法則に似ていると忠一郎は思った。

今では戦場は、自分がそのなかにいたことが信じられないほど遠い日のことなのだが、それでいて場面ごとのなまなましさは少しも色褪せていない。それは奇妙な重苦しい体験としか言いようがないのであったが。

その頃、経済界は総司令官マッカーサーが経済政策顧問として招いたドッジ公使の構造改革論に悩まされていた。ドッジプランと呼ばれたその案は「米国の援助と政府の補助金という二本足の竹馬に乗っている日本経済の脚を切れ」というものであった。そのためには緊縮財政を採用し腕ずくでインフレを抑えるべきだと圧力をかけられ、現場を持っている大部分の経営者は真っ向から反対だった。

しかし相手は戦争の勝者であり、絶対権力を持っている。情理を尽くして説明しても聞き入れられなければ責任が持てないから経済団体の指導者は辞任すべきだという意見と、辞任することの方が無責任だという意見があって、何度会合を開いても結論が出せない状態が続いていた。忠一郎が働いている商社の社長も、その悩める指導者の一人であった。

そんな憂鬱な日々のただなかに朝鮮半島で戦争が起こったのだ。翌日の六月二十六日忠一郎が出勤すると社内は活気が溢れていた。部下を呼ぶ上司の声は普段より大きく、役員たちの往来も活発であった。繊維担当の常務のスタッフだった忠一郎は、上司が「神風だ」「戦争中一度も吹かなかった神風が今になって吹いた」と言うのを聞いた。戦争になれば日本は自由主義陣営の兵站《へいたん》基地として兵器や弾薬を作り、産業を盛んにして生産に励まなければならなくなる。ドッジの理論は理想論として神棚に上げておけばいい、というのである。

忠一郎は、なるほど経済人というのはそのような考え方をするべきなのだと思いながら、どこかおかしいという想いを消せなかった。彼は戦争というものを体験していたのであったから。本当の戦争体験を持たない者が、朝鮮での戦争勃発を「神風」と言って小躍りするのは仕方がない。しかし戦場で戦い仲間の無惨な死を見てきている者は、いくら経済人であってもそう手放しで喜んでいいのだろうか、というのが忠一郎の胸中の蟠《わだかま》りだった。

胸中にそうしたもやもやを抱えながら三カ月が過ぎ四カ月が経ったある日、彼は英会話学校の受講生だったピアニストから手紙と招待券を受け取った。

それには「先生の御住所が分からないので、失礼ですが学校宛てにこの手紙を出させていただきます」という書き出しで、自分のピアノの恩師が高齢になったのでヨーロッパに帰国することになった、自分は先生に教わったたくさんの弟子の代表の一人としてヨーロッパの御郷里へ先生をお送りする役を引き受け、そのために関先生の会話の授業を中断せざるを得ないことになってしまいました、と彼の講義を最後まで聴けなかったいきさつを述べ、「私もヨーロッパの三つの小さな会場で演奏する機会がありました。お陰様で好評をいただいたこともあり、それに励まされて、今度東京で、リサイタルを開かせていただくことになりました。お忙しいことと思いますが、是非聴きにいらっしゃって下さい」と結んであった。

同封されていたチラシの写真を見て、忠一郎は彼女が浦辺晶子《うらべあきこ》というピアニスト志願の音楽学校の学生であるのを知った。駆け出しのビジネスマンや丸の内界隈で働いている女性の聴講生が多いなかで、浦辺晶子は目立つ存在であった。彼女の姿が教室から消えた時、忠一郎はかすかにではあったが残念に思ったのを思い出した。

商社に入ってからの一年ほどを含めて、忠一郎は音楽会に行ったことがなかった。物心ついた頃から、戦争の報道ばかりが耳につくような環境で育ったから、英文学には興味を持っていても、それは本を読むだけで、西欧の音楽やバレエ、芝居などを見たり聴いたりする機会は少なかった世代に属していた。しかし、欧米の文化や芸術を知らなくては、海外で勤務する時は具合が悪いのではないかと忠一郎は思うようになっていた。

彼はチラシに印刷されていたシューマンがどういう作曲家なのかを知らなかった。演奏曲目のうち、「子供の情景」はなんとなく題名から想像がついても、「クライスレリアーナ」については見当もつかなかった。彼は銀座に出かけて、シューマンについての本を買った。

音楽会は神田の焼け残った共立女子大学の講堂で開かれた。前の日、最初の木枯らしが吹いて冬がはじまったことを報せていた。この日も寒く、忠一郎はまだ防空壕を住まいにしている人たちにとっては冬は辛い季節だと思ったりした。

さいわい、ヨーロッパでの評判が伝えられていたせいか、新人のリサイタルにしてはやや広い会場がほぼ埋まっていて寒さを忘れさせていた。

浦辺晶子は赤い裾の長いドレスで現れた。目鼻立ちのはっきりした容貌は、主役になって舞台に立つと殊更魅力的に見えた。

ひとつずつが短い曲から構成された「子供の情景」は忠一郎にも分かり、ロマンチストで鬱病の傾向のあるシューマンが子供という存在に特別な愛情を抱いていたという解説の意味が伝わってきて彼は嬉しかった。それは自分にも音楽が分かるという発見の喜びであった。

切符を送ってきた手紙には、「終わったら楽屋を訪ねてほしい、厚かましいのですがお頼みしたいことがあります」と書いてあったが、休憩時間にははじめて足を運んだ音楽会にはどんな人が集まるのか見ておこうという気になってロビーに出てみた。やはり学生か、それに近い若い人が多く、年輩のビジネスマンのような人の姿はなかった。

窓の外はすっかり暗くなっていたが今日も風が強く、星の強い瞬きが戸外の寒さを報せていた。忠一郎は晶子の椅子の右下に炭を入れた焜炉《こんろ》が置いてあり、曲の合間に彼女がその上に掌をかざして指を暖めながら弾いていたのを思い出した。それはどんな環境のなかでも音楽はやめないという彼女の姿勢を示しているように忠一郎には見えた。

続いてはじまった「クライスレリアーナ」を聴いた時、彼の意識はもう理解できるとかできないという問題をすっかり忘れてしまっていた。

彼はこのピアノ曲が、ホフマンというロマン主義の作家が書いた楽長クライスラーを主人公にした短編集からヒントを得て作られたことをプログラムで読んでいた。その主人公は、音楽家としての理想と現実の矛盾のなかで悩んでいる。シューマンはその主人公の姿に自分を見たのだと書かれていた。しかし、そうした知識も曲がはじまるや否や消えて、忠一郎はただ緩急強弱の音のなかを漂う憧れの気分のなかに引き込まれていった。終わって思わず拍手をしながら彼は自分の総てを賭けられるものを見付けなければ駄目だ、というようなことをぼんやり考えた。

取りあえずは商社マンとして精を出すとしても自分の生涯の目標をどこまで行ったら見付けることができるのか、という不安はあった。それでも行けるところまでは商社マンでいようと締め括ってみても、戦争で負傷し、捕らわれ、ようやく帰還した自分は、どこかで魂を抜かれて、現実的なこと以外は熱中できるものを持てない人間になってしまっているのではないかという気分は消えなかった。忠一郎は人々の流れに逆らって楽屋の入り口を探した。朝鮮での戦争の勃発を巡って、自分が現在籍を置いている経済という領域への不信感を抱いた時期に彼は浦辺晶子の演奏会に出掛けてきたのだった。まだ木枯らしの余韻が残っている夕方、焼け残った寒い講堂で聴いたシューマンは忠一郎を現実から引き離した。ラジオなどで断片的に聴いたことはあっても生の演奏がはじめてだったことも効果を強くしたのであったろう。それは彼の心の、落ち葉が積み重なったような部分に投げ込まれた重い錘《もり》のようなものであった。

ようやく見付けた楽屋への通路の扉を開けて、忠一郎は意外に大勢の、主に若い女性が花束などを持って詰め掛けているのに驚いた。

うろうろしていると奥の方から現れた浦辺晶子が忠一郎を見付けて「関先生」と呼んだ。少女たちと言ってもいい若いファンが一斉に彼に注目したので、忠一郎は慣れない状況に思わず顔が赤らむのを覚えた。

晶子は次々に花束や小さな贈り物を差し出す若い女性たちに愛想よく応対しながら、また「関先生、こっち、こっち」と呼ぶので、彼はやむなく彼女たちを掻き分けるようにして奥へ進むしかなかった。批評家や記者のような男たちが彼女の後ろの方にいたので、忠一郎は少し落ち着くことができた。

晶子の頼みというのは、来月、アーニー・パイル劇場で駐留軍とその家族が主な聴衆の演奏会があるので、是非付き添いで来て欲しいということであった。アメリカの特派員などもいるはずだから、いろいろ聞かれた時、東洋流に謙遜していては駄目だと思うのでと言ってから、「お願い、それ以外に考えられなかったの」と忠一郎を拝む真似をしてみせた。

晶子にじっと見詰められて、忠一郎は抵抗する力をなくしてしまった。「それはいつなんです」と聞くと、「有り難う、あのこちら私の英語の先生、こちらは音楽事務所の林さん」と近くにいた四十歳ほどの男性を紹介すると、ちょうど入ってきた白髪の外国人の女性のところへ行ってしまった。

忠一郎は一人っ子だったし、育った時代も時代だったから同年輩の女性と町を歩いたりお茶を飲んだりしたことがなかった。出征前に彼の記憶にある若い女性はみんなモンペを穿き肩から斜めに襷を掛けていた。そんな忠一郎にとって浦辺晶子ははじめての異性の友達で、しかも活発で魅力的であった。

町にもようやくレストランや喫茶店が増え、商店街も建物は急造だったが一昔前の賑わいが戻りはじめていた。家のなかでは狭くて音楽などを聴けないので、若者たちのために音楽喫茶が増えていた。忠一郎は、会社が終わると新宿か銀座の音楽喫茶に出掛け、コーヒーを飲みながら交響曲をひとつ聴くぐらいの間に音楽用語を憶えることにした。晶子のための通訳の用意だった。

会社では英語屋として使われるのを極力避けている忠一郎だったが、晶子に頼られたからには進んで役に立とうとする気持になっていた。

　その準備のなかで忠一郎が発見したのは、ヨーロッパの音楽の多くが古典から長く続いている文化のなかから題材を取っていることだった。だから、ある程度有名な詩や演劇作品を頭に入れておかないとトンチンカンな通訳になりかねない。それに、ごく簡単でいいが文化や芸術思潮の変遷の歴史も理解しておく必要がある。

　忠一郎は内心あわてた。浦辺晶子と付き合いはじめたことで自分の知識の水準がはっきりしてしまったからである。それに、貿易実務や経営学も、これは生活の糧を確保するためにも基礎はしっかり頭に入れておかなければならない。こうしたたくさんの課題をこなしていくために三十前の忠一郎にできることは睡眠時間を切りつめて勉強することと役に立たない仲間付き合いを切り捨てることだった。最初に徹夜マージャンと飲んで遅くまで議論することを止めようと決めた。

　そのために仲間付き合いの悪い奴と思われるかもしれない。それが出世の妨げになる危険性はあった。

　もうひとつ、晶子と会うようになって彼は自分には女性のものの考え方や感じ方が分かっていないことを発見した。軍隊と捕虜生活で人間の考えの動きや行動は分かっているという自信があったが、相手は全部男だったのだ。ある時、彼は会社の同僚の女性を連れて晶子の演奏会に行って、ひどく彼女に怒られた。忠一郎にはそれがなぜだか分からなくて狼狽した。それはむしろ晶子の気持が近付いているしるしだったのに、忠一郎はそれを受け取りそこねたのだった。

忠一郎の浦辺晶子への気持は我ながら驚くような感情の昂りに支えられていた。

彼はそれまで、漠然とではあるが、自分には恋愛などというようなことは起こらないと思っていた。理由はない。

大学で講義録のプリント配布会社を興して活躍していた頃、手伝ってくれていた図書館の女性職員から「関さん好きです」などと言われたことはあった。

そんな時に忠一郎がまず感じてしまうのは「やれやれ」という感情だった。その後に「俺はいまそれどころじゃないんだ」という、口には出さない言葉が続いている場合が多かった。

忠一郎は自分を元気がないとは考えなかった。学生たちのなかで先輩のような立場に立たされてしまうのは、年齢が戦争に行っていた期間だけ上だったこともあるが、むしろ戦地で生死の境を潜り抜けた体験が、若者らしい悩みや迷いから自分を遠ざけてしまったのだと、事実を確認する姿勢になるのだった。

浦辺晶子に出会って、その確認されていたはずの事実が変わったのだ。それは音楽のせいでも彼女の演奏の素晴らしさの影響でもなかった。それらは変化への環境を作ったのかもしれないが、変わったのは忠一郎自身なのだ。それは、彼女の魅力を感じる要素が彼のなかに生まれたということであり、戦争体験が風化に向けて一歩踏み出したことなのかもしれなかった。しかし忠一郎は、戦地での傷痕を見えないように包んでしまう表皮が生まれたのだと思いたかった。彼は自分の気持が晶子に向けて昂っていくのを歓迎した。

恋する若者らしくおどおどしながらも、これで人並みになったのだと、従来とは違う自分を奨励しようともしていた。

駐留軍の家族のための演奏会は成功だった。はじめにガーシュインの前奏曲などの小曲を弾き、ついでリストのソナタで技巧の冴えを聴かせたプログラムが聴衆を喜ばせたようであった。終わって、東京にいる外人記者クラブで演奏会をやって欲しいという話が飛び込んできたのは、アーニー・パイル劇場での音楽会が成功だったことを示していた。

その都度、浦辺晶子の傍らにいて、忠一郎は一人の女流演奏家が成功への階段を上っていくのを見ている感じがした。一つの成功が自信を生んで次の成功への道をひらく。勿論それ以前の辛い修練の時期、技術の獲得、自分を上手に展開してみせる知恵などが必要なのだが、それは企業の場合も、ビジネスマン個人の場合も同じなのではないかと思った。

晶子は、どんなことがあっても、午前中少なくとも三時間は基礎の練習をし、午後は次の演奏会に予定されている曲を弾いてみて曲のイメージ作りをやり、そのために必要と思われる書物などを読み、三時過ぎに昼寝をして夕方近く起きる。演奏会は主に夕方以降なので、日頃からこうした生活にからだを慣らしておくことが必要なのだ。

「人によっていろいろでしょうけど、私の場合はそうなの」と彼女は忠一郎に説明した。

ひとりの演奏家として生きていくためには、恋人ができても、家族が病気になっても、たとえ事故に遭っても生活のリズムを崩してはいけないということなのであった。それに比べれば、自分のサラリーマンとしての暮らしぶりは相当いい加減だった、と忠一郎は思った。

彼が晶子に会えるのは、演奏会のない夕方から夜にかけてである。彼女にとって曜日はあまり関係がない。彼の方は、週日は勤めがある。翌朝早く会議が入ることもあるから、その前の晩はなるべく飲み過ぎたりしないようにして早めに寝るとすれば、晶子という恋人ができてから、彼は緊張した毎日の寝起きを強いられるようになった。

好きになるということは、相手の過ごしてきた時間の総てを知りたいと思うことであり、それにつれて不安や嫉妬心も動き、また将来についていろいろと思い悩むことなのだと忠一郎は覚った。晶子との関係も、成功の階段を上りはじめた彼女と一商社マンに過ぎない自分との立場の違いを考えると、不安に駆られてもおかしくはないのだ。今まで忠一郎に恋の悩みを打ち明けた友人に比べて彼は自分を情念が深くない人間なのではないかと思った。あるいは、もともとは執念深い人間だったのだが、戦場体験がその深さを漂白してしまったのだろうか。そのお陰で晶子の方も気は楽かもしれない。あるいは忠一郎の淡泊さを晶子は優しさと取り違えているだろうか。

二人は時間を繰り合わせて、春のはじめ三浦半島の先の城ケ島へ出掛けた。

その日はあいにく雨になった。まだ少し肌寒い気候なのに雨はもう春先の細かいこぬか雨であった。

家まで浦辺晶子を迎えに行き、母親に見送られて二人は品川から京浜急行に乗った。天気がよければそろそろ潮干狩りの季節だったから混んでいただろうと思うと、雨はかえって好都合だったと忠一郎は思った。晶子の母親が、この日だけは昼前の練習をさせずに娘が忠一郎と出掛けるのを快く認めたことに彼はいい感じを持ち落ち着くことができた。

「あれで母は結構うるさいの」と晶子は言い、「幸い信用されたのかな」という忠一郎に彼女は「あなた年寄りの扱いうまいから」と笑った。

「それって僕の欠点かもしれない」と忠一郎は独り言を口にし、中学生の終わりの頃から両親の間を取り持つ役割を果たしてきたと振り返った。

二人は一度浜辺に出て汀《みぎわ》を城ケ島の方に歩いて行った。橋を渡ろうとして振り返ると、二人が歩いた足跡が時に少し離れたり重なり合ったりして続いていた。長津呂崎《ながとろざき》に寄って建っている灯台は雨に濡れて静かだった。波は相模灘を渡ってゆっくり小さな波頭を立てて寄せていた。

「去年の暮れに共立講堂の楽屋で君に会ってからずっと一緒に海を見たいと思っていた」と忠一郎は言い、一年近くインドの砂漠の近くの収容所に捕らえられていた後で帰還できた日の記憶を晶子に語った。

「知多半島の浜に寄せていく波を見た時、はじめて帰れたんだ、大勢の仲間が死んだのに僕は帰れたんだ、と思った」と正直に言い、「海の色も、浜辺の緑もなんて綺麗な島なんだろうと悲しいような気持になった」と、その時の実感を話した。南の方の浜は流れこむ川の水が濁っているので海も碧いというわけにはいかないのだと説明した。

晶子は「私はあなたが苦労していた頃、下田にいた。母は音楽学校の声楽科を卒業していたし、その頃から両親は私が指を駄目にしないようにと考えて早めに私だけを疎開させたみたい。だからピアノ弾きとしての私はズルをして戦後に生き延びたんだわ」と、彼女も率直だった。「私の先生がドイツ人だったことも運が良かった。同盟国だったから捕らえられないで下田に疎開できたの」

二人はなお、海を見ながら話し合うために忠一郎が探しておいた油壺の小さなホテルに入った。

浦辺晶子が何気なく「ズルをしてピアニストになった」と言った言葉を忠一郎はずっと憶えていた。今生きている日本人はみんなどこかでズルをしたか思わぬ運に恵まれたかだった。自分はどっちだろうと彼は考えてみた。運が良かったから神に感謝して人のため国のために一所懸命働くのだという言い方はどこかに嘘がある感じが忠一郎にはした。

前年度の社の決算数値の予想が良く、それまでの不良資産の償却が一度にできそうなのは六月にはじまった朝鮮戦争のお陰なのだから、「神風が吹いた」と言って会社中が喜ぶのは自然の成り行きということなのだ。自分もそのなかの一員だという確認は、時が経つにつれて忠一郎を逃げ場のないコーナーへ追い詰めるようであった。鉄鋼会社の工場は昼夜三交代になったし、貯炭場は空になり、叔父のいる高萩炭鉱も人手不足に悲鳴をあげる始末なのだ。忠一郎が属している繊維部もアメリカ兵のために古い設備まで使って生産しなければならない工場の状態に、原料資材の供給に奔走していた。中国の義勇軍が北を応援しアメリカ軍にたくさんの犠牲が出たことも日本の朝鮮特需にはプラスになった。戦争は烈しいほどいいのだ。ドッジ公使は帰国し、戦争好きのマッカーサーの指示で、日本経済は朝鮮特需を活用することで構造を合理化するという政策に変わった。

城ケ島に一緒に出掛けてから、二人は週に一度はゆっくり会い、その他の日も予定が合えば映画を見たり食事をしたり、気が向けば絵の展覧会などを覗いたりするようになった。

忠一郎の胸中にはいつまで経っても自分に好きな女性が現れたことをひそかに驚いている部分があった。一枚の召集令状が来れば何もかも変わってしまう時代を潜り抜けてきたことが信じられないし、そのなかには大きな変化を予想しないでいい毎日が確実にやって来ることが信じられないような気分も混じっていた。彼はビルマ方面軍がラングーンを放棄した際、軍司令部の偉い軍人たちが、現地に作った料亭の女性たちを車などに乗せて撤退先のモールメン、さらに高級の将校は飛行機に同乗させシンガポールに逃げたのを覚えていた。方面軍司令部の遁走はラングーン防衛司令官には連絡なしに行われ、忠一郎や房たちを憤慨させ、兵隊の間には「女乗せない　戦闘機　みどりの黒髪　裁ち切って　男姿に　身をやつし　ついて行きますどこまでも」という小唄が歌われていた記憶が彼には残っていた。

戦地にいて、軍の上層部の腐敗を烈しく憤った気持はごく自然なものだったと忠一郎は思い返す。しかし日本に帰って来てからは、ラングーンにまで連れて行かれた女性たちは軍に頼るほかに助かる道はなかったのだと考えるようになった。彼女たちばかりでなく、敵軍の足音に狼狽し女性を連れて逃げるという醜態をさらした将軍たちも憐れな存在だったのではないか。

そんなふうに物事を遠くからのように見るようになって、忠一郎は自分が怒る気力をなくした人間になってしまったのではないかとひそかに危惧したのだ。浦辺晶子を好きになったのは、忠一郎が自分でだけ名付けていた〝戦地症候群〟から一歩抜け出したことに思えた。その意味でも、晶子は有り難い存在なのだ。

それも原因を探れば女性を愛するようになれたという安心に通じているのかもしれない。そうしているうちに先輩に連れられてこの年あたりからたくさん出現したキャバレーに連れて行かれた。しかし忠一郎はここでは落ち着くことができなかった。その店は戦争未亡人サロンという看板を掲げていたのだった。そのふれこみが事実なのかどうかは確かめようがなかったが、彼は店の女性たちに自分も戦地にいたと言うことがどうしてもできないのだった。

戦争が終わってから六年が経っただけなのに、〝戦争未亡人〟を看板に使う商売感覚に耐えることは忠一郎にとっては不可能であった。彼は腹痛を口実にして這々の体で一人だけ先に帰った。

その週の終わりに晶子に会った時、忠一郎はこのキャバレーでの経験を正直に話した。

「私はそういう忠一郎さんを信頼しているの。好きよ」と彼女は言った。

「ビジネスというのはそういうことさえも商売の材料に使えるのなら使わなければいけないのかなあと、時々変な気持になることがある」。忠一郎はそう「朝鮮戦争神風論」以来の心の蟠りを口にしてみた。

「そうだとしたら、それは悪いビジネスということじゃないかしら」と彼女の答えは簡単だった。

「そりゃ、そうだ」と応じたけれども彼の胸中には釈然としない気分が残った。

その気分のせいか社内の自由討議の際「戦争が終われば特需景気の反動がきます。その際、特需に頼らない産業力を、という政策が出てくると思います」と主張して上役に注目された。

朝鮮戦争が早晩終わるだろうということは、この年、四月十一日にマッカーサー元帥が解任されたことで明らかになっていた。しかし経済界は、戦争が長く続いて欲しいという希望的観測が手伝って、これをトルーマンとマッカーサーの人間的確執としてしか理解しなかった。それだけに「戦争が終われば特需景気の反動がくる」という前提に立っての発言は、朝の会議に集まった商社マンの意表を衝いたのだった。

しかし、言われてみれば確かにそうだと、敏腕の常務をはじめ参加していた二、三名のメンバーが気付いた。すでに繊維産業には操短が広がってもいたのである。

「ということはどんな部門に日が当たることになるかな」という常務の質問に、「基礎材の生産性向上、すなわち工作機械部」「輸出競争力の強い部門の拡大」「生活産業」などの意見が思い付きで出た。

この朝、忠一郎は冷ややかに眺めていることが新しい展開に通じているという、頭のなかの奇妙なからくりに気付いた。

一方、アメリカとの間に講和条約も締結されたことだし、早晩、商社の海外支店も許可になるだろうから、人選などの準備をひそかに進めておくようにという指示を受けていた常務は、やはりスタッフは準備の段階から忠一郎にしようというプランをこの朝固めたのであった。

それから一月ほどして、忠一郎は夜、常務に呼ばれた。場所は日本橋の小料理屋である。時間通りに行くと、間もなく常務が一人で階段を上ってきて、「今日、これから相談することは来期の人事にも関係するので、コンフィデンシャルにしておいてくれ」と、何やらものものしく言うのだった。

それでも話の雲行きから、どうやら結婚の話ではないらしいと分かって忠一郎は内心胸を撫で下ろしていた。縁談だったら生返事をして誤魔化すか、浦辺晶子のことを白状してしまうしかないのであったが、彼女と結婚する気かと自問してみると、どこか自信を持てない部分があることを知って忠一郎は内心意外にも思っていたのであったから。

常務は忠一郎の内心の動揺には関係なく、「うちも他社に後れを取らないようにアメリカに支店を作る計画を進めているんだ」と言った。

再来年の四月までには許可が取れると思われるので最初の人員は四、五名に、先発は二人になると思うが、そのなかの一人としてニューヨークに行って欲しい、と言うのだった。

忠一郎は迷った。アメリカ支店設立の準備委員に内定したのは名誉であった。能力が認められた証拠であり、将来少なくとも役員のポストが約束されたと言ってもよかった。

しかし、その場合、晶子とのことはどうなるだろう。彼女は国際的な演奏家としての地位を目指して、ヨーロッパの著名なコンクールに参加し入賞することを狙うようになっていた。そのために外国の人に聴いてもらえる機会は逃さないようにしていたのである。

ヨーロッパからアメリカを訪れた作曲家やプロデューサーがアジアに来て、日本や旧植民地を回り、ヨーロッパに戻るという往来は結構多く、晶子はそうした人たちの前で演奏を披露する機会を逃さなかった。そのたびに忠一郎の出番があったのだが、考えてみれば二人は共に世に出る前の準備期間という状態にあって、恋愛はどちらかが早く動き出せば関係は大きく変更せざるを得ないきわどい均衡の上に成立していたのであった。

忠一郎のアメリカ行きはその均衡が崩れることであった。彼は晶子もニューヨークに行く可能性があるのではないかと考えてみた。ニューヨークばかりでなくフィラデルフィアでもボストンでもヒトラーに追われてアメリカに移った音楽家はたくさんいる。そうした人たちのなかには日本と縁の深い彫刻家や画家もいるはずだ。

彼は捕虜収容所で知り合ったトシオ原口のことを思い出した。彼は日本に帰るためには一度アメリカに戻らなければならないと言っていたのだが、博多の酒問屋の実家に問い合わせてみたら消息が分かるのではないか。

あれこれ考えていて、忠一郎は浦辺晶子が自分との将来をどう、どこまで突っ込んで考えているかが問題の中心なのだと気付いた。すると自信がなくなった。彼は母親の静江が音楽学校の声楽科に在籍中に栄太郎と結婚して歌手としての道を諦めたことを今でも時おり口にするのを聞いている。その時々で表現は少しずつ違ったが、ある時は「お父さんとの結婚でソプラノ歌手が生まれそこなったんだよ。お父さんはそのことをどう思っているかしらないがね」と言い、別の時は「結婚しても声楽を続けていいということになっていたんだけどね、お役人には転勤があるっていうのが分かっていなかった。あの人、そんな説明は全然しなかった。まあ世間知らずの私が騙されたんだよ」などと言ったりしていた。

忠一郎は晶子にアメリカ行きをどう説明しようかと悩んだ。出張扱いだが、支社設立が認められれば転勤で四、五年はいることになりそうだった。下手な言い方をすれば「これでお別れ」という響きになりかねない。常務に口止めされているから間際まで言わずにいる方法もある。しかし彼女は勘が鋭いからどこかで変だと気付くかもしれない。早く話せば、ニューヨークで音楽事務所を見付ける方法もあるし、彼女の腕前なら音楽院に所属することも可能なのではないか。召集令状ではないが、忠一郎は一度も出張を断ることを考えなかった。それは大きな挑戦の機会なのだ。

考えた末、忠一郎は次の週、二人になった時、思い切って打ち明けた。

「そう、本当、おめでとう、それってすごいじゃない」と晶子は忠一郎が拍子抜けするような明るい声で喜んだ。「だけど」と逆に彼が、なかなか会えなくなるんじゃないかと言おうとしていると、「あなたがそうなら、私もアメリカで勉強することにしよう」と言って忠一郎を感心させた。彼女は自分の技量で勝負していて、忠一郎のように組織の一員だったことは一度もないのだと忠一郎は気が付いた。

彼と常務の先発隊二人の出発は五月に決まった。その日羽田には五十人を超す見送り客が集まったが、そのほとんどはニューヨーク事務所長になった常務の塔之沢敏《とうのさわさとし》の関係者だった。忠一郎はつかつかと寄って来た中年婦人から「関さんでいらっしゃいますか。塔之沢の家内でございます。あなた様が一緒に行って下さいますので心強うございます。うちは我儘者でございますからあなた様に御迷惑をおかけするのではないかと案じておりますが、よろしくお願い致します」と挨拶された。

あわてて挨拶を返してから忠一郎は、大学生の時、一緒に講義録を作った房義次と村内権之助のところに戻った。

「ずいぶん大袈裟だなあ、そう思いませんか」と房が言い、経済学部の商業学科に変わった村内権之助が「いやこれはかつて横浜や神戸から船で海外に行っていた時代の風習が残ってるんやと思うで」と解説しているところへ、浦辺晶子が駆けて来た。忠一郎は彼女を房と村内に紹介し、「僕の留守中、何かあったら彼女に協力してあげて欲しい」と頼んだ。

少し離れた人の群れのなかで、忠一郎は母親の静江が塔之沢に向かってお辞儀しているのを見た。おそらく「お供をさせていただく関忠一郎の母親でございます。不出来者でお目まだるいことと存じますが、どうぞよろしく」などと挨拶しているのだろうと思い、まだ浦辺晶子を紹介していなかったと気付いたが、いずれでいいだろうと成り行きに任せることにした。この見送りの盛大なことも、儀式ばったことの好きな塔之沢の好みが反映していると思うと忠一郎は気が重かった。

アナウンスがあって搭乗の時刻になった。塔之沢が手を上げると、誰かが「万歳」と叫び、それにつられて万歳の大合唱が起こった。

忠一郎は機内に乗り込んでやっとホッとした気分になれた。そこへ塔之沢が現れて、「僕の席は一番前だが、ゆっくり眠りたいので君の方からは来ないでくれ。どうしても用があればスチュワーデスにメモを渡してくれ」と注意した。

離陸して間もなく、うつらうつらしはじめた時、忠一郎はスチュワーデスに起こされた。「私はこれから休みます。起こさないように」と渡された塔之沢のメモに書いてあり、座席番号も記されてあった。さっきそう言っていたのにまたか、という気がして、この調子だとニューヨークでの毎日はかなり気骨が折れそうだと忠一郎は覚悟した。

上昇を終えて水平飛行に移ると間もなく食事が配られた。忠一郎は野戦病院に収容された時、アメリカの物質的な豊かさに強い印象を受けたが、ニューヨークへ行ったらもう一度その豊かさを見せつけられるのだろうと思い、この美味しい食事も、緊張しきっているように思われる塔之沢常務は味わう余裕がないのではないかと気の毒に思った。

気持よくワインが回って忠一郎は間もなく深い眠りに落ちた。

一時、かなり烈しい揺れがあって、忠一郎はなぜかインド洋に続くアンダマン海を渡っている夢を見ていた。戦争が終わって本国へ送り返される際に乗ったクインメリー号の船底で揺られた記憶と、昭和十八年の終わり頃、南シナ海を渡った記憶が忠一郎の夢のなかで混ざり合っていた。

忠一郎は目覚めて、これからアメリカに渡ろうとしている時に、なぜ戦争中の夢なんか見たのだろうと振り返っていた。

忠一郎が目を覚ました様子に、隣のまだ三十代に見える男が、「君は日本人か、アメリカに留学するのか」と聞いてきた。

忠一郎はニューヨークに着いたらアメリカ人に対して取るべき態度を試してみようと思い、「自分は貿易商社に入って間もないビジネスマンだ。ニューヨークでアメリカ流のビジネスの進め方を勉強したいと思っている」と正直に打ち明けた。相手は「僕はペンウェーバーという保険会社に勤めている。将来の市場としての日本の可能性を調査に来た帰りだ」と言い、「ビジネスマンだったらアメリカのマーケティングを勉強することだね」と言ってから「君の英語は素晴らしい。とても日本人の英語とは思えない。どこで勉強したんだ」と率直に聞いてきた。

若いアメリカ人らしい善良さに溢れている感じなので、忠一郎は「僕は学徒兵としてビルマ戦線にいたがジョセフ・スチルウェル中将が指揮する連合軍に敗れ、捕虜になり野戦病院にもいた。アメリカ軍は勇敢だし人道的だった。僕は個人としてアメリカのお陰で生きて帰還することができたのだ」と報告した。相手はすっかり打ち解けて「僕は日本が好きだ。これからはアメリカと日本は友人にならなければいけない」と握手するために手を差し出した。

ハワイでは機体の点検と機内の掃除のために二時間の休憩があり空港で朝食が出た。忠一郎は常務と差し向かいで食事をした。塔之沢は彼にアメリカ行きを指示した常務よりかなり年長で、昔ニューヨークにいたことがあるらしかった。忠一郎は塔之沢が物を食べる際、頰骨がはっきり上下に動いて咀嚼している形が見えること、食事の際、爪楊枝《つまようじ》をしきりに使うのが癖らしいと観察していた。

機内で隣の席にいた男が、「ハーイ」という具合に片手をあげ、片目をつぶってクルーらしい男女が集まっている方へ歩いていった。塔之沢が「誰だ」という具合に忠一郎を見るので、「機内で隣にいた男です。保険会社でマーケティングをやっていると言っていました」と答えた。塔之沢は「講和ができたからいいようなものの、アメリカ人のなかには、真珠湾の話になると今でもカッとする奴がいるからね、気をつけた方がいい。殊にハワイにいる間は温順《おとな》しくしていた方が安全だ」と注意した。

ハワイを飛び立ってから忠一郎は睡眠薬を飲んでサンフランシスコで起こされるまで熟睡した。戦地での断片的な記憶が夢に出てきて魘《うな》されないためであった。

地図の上では分かっていたつもりだったが、サンフランシスコを飛び立ってからシカゴに寄りニューヨークに到着するまでの距離は長かった。同じ国のなかで時差が三時間もあることは来て体験してみないと分からない国の広さだった。

「この国が、これだけ大きいということを知っていたら、戦争前、多少のことは我慢すべきだったという気がするね」と塔之沢がシカゴの空港で言った言葉に忠一郎は心から頷いた。塔之沢は戦前パナマ運河経由で船で往復していたから飛行機で上から見た時のような大きさの実感はなかったと言った。

「同じことはね、中国大陸の場合も言えるんだ。おまけにあそこにはアメリカの五倍もの人間がいる。あそこで戦争をはじめたのが間違いだったんだよ」とも塔之沢は述懐した。彼がニューヨークに駐在していた昭和のはじめ頃、日本はお茶と蜜柑《みかん》それに生糸などが主な輸出品目であった。塔之沢の意見に応えて彼は「そのお陰で僕はビルマへ行ったんです」と応えた。

「いや、君がそこで捕まって苦労したという話は聞いている。それだけにアメリカは君にとっても弔い合戦というわけだ」と塔之沢は言った。

意味がよく分からないままに忠一郎は「ハア」と相槌《あいづち》を打つしかなかった。

塔之沢はそれからアメリカ市場を開拓した戦前の苦労話をはじめ、忠一郎はなんとなく、その頃の輸出入というのは貿易というより隊商が行う交易の感じがあったような気がした。弔い合戦とか、塔之沢が言うような「我々は斬りこみ隊なんだ」という表現はピンとこないけれども、自分たちが未知のアメリカでのビジネスに挑戦しようとしているのは事実だと忠一郎は思った。飛行機は朝早くニューヨークに着いた。明け方の雲の切れ目から朝日が輝き出し、飛行機が「薔薇色の人生」の曲を流しはじめた。

これからどんな苦労が待っているか分からない。佐世保を出発し船で南へ向かった夜は「運命」という文字がしきりに意識に浮かんだが、今浮かんでくるのは挑戦という言葉だった。忠一郎は気分を引き締め、これからは新しい人生がはじまるのだと自分に言いきかせていた。

妻の自立

良也が、俳句の会に妻の克子が参加するようになったのを知ったのは、長野から帰って二週間も経ってからだった。

その日、松本市や長野県の数カ所で取材した杉田久女と上田五千石のノートの整理をしたのをもとに二人の俳人の巻の編集方針を決め、それに従って収録する句をもう一度選び直すことにして良也は少し遅く家に戻った。

その夕食の後で克子が、「あしたの晩は、私ちょっと外出をしますので、食事の用意ができません。あなた、どこかで済ましてらして下さい」と言い出した。それは言いにくいことを言う時に、彼女がごくまれに見せる、必要以上に紋切り型に聞こえる言い方だった。

「何だい、どうかしたのか」と、良也は思わず聞いた。

「もっと早くお話しすべきだったと思います。でも出張があったし、お帰りの日も分からなかったから無断で決めてしまいました。ごめんなさい。私、俳句の会に参加することにしたんです」

それを聞いて良也は驚きと安堵を同時に覚えて、「なんだ、そりゃあいいことじゃないか」と、とにかく賛成した。

良也は長野への出張のかなりの部分を初恋の女性と過ごした昔の回想に使い、茜の従妹の葉中知枝に会ってからは、消えてしまった彼女の足跡を探ることに気持を集中していたことを妻には話していなかった。

それは話す必要のないことと割り切っていたのだが、何となく後ろめたくもあった。小室谷を中継点にして知枝との連絡方法を考えたのも、克子には内緒にしておきたかったからである。それだけに克子から紋切り型に言われた時、良也はゆえなく狼狽したのだった。

しかし彼女は、そうした夫のうろたえを知るよしもなく、「ああよかった。やっぱり私のダンナさまだわ」と両手を胸の前で組み合わせている。

良也はそれを見ていると、また少し落ち着けなくなって、「どうしたのさ、その句会っていうのどんなふうなの」と聞いた。

克子の説明によれば、彼女が卒業した桃花女子高等学校の同窓会に、最近俳句の賞を受けて有名になった同級生が参加したのが事の起こりだったらしい。

克子は良也が賛成したので緊張が解けたのか、からだの動きも自由になって、「私、あなたが俳句の全集を作っているの知っていたし、それにお義父《とう》さまも句集をお出しになっていらっしゃった。主婦のレジャーとしては一番お金がかからないでしょ。それ、私が言うんじゃなくて、〝ラン子〟、俳号は〝長谷川蘭女《らんじょ》〟が言うのよ」と言った。

その晩の同窓会には玉川学園周辺、町田、百合ケ丘など、東京の西部周辺に住んでいる桃花女子高等学校の卒業生が二十三、四人集まったのだという。ラン子の受賞のお祝いの意味もあったらしい。宴会がたけなわになった時、克子も仲良しの滝沢尚美が突然、「私たちの中から、はじめて全国ブランドの俳人が生まれて、その蘭女を囲んでこうして集まったんだから、どうでしょう、これを機会に私たちで句会をやらない」と提案があった。

尚美は前もって蘭女と打ち合わせておいたらしく、「月一回、場所はこの町田のホテル、会費は一万円でどうかしら」と蘭女を振り返り、彼女が頷くのを待って皆の賛成を求めた。そこまではよかったが、いざ具体的になって、「仕事を持っていらっしゃる人もいるから、曜日は、例えば第三土曜あるいは金曜の夜」という段になると意見が分かれた。同級生のなかには要介護老人を抱えている者も、海外に勤務している若夫婦に代わって孫の世話をしている者も、失業中の夫に代わってスーパーで働いている者もいて、皆、それぞれの都合があった。

たくさん意見が出てくると会議などに慣れていない女性が多い同窓会で結論を出すことは困

難であった。そのうちに議論は主婦の自立とか、日本の男性はだいたい妻に依存し過ぎるとか、「年寄りになったらどうするつもり、今から連れ合いを教育しておかなきゃ、後になって困るわよ」というような議論にもなっていった。

克子は言い出した滝沢尚美を助けたくて、「私は句会に参加します」と言ってしまったというのである。

経過が納得できると良也は「分かった。それはいいことをしたよ。それに君が何か自分の楽しみを持つというのは賛成だ。僕も『現代人の俳句全集』がそろそろ追い込みに入ってきたので、これから出張も増えそうだし。そんな時でもいくらか安心だ」と抜け目なく言った。良也はできれば知枝と早く京都へ行って茜のいた家を見ようと思っていたのだ。

良也は桃花女子高等学校の同窓会の話、その結果としての妻の俳句の会の参加を聞いて、長野から帰った日、家の中の空気がどこか出張前と違うと感じた理由が分かった。それは克子が身につけていた感じが変わり、夫には従うものと教えられた実家での躾《しつけ》からくる無理な縛りがなくなったのだ。

その結果が髪が栗色になったことにも現れていたのだが、おそらく彼女の変化はもっと深いところでも進行しているはずであった。若い社会部記者の頃から、ずっと啓蒙的な立場に立って記事を書いてきた良也は、もともと妻の立場の女性の自立を歓迎するべき男だった。

しかし一方では、その自立が夫である自分に対する観察眼と批評眼を鋭くするのを恐れる気持があった。長くなった長野の出張から帰った時も妻の変化に「もしずっと気付かないようだったら、尚美と『よほど気を取られることがあるんじゃないの』って脅かそうと言っていたのよ」などと言って、良也をドキリとさせたのであった。彼女には自分の直観を信じ込む癖があり、一度「あの人は信用できない」と思うと可愛がられて育っただけに損得を度外視して、先方が話しかけても、くるりと後ろを向いてしまうようなところがある。良也がうっかり自炊生活と言った時も危なかったのだが、思い付きを口にしただけということが彼の狼狽ぶりで分かったのか、あの時は克子の方から折れてくれたので助かったのだった。

危険は避けるばかりがいいとは限らないのだ、その緊張のなかから人間にとって大切なものが生まれてくるかもしれないではないかと、良也は自らを励ますように考えてもみるのだった。

しかし、ここのところは危険を避ける必要があると良也は自分を戒めた。まだ茜がいるバリ島の正確な場所も分からないし、そこへ行ったから会えるということも決まってはいないのだから。その前に、とにかく知枝とは何回か会って一緒にノートを解読したり、京都に行って茜が育った家を見ておきたいのだ。

「君の関心領域が広くなったり楽しい付き合いが増えたりするのはいいことだと思う。僕だって自分流の戦没者の手記を編集しようと思っているんだから」と良也はあざとく自分の都合を会話のなかに滑り込ませながら言った。

「京都とか熊本とか北陸とか、出張も多くなると思う。たいていカメラの菅野が一緒だけど」

良也は書斎に入って、克子に「それで俳句はできたのか」と聞くのを忘れたと思った。その質問に続けて彼女が苦労して創ったはずの句を見て、いくつかの点を批評すべきではなかったか、それを彼女は望んでいたのではないか、と後悔した。

しかし、そこまでするのは、彼女の領域に立ち入り過ぎる。自分では創らないが、いい句をたくさん読んでいることは事実なので夫として頼もしい協力者にはなれると思うが、彼女にとっては自分の時間を持つことがまず第一の目標なので、いい句を創るか創らないかは別のことだ。

大事なのはお互いに干渉し過ぎないようにして平和を保っていくことだ。しかし子供がいれば、それは切っても切れない縁ができているわけだが自分たちの場合、お互いを結びつけているのは何なのだろう。それを突き詰めていけば夫婦とは何かという問題にぶつかる。結婚して三十年近くなれば性的な交渉も習慣的なものから次第に間遠になっている。やがてそれもなくなるだろう。

問題なのは今、克子が何を望んでいるのかが分かっていないことではないか。それに良也は克子がどんな文章を書くのか、言葉についての感覚が古いのか新しいのかについても何も知らないのだ。だから「句会に行く」という話が唐突に聞こえたのである。克子について自分が情報を持っていなかったことが背景にあり、そのために不安な気持に襲われたのだと良也は分析してみた。見方を変えれば、何も知らない女性と平気で暮らしていた自分の鈍感さにこそ不安の原因があるのだ。

万緑美術館の葉中知枝が茜の従妹だと分かってから、良也は茜の行方、なぜ茜が知枝の前からも姿を消したのかを知ろうと夢中になっていた。そのために家に出張が延びると報せることも忘れてしまった。杉田久女の、世間には理解されない一面を茜の場合になぞらえてみたりもした。そんなに夢中になったのは、彼女が初恋の相手だったからか、忽然と消えてしまったからか。そうではなくて彼女が自分の青春そのものであったからなのだと良也は少し性急に結論を出した。しかし茜と別れた後で、自分が所有していたはずの青春が消えてしまったのはなぜか。

良也はある年齢になれば青春は消えるのだというような一般論で問題を片付けたくなかった。一人一人、戦争で青春を断ち切られた若者たちの記憶のためにも、一般論でくるむことなく、個別性で青春を摑み直そうとしている自分が、茜との恋を一般論で誤魔化してはいけない。

克子との結婚を決めた時、良也は青春は過ぎ去ったと感じていた。お互いに好感を持っての結婚であったが、情熱が燃え上がったということではなかった。

それから三十年近く経ったが、その年月のあいだ、自分は妻と時間を共有していただろうかと良也は振り返ってみた。彼は記者としての毎日をかなり忙しく送っていた。社会部に所属していた時期が長かったが、丹念に事件を追い、分析し、経済の勉強もして企業に関連する犯罪でも、かなり注目される存在であった。それは職業に忠実な良也の時間ではあったが、克子の時間だったのだろうか。二人は新婚旅行にハワイに行った。それはその当時でも恵まれた新婚生活のはじまりを意味していた。異母兄の忠一郎のサンドイッチチェーンNSSCが急成長して何かにつけて噂になるようになり、良也は裕福な家系の一員と見なされて迷惑を感じたりしていた。

取材のための出張は多かったが、留守のあいだ克子がどんな時間を過ごしているかを気にしたこともなかった。一緒に旅行したことは一度だけ、「日本の漁師たちは今」という連載ものの取材で北海道に行った時、仕事が終わってから年次休暇を取って克子を呼んだ。その時、克子はとても喜んで「私たち新婚さんみたい」と良也の肩に頭をもたせかけて、洞爺湖を眺めていたのを彼は突然思い出した。

それは結婚して十五年ほど経った頃だった。あんなに喜んだのだから、せめて二年に一度ぐらいは国内でいいから旅行に連れ出すべきだった、と良也は反省し、ふとなんだか克子が死んでしまったような感じで考えているると思った。

克子が明日の晩は外出するからどこかで食事を済ませて下さいと言い、その原因が句会への出席だと分かった時、良也の咄嗟の反応は安堵だったのだ。それが反省へと向かっていったのはなぜだろうと彼は自分の心の不思議な動きを捕らえようとする目付きになって考え続けた。

今の良也にとって、自由とは茜の行方を追う調査と旅行が好きな時にできるということであった。そのためには何回か知枝に会わなければならない。妻が自由なら、こちらものびのび自分の目的に向かって努力できるのに、心は次第に沈んでいくのだった。良也はここまで考えてきて、二年前、いずれくる定年のことも考え、第一線の取材記者から出版部に変わることにしたと告げた時、折にふれて良也の気持を耳にしていた克子がそれほど驚かず、反対もしなかったことを思い出した。

克子は五十三歳になった夫が七年後の定年を視野に入れて自分の領域の構築に向かうつもりなのを知ったのだ。

その頃、良也の前には論説に回るか、役員になる可能性のあるポストに就くかという選択もあった。同年配の記者のなかには小室谷のように専門家を目指す者もいたが、良也は決めかねて三年経ってしまったのだった。彼は現場が好きだったし、役員への道を進むことには抵抗もあったのである。それは異母兄の忠一郎の生き方を噂で聞き見てもいたからであった。

もう十年ほど前、父親の栄太郎が九十五歳で他界する少し前、良也ははじめて正式に異母兄に会った。彼はすでに全国に拡がったNSSCチェーンを創業し、若いうちにサラリーマンを辞めて企業を興した指折りの起業家に数えられていた。

葬儀が終わり、火葬場で骨を拾ってから、一度忠一郎の自宅に戻った時、彼は弁護士と良也を応接間に呼んで栄太郎の遺書を開封した。封書に彼も見慣れた墨の字で、「遺産については兄弟で平等に分けるように」という趣旨のことが長年役人の空気を吸ってきた栄太郎らしく細かく書いてあった。遺産のほぼ三割ずつを二人で分け、残りの四割のうちの一割をすでに他界した妻の弟で、炭鉱の役員をしていた伝田に、一割を良也の母親の実家の兄に、残りの二割を世話になった運輸省関係の研究所への寄付にと指定していた。

「このネスの株はどうするかな」と忠一郎が言った。遺産の三割ずつを平等に、と言っても株式を第三者に公平に評価してもらって全体を金額に換えての約三〇%ずつというのが一番客観的な分割になり、後々問題が起こらないと弁護士が意見を述べた。

「僕は新聞記者です。公開している株を遺産の分配で持ったのならモラルの面でも問題はないと思いますが、株価の上がり下がりが気になるようでは良くありませんし、ましてネスの株はまだ公開していません。リクルート事件のこともあります。御迷惑でなければ現金で受け取りたいのです」と良也が言うと、忠一郎はジロッと冷たいものを内側に持っている目で異母弟を見て、「遺産を貰うというのは妙なものだな、自分が努力した結果のものではない」と独り言

た。

聞こえた。良也は面白くなかったが黙っていた。その遺産で玉川学園前の自宅ができたのだっ
NSSCの株の価値を作ったのは俺だ、それをお前はただで貰うのだ、と言っているように
を口にした。良也にそれは嫌味にしか聞こえなかった。

良也の方向転換を知った時、自立を考えていた克子は自分もそれならと考えたのだろうか。
いやそんなはずはないと良也はすぐ打ち消した。

彼が自炊生活を提案した時、気色ばんで、「私になにか不満があるんだったら率直に言って」と迫った様子は結婚した頃の克子だった。良也が長野にいるあいだに同窓会があり、克子が親友の滝沢尚美に「自炊生活」の話をした。尚美が学生時代の呼び方で「お克《かつ》、しっかりしなきゃ駄目よ。あんたいいとこお嬢さんで年取ったんだから。女もね、ちゃんとした自分の領域を作っておかなきゃ、もっと年取ってから泣くよ」などと忠告したに違いない。

そこまで推測を進めると良也のなかに少女時代の延長で気楽に話し合える友達の集まりに入って活気を取り戻した女たちの会合の光景が広がってくるのだった。克子が良也からの連絡が充分ではなく、出張の日程も大幅に長くなったのもあまり気にせず、詰《なじ》る姿勢を見せなかったのは、はじめて持った自立の毎日に彼女の方も目を輝かせていたからなのだ。それで彼は助かったのだけれども、定期的な同窓会ではなく、集まりの名目は同級生の長谷川蘭女が俳句の賞

を受けたお祝いということだったから自然に俳句についての話題も多かっただろう。

「句会というのは俳句を創る、読む、選ぶということもありますけど、集まりそのものを楽しむというのが一番の目的なのよ」というような誘いの言葉も蘭女からは出たことだろう。集まった同級生たちは会合に出てこられるだけ暮らしも安定していたのだが、なかには「××さん御主人がリストラされてとっても大変らしい」とか、「旦那さんがね、どこかへ女を作っていなくなっちゃったんですって」とか、とかく苦境に遭っている同級生の噂の方が弾むようであったに違いない。

そのような話題はあまり聞きたくないからと、おっとり育てられたからか、およそ金棒引きの趣味を持っていない克子は、しばらくは同窓会に出るのは気が進まない様子だったが、親友だった滝沢尚美が夫を亡くし、生命保険会社の嘱託になり、持ち前の行動力を発揮して同級生たちに有利な財産運用の方法を教えたりするようになってからはそうした会合が面白くなったらしかった。もっとも克子は財産運用とか利殖にはおよそ関心が薄く、お金は銀行へ行って引き出すものと心得ているようなところがあったから、自立宣言はそうした意味でも良也にとって驚きであったのだ。

良也は昼頃会社に行き、菅野春雄と全集に使う松本市と浅間温泉の写真を決めた。上田五千石はあと富士市で写真を撮り、杉田久女は北九州に出張する必要があった。九州では現在も活躍中の森澄雄と、熊本の中村汀女の取材をするつもりだった。その際、良也はアメリカ文学の権威になっている九州の大学の原口俊雄に会い『潮騒の旅人』の取材もしようと考えていた。彼はアメリカ軍の軍属としてビルマ戦線に行き、インドの日本軍捕虜収容所にもいたらしいので、アメリカ側から見た『潮騒の旅人』の姿を良也は知っておきたかったのである。原口俊雄に会った後で良也は休暇を取って柳川の母親の墓参りもしたかった。まだ先のことだが。

社を出ようとして良也は今日は克子が家にいないので食事はどこかで済ませなければならなかったのを思い出した。そんなことなら長野であちこち写真を撮るために動いた菅野春雄を誘えばよかったと考えたがもう遅かった。彼は夕方からインタビューに立ち会わなければ、と言っていたから、きっと九十何人目かの「隠された素顔」を撮っている頃だ。空腹を満たすのなら駅前のそば屋でも、コンビニで握り飯を買って食べるのでも間に合うのだが、せっかくの機会なので何かいつもと違うことがしたかった。克子は句会に出ている時刻だ。

そのうちにひさしぶりに銀座をぶらぶらしてみるのもいいという気になった。地下鉄の銀座駅から地上に出てみると大勢の人が流れていたが、気のせいか一時のように、夜の町が沸き立っていると言えるような賑わいではない。落ち着いてきたとも言えるがバブルが崩壊した後の沈滞が今も続いているというふうにも見える。

何よりも良也が感じたのは、自分が年配者になっているということだった。すれ違う男たちの多くは彼よりも若かった。時おり同年配の男に会うが、同じ会社の者らしい数名の若者を引き連れている。いい年をして一人でうろうろしているのは良也ぐらいである。

少し疲れてきた頃、彼は『現代人の俳句全集』の編集委員を頼んだ先生方を二度ほど接待した和食の店の一階が椅子席で、カウンターとのあいだが衝立で仕切られている和風レストランを思い出した。その店は金春通りにあって、ずっと昔、茜の誕生日のお祝いに、息を吹くと掌の上でくるくる回るミニ走馬灯を買った江戸民芸品店ふうの店もその近くにあった。

良也は江戸民芸品店ふうの店をすぐに見付けた。懐かしくなって入り、ミニ走馬灯を探すとガラスケースのなかに他の小さな細工物と一緒に飾られていた。歌舞伎の小道具でさえ職人が減って困っているという時代に、この走馬灯を作り続けてきた人がいたのだと良也は思った。

彼は出てきた主人らしい年配の男に、自分は三十年ほど前にこれをいただいたことがあると話した。

「それはどうも。お目にかかったのは先代でしょう。近頃はこういうものは高くなってしまって、ポッポツしか出ません」と彼は説明してくれた。良也は走馬灯を書斎の机の上に置き、時々吹いて回してみたくなったのだった。それを包んでもらうと彼は少し新橋の方に戻ってさっき通り過ぎた和風レストランに入った。時間が早かったからかカウンターに腰を下ろすことができた。

良也は熱燗の酒とつまみを頼み、ゆっくり一人の晩餐を楽しみたい気分になった。ミニ走馬灯を手に入れたことがきっかけになって茜との仲が急に近くなったのだった。しかし今日は彼の頭が自然に『現代人の俳句全集』のことに向かっていった。そろそろピッチをあげなければならない時期に来ていたが担当部員は良也の助手役の二人しかいなかったから作業日程をきちんと組んでおく必要があった。

良也は手帳を出して、東京にいるので情報が充分でなくなる欠点をあらかじめ埋めておくために地方に住んでいる俳人に早めに会っておこうと考えていた。この方針は先週の編集会議でも確認されていた。さしあたり塩竈に行って佐藤鬼房《おにふさ》に会おう。それから大阪の鈴木六林男《むりお》にはずっと丹波にいた細見綾子のことも聞いておきたい。俳人としての系統が違うからかえって自由に俳人沢木欣一との結婚の経緯なども聞けるかもしれない。彼女が沢木と再婚したのは四十歳の時であり、やがて長男を産んでいる。結婚の時、復員して間もない沢木は二十八歳だったから、俳句の世界ではかなり有名な話になっていたはずなのだが。

良也は茜の消息を知ってから以後、俳人のことを考える際にもその人の生き方のようなことに以前よりも強く関心を持ってしまうのだった。その関心は自分自身に向けられる刃《やいば》の性質を持っていることも自覚はしていた。そこへ妻の克子の自立宣言があったのである。

「あら、あなたきちんとしているんだ」という小さい声が良也の耳に入った。考え事をしているあいだに、仕切りのすぐ後ろに年配の男女が席を取ったのらしかった。

連れの女性に褒められた男は、「本当はこうした預金は株の売買なんかで増やす算段をすべきなんだ。僕はそっちの方へ頭が回らないんでね、その結果、損もしなかったがね。だからあんまり褒められたもんでもないんだ」と謙遜している。続けて男の声は「僕は金は要らないんだ。これからいろいろと治療費なんかはかかるようになるだろうけどね、いよいよの時の葬式代があればいい。当分のあいだは顧問料も入るしね」と言っている。良也はそれを聞いて、男はもと役人か弁護士のような仕事をしているのではないかと推測した。

「だから、これは君が持っててくれればいい。なんなら半分ずつに分けてもいい」と男は妙なことを言い出し、良也はこれから別れ話でもはじまるのかと一層興味をそそられた。

しかしその期待は「厭ですよ、なんだか夫婦別れするみたいじゃないの」という女性の言葉で否定されてしまった。

「お金はね、まだまだ大事にしなくちゃあ。私ね、市民大学の源氏物語の講座取ることにしたの。それでその授業料ぐらいは働いてと思ってパートを探したんだけど、この年になると無いのよねえ。みんな五十歳以下とか、四十歳以下とか言ってね、失礼しちゃうのよ」と彼女はさして怒っているふうでもなく述懐している。

それを聞いて男は思いついたらしく、「じゃあこうしよう。僕はこれからライフワークにしている本をまとめるから、君が何かと世話してくれると有り難い。そのために御世辞使うわけじゃあないが市民大学の方の授業料は僕が持とう。こんな言い方は失礼かね。別に家政婦さん扱いするわけじゃないが」と男は少し早口になった。

「失礼も何もありませんよ。事実そうでしょうが」

「まいったな、こりゃあ」と男が額を叩いたような音がして、二人が声を揃えて笑った。

良也は、いつの間にか結果として盗み聞きをしているという後ろめたさを忘れて感心していた。二人がこうした町のレストランで、良也が聞いたような会話を交わすまでにはいろいろないきさつがあったのだろう。どちらかの親の介護を巡っての困難や意見の食い違い、子供たちの叛乱などがあったかもしれない。しかしそうした困難を乗り越えて二人が到達したのは、相手を労りながら批判もしてみせるという自由闊達さだ。

後ろの席の老夫婦はやがて鯛茶漬けを食べ終えると出ていったから、良也は顔を見られずにもう一合の酒を頼み同じように鯛茶漬けを頼んだ。

この店の娘さんらしい少女に「さっき帰っていった御夫婦はよく来るの?」と聞くと彼女は「ええ、月に一度ぐらい」と応え、「何をしている人かなあ」という質問には他の客のことは言わないようにと躾けられてもいるのだろう、「さあ」という具合に首を傾げて答えなかった。

また夜の銀座を歩きながら、さきほどの老夫婦は同居している息子夫婦の前とか、寝たきりの耳聡《ざと》い母親と同じ屋根の下では話しにくいというような事情があるのか、あるいは二人で逢引《デイト》の気分を楽しんでいるのかと考えていた。今、恋をしている若者に話したら、老夫婦の心の在り方を理解できないか反発するかだろうと思ったが、克子の反応は？　と考えるとうまく想像できなかった。また、茜のことを想う自分の心の状態からも老夫婦の心境は遠いのだ。

これはどういうことだろう、と良也は考えた。茜を想う自分と、老夫婦の関係を理解し、羨ましくさえ思う自分と、二人の関良也がいるのだ。

彼は新宿に行く地下鉄に乗ってしまってから、玉川学園前の家に戻ることに自分が何のためらいも感じていないのを変なことのように思った。

駅に着くとバスが行ってしまったところだった。少し肌寒い季節になっていて、いつもより冴えているように思える細い月が天に懸かっていた。かぐや姫が月へ昇っていったのはこのような晴れた夜空だったろうと良也は想像した。

見上げると船のような、河口の州のような形をした雲がいくつも棚引いたまま動かない。その端口は月光に白く輝いている。良也はその雲の船のあいだを月に向かって茜が裳裾《もすそ》を翻しながら昇っていくのが見えると思った。彼は立ち止まって我を忘れた。

彼女が身につけている羅《うすもの》の縫い取りには、月の光に感光する糸が使われているのか、彼女が手を上げ時おり悲しそうに身を傾けるたびに星が走っているような光が煌《きら》めく。

上昇し遠のいていく速度は思いの外速く、彼女の姿が小さくなるにつれて夜の空の広がりが広く暗くなって行く。良也が思わず茜の方に手を伸ばしたのを乗車の合図と思ったのか、タクシーが目の前に止まった。何かに背中を押されたような感じのまま、良也は車に乗り、家の近くの公園の名前を運転手に告げていた。

良也は自分の家が見下ろせる丘に上って見ようと思いついた。その一帯にはベンチがところどころに置かれていて刈り残された樹々が点在し全体が公園になっている。彼は移り住んでから四年にもなるのに夜その丘に行ったことがなかった。

彼の目のなかにはまだ羽衣を翻しながら天に昇っていったかぐや姫の姿が残っていた。丘の上から、すでに姿は消えてしまったとしてももう一度空を仰ぎたかった。

彼は丘の下でタクシーを降り、ゆっくり林のなかの小径を上った。

ゆるやかな風があって、時々楢や櫟の落ち葉が降りかかり、月の光に影を大きくゆらめかせて道に積もり、そのたびに樹々の間が明るさを増すようであった。少し前まで、夜になると鳴きさかっていた青松虫やこおろぎ、きりぎりすなどの声ももうすっかりかすかになって、かえって水色の光が深くなったようであった。

彼はゆっくり坂道を上り、ひとつのベンチに腰を下ろした。まだ灯火を点けている家が多かった。ひときわ明るい光に覆われている右手の遠い一角は駅前の商店街だろう。ここから見ていたら、かぐや姫の姿はもっとはっきりしていたはずだと、良也は残念に思った。

良也は溜め息をつきベンチに張ってある木を撫でた。木目の縞模様や年輪が浮き出るほどの明るさであった。左手の奥にあるベンチを見ると若い男女が腰に手を回して夜景を見ていた。一度その姿に気付くと、あちこちのベンチや木陰に人がいた。ベンチに横になって抱き合っている一組もあったが、人影か樹の幹かと迷うほどに木立に紛れて寄り添っている者が多かった。風が吹いてきてその人影が動きはじめた。年齢も服装もまちまちの人たちがワルツでも踊っているようにゆっくり回っている。

良也は結婚前に数えるほどしか克子に会っていない。映画を見ての帰り、コーヒーを飲みながらローリングストーンズの話をしたり、「一生《イッセイ》と賢三《ケンゾー》とどちらがお好きですか」と聞かれて、それが洋服のデザイナーのことと分からずに混乱したのを覚えているくらいだ。三十年近く前、克子もいま夜の公園のそこここで演じられているようなラブシーンを夢見ることもあったのではないか。そう思うと良也は何だか可哀想なことをした気分で今までの克子との道程を振り返っていた。見ていると遠くで一軒の灯火が消えた。

茜ノートⅡ

良也は毎晩、茜の灰色のノートを少しずつ解読する作業を続けた。

茜は竹取物語を古代の説話の集合とも、源氏物語に代表される平安朝文学とも異質な作品と理解しているようだった。彼女にとって身近な問題について問い掛けたり、啓示を求めたりするテキストとして読んでいる。もっとも、その態度は学者でも批評家でもない人が作品に接する普通の態度でもあるのだが。

まず茜は比較的最初の部分で、「この物語には月の光についての古代の人の畏れと、この世にはない美しさの源として崇《あが》める気持とが混じり合って表現されている」と書き、「私にとって印象的なのは、この月への美意識を朝廷の権威や富豪の誘いよりも強いものとして描いている作者の姿勢だった。かぐや姫は勿論だが、育ての親の翁《おきな》もそれに従うのだ」と確認している。

結婚観については「『男は女と結婚し、女は男と結婚してこそ、その家は盛んになる』という翁の説得に、姫は『世のかしこき人なりとも、深き心ざしを知らでは婚《あ》ひがたしとなむ思ふ』と拒否するのだ」と書き、茜は家が盛んになるならないよりも、男女のお互いの理解を優先させる作者の近代的な考えに驚きを隠さない。ここの「世のかしこき人」とは高貴な人、身分の高い人というような意味だろうが、ここには人間中心の思想が見えると良也も思った。月の光に対する憧れと畏れ、美意識が発条になって男女平等の意識が生まれていることへの共感を良也も茜と同じように持った。

おそらく茜は、何度も読み込むうちに、九世紀の後半から十世紀のはじめ頃、民衆の心に律令制度のなかでの秩序の感覚などが浸透する前に成立したと思われるこの物語の、素朴であることが自由でもあるという不思議に気付いたのに違いない。

戦争にロマンを感じるより前に存在した民衆のロマンの感覚が表現されているとも考えられ、ここに父親葉中長蔵の悩みを乗り越える何かがあると茜は直感したのではないか。それだから彼女はこの物語に拘泥するのだと良也は思った。

また、帝《みかど》の御輿《おこし》が彼女を連れに来た時、かぐや姫の姿が消えてしまう件《くだり》については、「私もいよいよの時、姫のように『きと影になる』ことができたら、結婚にも気楽に進めたでしょうに」と感想を書いている。良也はこの文章に引っかかった。いよいよ困った時とはどういう時なのだろう、という疑問への答えは灰色のノートには記されていない。

良也はノートを読み返すことで次第に遠くにいる茜との想像上の会話を進めはじめたのであった。当然のことかもしれないがその記述にはよく文意が汲み取れないところや、良也が辛くなるような表現があった。ことに「結婚にも気楽に進めたでしょうに」という表現は意味がよく分からないままに良也を辛い感じにした。

この文をそのまま受け取れば、自分もかぐや姫のように地上の男女の関係は持てない運命にあるのだから、そんな時は姿を消せたらということになる。

しかし茜と共にした数々の夜を思い出してみても、そんな運命を背負っている女性という手掛かりはどこからも浮かんでこない。彼女の四肢は柔らかく、どんなにからだを開く動作にも応じて、二人は同時に昇りつめるのだったから。

それなのになぜ、こうした表現が出てくるのだろうと良也は惑うのだった。茜がこう書いている以上、自分の方に相手の困惑や不安に気付かない鈍感さがあったことだけは確かなように思われ、良也はそれが辛いのだった。

知枝がいてくれれば、孤独が広がっていく茜との対話は様相を変えると良也は思った。三人の間には、内輪の人間同士の寛《くつろ》ぎや冗談も生まれそうであった。結婚するというのは形式的な問題かもしれないが、内輪の関係が生まれることに通じているから意味があるのだ。自分の意思で結婚しないのならいいが、宿命が結婚を禁じているとなると、どうやってそれを乗り越えるかということになる。

かぐや姫は天に昇ることで宿命を超えた。茜がバリ島へ行って帰ってこないというのはそういうことなのだろうか。そうだとすれば直ちに、バリ島に行っても良也は茜に会えないことになるのではないか。

深夜、灰色のノートを読んでいて、良也は何度か知枝を呼び出そうと携帯を手に取ったが、時間を考えて思いとどまってしまった。まだ四十一歳の魅力的な知枝に心を許した人がいないとは考えられなかったが、良也はまだ彼女が独身かどうか知らなかった。どこか醒めたところがある小室谷ならすぐ調べるだろうと思った。すると、民芸酒場ふうの店を取り仕切っている志乃という女性の顔が浮かんできた。姓は大伴だったと覚えているが、彼女が二十代の初めの頃経験した凄まじいと言ってもいい過激派の闘士との恋愛の話が思い出された。それを小室谷から聞いた時、茜のことで頭がいっぱいだった良也は、ただ聞き流していたのだが。

「人民の海」と過激派の用語で呼んでいた社会に身を潜め、恋人と逢瀬を重ねるうちに、動物園の虎に襲われて死んだ活動家の物語は、連合赤軍事件のエコーのような話だった。その活動家を恋人に持った大伴志乃の前半生は良也や克子が想像もできないような波乱に富んだものだったろう。志乃の伯母は北信地方の文化活動の指導者で腹の据わった名士だったが、彼女が志乃を庇《かば》い民芸酒場ふうの店を作ってくれたのだという。

事件そのものは、小室谷が筆を止めたので世間には知られず、深夜、虎の檻に入った不注意な飼育係の青年の事故死として片付けられたのであった。

志乃の伯母は、今度開館した美術館の心強い後援者でもある、と小室谷は告げた。

良也は彼が語ったように、月の光に照らし出された藁の上で、猛獣の咆哮を耳にしながら抱き合った男女の一方が自殺同様の死を遂げた後で、志乃は抜け殻のようになったのではないか、と今更のように思った。その志乃と深い関係になった小室谷は、彼女を愛することで革命的ロマンを追体験しているのだろうか。

しかし、愛されることで大伴志乃が自分の空洞のなかに新しい液体が満ちてくると感じているとは限らないだろう。いつも、ここではないどこかに、もっと本当のものがあるという意識を持っているのではないか。

そこまで考えて、良也は小室谷のように人情の機微とか男女の関係の綾や翳りのようなものを若い頃から見てきた男が、そんな簡単なことに気付かないはずはないと覚った。気付いて相手を許しているからこそ二人の関係がうまくいっているのだとしたら、それは良也の理解を超えた事柄だ。

彼はよく訳知り顔に使われる「大人の関係」という言葉が嫌いだった。ことに後輩たちが白けた交際を続けて、それを自ら「大人の関係」と言って澄ましている顔を見ると、「好きだったら夢中になってみろ、一度ぐらい死ぬ想いをしろ」と言いたくなるのだった。

そう考えたすぐ後では、「そう言うお前は死ぬ想いをしたのか」という内面の声を聞いた。茜が姿を消した時、心のどこかでホッとしてすぐ追跡を諦めてしまったのだ。彼女がいなくなったことで良也は「決死の決断」をしなくて済んだのである。

そんなふうに自分を責め小室谷を批評しながらも、良也は彼が好きであった。小室谷が持つ異性への愛は、いつもどこか醒めているだけに物悲しさや淋しさが漂っているような気がした。

良也は茜の従妹の知枝に会う時のために灰色のノートをじっくり読んで浮かんできた疑問を整理してみた。

そのなかには、茜が結婚に恐怖に近い躊躇を見せているのは相手が自分だったからか、一般論としての恐怖だったのかという問題があった。茜の父親は武骨で生真面目であったが、弟である知枝の父親は、平和主義であるのはいいが五人の恋人がいるという艶福家《えんぷくか》で、病気になった時は女たちの間に波風が立たないように娘に看病してもらうしかないと茜にも語っていたというから、そうした京都の葉中家の様子を見ていたゆえの結婚への懐疑なのかと思ったりもした。葉中夫人は胸中では夫を見限っていて、写経ばかりしていたと知枝は語った。しかし、茜も貿易商で絵や美術品の蒐集家だった知枝の父親には目を掛けてもらったという実感があり、ノートのなかでも彼は、「だらしないところがあるが善良な人」という扱いを受けているのであった。

また茜は、竹取物語が高貴な家柄や富豪の息子たちの愚かしさをはっきり描いている点を二度、三度と指摘している。こうした、社会に対する批判的な読解は、茜が大学の聴講のなかで得たものなのか、劇団活動を手伝っていて形成された考えなのかも知りたかった。そのためには万緑群の上演のレパートリーなどを教えてもらって茜ノートと参照してみる必要がある。

これらの疑問は表現を変えれば、茜の竹取物語への固執は、少女期の異界への憧れでは片付けられないものがあるという直感として良也のなかにあり、その根源を知りたかったからなのであった。

長野出張からひと月ほど経った頃、良也は京都駅で知枝と落ち合って、まず彼女たちの家があった九条山に行った。八坂神社の裏山というか、京都では一番早くできた西洋風の住宅地で、谷川に面した峠の中腹にある彼女たちの家は鬱蒼《うっそう》とした樹々に囲まれていた。

「ああもうずいぶん変わってしまいました。あの頃はまだ私の部屋からも四条あたりが木の間越しに眺められたんだけど」と知枝は言い、「私はずっと奥の母がいる母屋にいたんです。茜さんは一番手前のあの離れでした。今はありませんが出窓があって、この道も舗装していなくて林のなかのような道で、劇団の人はこの道からどんぐりなどを出窓に投げたりして茜さんに合図をして、茜さんの報せで私が外に出ていたんです」。

知枝の話は、当時茜が何かにつけて不自由だった自分の青春を顧みて、従妹に楽しい少女時代を送らせてやろうとした心遣いがふしぶしに見えるように良也には聞こえた。

茜と知枝は年齢が十三違う。その十三年間の日本の変化は大きかった。その上、問題はあったにしても知枝の家庭には自由なふんいきがあった。だらしないと批評することもできるが、知枝はのびのび育った。その知枝の世代の若者たちに触れることで茜がもう一度青春を取り戻したいという気持になったとしても、それは自然のことだと、良也は少し淋しい想いを含めながらも判断した。

「茜さんには好きな人がいたはずだと思うんだが、ここで過ごした二十年ほどの間に」という聞き方を彼は知枝にしてみた。

知枝は黙っていた。「いいえ、僕に遠慮しなくていいんです。あれほどの女性が誰にも憧れられずに二十年間を過ごしたとは考えられないんだから」と良也は質問の意味を解説し、「そうね、そういう意味ならいなかったということはないわ」と、知枝にしては歯切れ悪く肯定した。「でも、駄目だったのよ、いつも。分かりますか」と知枝は何かに挑むような目つきになって良也に向き直った。今度は彼が黙る番だった。

少し間があって良也はようやく「それ、どういうことですか」と聞き返した。二人は紅葉の最後の照り映えが樹間にも落ちている小道に突っ立って、ほとんど睨み合うように向き合っていた。鵯《ひよどり》が一声、二声鋭い啼声を立てて梢のあたりを飛び去った。ふっと張り詰めた知枝の姿勢が解《ほど》け、下を向いてほとんど消え入りそうに「分かりません。どうしてだか、どうしても」と悲しそうな顔になった。

良也の胸の中から自分がどう思われていたか、というような問題は消えてしまった。ただ、自分たちはいわれのない悲しみに向かい合っているのだということだけが分かった。

良也が京都に来たのは、敗戦前、軍に弾圧された京大俳句会の足跡を調べるためだった。このグループには京大関係者ばかりではなく、俳句の革新を目指す俳人が大勢参加していたから、『現代人の俳句全集』を編集していくための基礎調査が必要と考えられたのだ。ここには日野草城、山口誓子、野平椎霞《ついか》、五十嵐播水、西東三鬼、仁智栄坊《にちえいぼう》、鈴鹿野風呂《のぶろ》などが関係していて、現代俳句を論じる際には避けて通るわけにはいかないのであった。

前の年に「京大俳句の光芒」展が京都で開かれていたから、良也はまずその展覧会が行われた思文閣美術館に行き、次いで岡崎にあった男爵水野白川の屋敷に回った。この屋敷で句会がつねに行われていたのである。

『現代人の俳句全集』を編集する者として京都に来てみると、この街が他の都市と違っている佇《たたず》まいが見えてくるように良也は感じた。俳句の大きな背景とも言える短歌に縁の深い史跡や墓や寺が京都にはたくさんあった。また俳句を旅の詩形というふうに捉え直してみると、京都は通り過ぎる経過地点とするにはあまりに大きな文化の集積地なのであった。昔から俳人たちはここで足をとめ、座を設け逗留している。

全集のなかで四国の松山とか、北陸の富山、金沢と比較して京都という土地をどう位置付けておくかということも、京大俳句事件の問題から派生するテーマとして編集会議で何度か議論されていた。三十人を超える予定の俳人を個人別に括《くく》った全集のなかに、京都出身の俳人として登場するのは前の年の六月に自死した飯島晴子だけであった。その彼女も俳句を創るようになったのは東京の近くの鵠沼《くげぬま》に病身の夫と移ってからのことなのだ。

良也には「認識の俳句」と言われている彼女の作風が、京都という風土とどう絡み合っているのか、反発し合っているのかが関心事のひとつだった。そんな質問を俳句関係者に投げかければ「編集者というものはなんて詰まらない考え方をするのだろう」と思われそうな気もしたけれども。

電話で知枝と京都で落ち合うことを決めた時、良也は京都での二十年に近い茜の足跡を辿ることのほかに、出張の目的は俳人飯島晴子の取材だと告げていた。その名前を聞いて葉中知枝は、「ああ、その方なら少しはお役に立てるかもしれません」と答えた。彼女が生まれ育ち茜が住んでいた今は別の人がいる家を見た後、彼らは三条の古くからある喫茶店に腰を下ろした。

「この店は昔は音楽喫茶というふうに呼んでいましたけど、その時から何一つ変えていないんです。あそこに掛かっているモナ・リザの複製も、こっちのユトリロの風景も」と知枝は言い、「あなたが掛けていらっしゃるその椅子はいつも茜さんが掛けていた場所です」と告げ、良也の意識の中で時間がスリップし、彼は茜と差し向かいになっているように感じた。

幻想のなかで茜が「やっと会えたわね」と話しかけた。棗形の目の瞳孔を絞るようにして良也に笑いかけている。

「ずいぶん長い間だったけど」と彼は優しさに圧倒されて口籠《くちご》もる。茜は三十年ほど前と少しも変わっていないと良也は確認していた。

突然、強い光が良也の席を通り過ぎて彼は現実に戻った。近くのビルの高い階で誰かが窓を動かし、それにつれて向かいのビルのガラスに反射していた太陽光線が良也の席を横切ったのらしかった。良也の耳にバロック風の音楽がかすかに聴こえだした。おそらく店内に流れている音楽も昔どおりなのだろう。良也は「俳句の飯島晴子のことについてなにか知っているようなお話だったですが」と取材の話題を持ち出した。

知枝は頷いて「私はずっと以前、飯島晴子さんを研究している女性の国文学者の方を御案内したことがあるんです。卒業された府立第一高女とか上京区の寺町のもとのお家とか。もともとは父と飯島さんのお父さんとが貿易商仲間で面識があって、父が案内するはずだったんですが急に用ができてしまって、私が代役になりました。その学者の方は父の同級生の年の離れた妹さんだったんです。その頃私は高校二年で演劇に関心を持ちはじめた頃でした」と説明した。「飯島晴子さんにお会いになったことは」という質問には「ええ、チラッと二度ほどお見かけしたぐらいです」と答え、「どんな感じの人でしたか」と聞くと、「潔いっていう感じかなあ」と女子高生の口ぶりになり、自分の頭のなかにある飯島晴子の姿を思い出そうとする目付きになった。

「私には俳句の味わいなんて分からなかったんですが、茜さんは私がその方の案内をすると聞いて、飯島さんの句をいくつか『覚えておくといいわ』と教えてくれました」と言い、そこで急に記憶が蘇ったのだろう、「彼女が飯島さんの足跡を追って安曇野に行くと聞いて私は、『ずっと長野にいた私の従姉が御案内できるかもしれません』って、言ってしまったんです」。

そうした話の弾みで、その晩、知枝と茜はその国文学者の女性と三人で食事をすることになったのだった。知枝の父親はおそらく数多い恋人のうちの誰かと予定でもあったのだろう。晩の会食の席にも現れなかった。

その食事の最中に茜が急に泣き出すという場面があった。知枝の記憶に、なぜそうなったかの経過の細部は曖昧なのだが、父親の死を巡る会話から起こったことであった。

父親の代わりに国文学者の女性を案内し、逆に御馳走になった十七歳の知枝から、同席している従姉の茜の父親は戦地から復員して間もなく肝臓を悪くし、長く長野の病院にいたという説明が出た。それを深く頷きながら聞いていた学者は、私の研究領域はもともと日本の平安時代の文学なのだが、自分の今までの研究の仕方や姿勢に疑問を覚えて、ここのところちょっと方角を変えて俳句文学のことを調べていて、ほとんど同世代の飯島晴子にゆきあたったのだ、と率直に話した。

その話に続けて彼女は「飯島さんに、あなたほどではないけど、長く患って苦しんでいた母親が亡くなって、その看病で疲れたということもあったのでしょう、父親が妻を追うようにして他界した時期の句がいくつもありますよ」と教え、メモ用紙に「やつと死ぬ父よ晩夏の梅林」と書いて二人に見せたのだった。

知枝からメモを受け取ってその句を見ていた茜は突然泣き出してしまった。

「あらいけなかったかしら、可哀想なことをしてしまったようね」と彼女をあわてさせたほど茜の慟哭《どうこく》は烈しかった。茜は泣きながら首を振って、「いいえそうじゃないんです。この句ではじめて分かったんです」と途切れ途切れに言い、やがていつもの茜に戻って、自分も父親が息を引き取った時、その頭を撫でながら「やっと楽になれたわね」と慰めたのだと告白した。

茜はそうやって父親を労った後、悲しんでいるゆとりなど与えられずに、一人で病院と相談して、遺言どおりに病院の紹介で戦友が大勢眠っている墓地に葬ったのだ。溜まっていた薬代や入院費などは自分の銀行の退職金を充てた。

茜の話を聞いて飯島晴子を研究していたその学者はほぼ状況を覚ったのだろう。彼女は「茜さん、来月安曇野へ行く時案内して下さらない。飯島晴子さんも久しぶりに京都に帰った後、杉田久女の句碑やお墓を調べに長野へ行っているんです」と頼んだ。知枝はよく分からないままに「茜さん、先生がそうおっしゃるんだからお供なさいよ。帰りがけにお父様のお墓参りもできるじゃない」と若者らしく無邪気に安曇野行きを勧めたのだった。

知枝は茜が取り乱したという話で、良也が辛い想いを味わっているのに頓着なく「今になれば茜さんの涙から学者の方が何を受け取ったか分かる気がするわ」と話すのだった。「茜さんはそれまでの時間のなかで溜まった疲労、耐えてきた努力の結果、残ったのは父親の死という事実だけだったという辛さを思い切り外に出したかったのよ。誰かの胸に縋《すが》って心ゆくまで泣けたらよかったんだわ。でも私は子供だったし、父は遊んでいて家にいないし、おまけにその父と長蔵さんは絶縁状態だったから」

知枝はそうした一言、一言が良也への正面からの批判になっていることに気付いていないかのようだった。

「それで、茜さんは安曇野に行ったんですか」と聞き返したのは苦しまぎれの質問に近かった。

「ええ、何だか茜さんその先生に気に入られたみたいで、時々お手紙が来ていました。先生の専門は日本の平安時代の文学で竹取物語なんかについて茜さんはいろいろ質問したりしていたようです。でもだんだん劇団の方が忙しくなってしまいましたから」と知枝は答えた。

良也は心が優し過ぎるからか、そういう星に生まれてしまったからか、いつも周囲の人の引き立て役に回ってしまう人が男にも女にもいるのだというようなぼんやりしたことを考えていた。そうした女性にとって、短いだけに直感でスパッと目の前のものを切って取るような表現が求められる俳句は魅力的だがなかなか入ることのできない領域であったのではないか。

茜が泣いた飯島晴子の句にしても「やっと死ぬ」であって「やっと死ねる」ではないところに恐ろしさと背中あわせの魅力があるのだけれども、茜だったら「やっと死ねる」と、父親を労る姿勢でしか書けなかっただろうと良也は少しずつ気を鎮めながら考えていった。

この句を読んで茜が慟哭したのは、茜自身、優しい看病の合間に父親の死を願う気持が自分のなかに動くことがあるのを自覚していたのではないかと良也は思った。そんな自分を罪深い者に想う気持の底から、生きるということの素顔が現れてきて茜は取り乱したのではないか。だが、それだから花が散り実の熟れきったあるいは落ちてしまった梅林こそ父の死にふさわしいのだ。そう理解した時、茜は父親の苛酷な死から脱出できたのではないかと、良也は願い事をするような想いで考えた。

茜が書いた灰色のノートの欠点は日付が入っていないことだった。ただ、父親のことも良也の名前も固有名詞として出てこないのは、テーマが別のところにあったノートだからと言うことも可能だが、父親の死から意識が離れられなかった時期の後で書かれたのではないかという推測が成り立ちそうであった。他にもノートがあるのではないかという良也の問いに、知枝は首を横に振って「私が預っているのは、お渡しした一冊だけです」と答えている。

三条の近くの喫茶店で昼食を取っている時、良也は自分の感想を知枝に話してみた。

「ええ、私もノートがはじまったのは京都に来てからはじめて安曇野に行き長野市のお父さんのお墓にお参りしてから後のことだと思います」と知枝は良也の推測を肯定した。

「感じが変わった、というようなところもありましたか」という質問には、「いえ、それはもとと同じ物静かな感じでしたが」と考えてから「そうですね、劇団に気軽に顔を出すようになった、ということかな」と言った。

おそらく、父親の死の影に包まれていた時は若者たちの熱気は疎ましかったのではないかと良也は憶測した。

食事を終えて良也は万緑群の稽古場があった伏見の東福寺の近くへ行った。

「ここには俊成のお墓があるわ」と知枝が言い、「ほう、シュンゼイね」と曖昧に良也が受けるのを聞いて「千載集を編んだ歌人で、十二世紀の歌の指導者、新古今調の調べを創った人、後鳥羽院歌壇の一方の雄だった」とそこまでを解説調で言って「でも、こうした知識は全部茜さんの受け売りなの」と注釈を付けた。

その頃、狭い窮屈なところから抜け出た茜は、昼間は私立大学の聴講生になり、夕方からは劇団の稽古場に顔を出すような日々であったらしい。

「ここにその頃は小さな倉庫のような建物があって、間口よりも奥行きが深くて、大道具なんかはこの道から小型トラックをバックで入れて持ち込んだり運び出したりしていたんです」と知枝は当時の活気が戻ってきたように声を弾ませた。

「その頃の上演記録は残っているの?」と良也は茜の灰色のノートのなかの芝居に関する記述を思い出そうとしながら聞いた。ところどころに現れる、断片的で理解できない記述は、おそらく上演された芝居ができあがっていく過程で彼女が思い付いたことを書き留めたのではないかと考えたからだ。

茜ノートにはところどころに唐突に「昆虫社会に自由はあるのだろうか」とか「ロシアの人にとって熊はどうも私たちが考えているのとは違って、共棲している相手のような気持があるらしい」などという文章が書かれていた。

ノート全体が、読み手の目の存在などを意識せずに作られているから、その唐突さはかえって、その時々の茜の想いを正直に反映しているのではないかと期待されたのだった。

この「昆虫社会」について、知枝はすぐ、「これは多分、劇団がファーブルの『昆虫記』を戯曲にして上演した時じゃないかな」と謎解きをし、「ロシア人の熊」についての指摘は、「ああ、それはチェーホフの『熊』です」と断言するのだった。彼女はその戯曲が上演された日を一九八〇年と覚えていたから、国文学者の女性を案内して安曇野へ行った少し後であった。

こうしてひとつの時点が特定されると、それ以前とそれ以後の文章を、万緑群の上演目録とその当時の社会的事件の二つと照合してノートを解読する道が開けた。

稽古場の後、二人は茜と知枝がよくとりとめもないことを話し合ったという東福寺の境内を歩いて、俊成以外にもその頃からあったのではないかと思われる古い墓を訪ね、高台の先に置いてあるベンチに腰を下ろして秋空に稜線を際立たせている東山連峰を眺め、平野部の京都駅をはじめ、清水寺、本願寺、少し遠くの西芳寺などを眺めた。

「茜さんはここからの眺めが気に入っていて、劇団の仲間との議論に疲れると、よく一人で稽古場を抜け出してこのベンチに座っていました。三十代の茜さんは安曇野に行き、長野市の郊外のお父さんのお墓参りをしてからずっと若くなって華やかな感じが出てきましたから、年下の劇団員のなかにも彼女に憧れる人が現れたんです」と知枝は語りはじめた。

「そのなかの一人の人には茜さんも好《い》い感じを持っていました。三つほど若い人でしたが、議論なんかあまり活発にするというより、黙って相手の困っているところに手を差し伸べるといった性格でした。私は『もし茜さんも嫌いじゃなかったら心を開いてあげたらいいんじゃない』って言ったことがあります。ごめんなさい、でもその時の私の気持はそうだったんです。

『茜さんも、いつまでも若いわけじゃないわ』なんて、生意気なことも口にしました」

従姉想いの知枝は茜に素敵な恋人を見付けたかった。過去は過去のこととして俳人飯島晴子の句に触発されて父親の呪縛から抜け出したように見える茜が、もし新しい恋を得るなら変身に成功すると知枝は自分のことはさしおいて思ったのだ。

夜になって、それまでそれぞれの用事を済ませた知枝と良也はカウンターが主な店の、ひとつだけあるボックス席で向かい合って、茜の足跡を辿る探訪の感想を交換していた。

京都に来ると子供の頃の気分に戻るのか、知枝は安曇野で会った時よりも若々しく快活に笑い、時おり少女時代の言葉を使って良也に話しかけた。美術館の責任者という意識からも自由になっていたのだろう。幼年時代を過ごした土地にいる時一番自由になれるのだとしたら、昔のように「二度と生家の敷居は跨ぐな」と言われて他家に嫁いだ女性はどんな生涯を送ったのだろう。「三界に家なし」という言葉はそこから生まれたのだろうか。もしそうなら、茜の変身はいつかこの京都か父親を看取った長野に戻った時に完成するのだろうかなどと良也は思い惑っていた。

「私が勧めるっていうのか、そそのかすっていうのか『男の人もそうでしょうけど、女も恋ができなくなったらお終《しま》いよ』なんて言うと、茜さんはそんなことを口にする私を少しおかしそうな顔で眺めて、でも『有り難う』なんて言いました。私は大人扱いされていなかったみたい。

でもさっきもちょっと言ったけど彼女に憧れている劇団の男たちのなかの一人とは本当に考えたことがあると思うのよ。ああ、もう一人いるわ、ごめんなさい」と彼女はまた謝った。

その「ごめんなさい」は二人を一人と思い違えていたことにかかるのか、恋人ができるようにしきりに勧めた自分の行為を良也に謝っているのかと思いながら、彼は茜を想わせる知枝の目もとや口もとを眺めた。

茜が多少心を動かされたという男性は二人とも三、四歳年下だったが議論好きというよりも黙って茜の話を聞きながらにこにこ微笑していたり、終わりの方で短く結論的なことを言うというタイプだったらしい。良也は、もし茜がそのどちらかの男と結ばれていたら、自分は「よかった」と思うだろうか、身勝手にも少し淋しく感じるだろうかと想像してみた。「ところがなぜか途中ですーっと消えてしまうんです。二度とも。どうしてでしょう。私、それが恐いんです」

それは前にも良也が回答を迫られた知枝の悩みだった。「その回答を、今僕らは探しているんじゃないか」と良也は前と同じことを言った。

知枝はじっと良也を見ていた。瞳にだんだん力が溢れてきた。

この目には見覚えがあると良也は思った。それは気が遠くなるほど懐かしい茜の目だった。

「それなら関さん、二人でバリに行きましょう、二人なら茜さん話してくれます」と知枝が断定した。

それは不思議な言い方だった。二人で問い質《ただ》せば、という意味なのなら、自分と関良也の二人を失うことは茜にとって世界を失うことだと知枝が確信していることの現れなのかもしれなかった。それとも二人の性質の違う愛情で挟めばということなのか。どちらにしても、そこに強制的なものが働く感じがあって良也は躊躇した。

「だけど、それはどうかなあ。そっとしておいてあげたいというような気にもなる」

思わずそう独り言のように言うと知枝は溜め息をついて「私はどこまでいっても茜さんていう太陽の光を反射するだけの月みたいなものなのよねえ」と投げ出すように言い、良也はあわてて、「君と茜さんのことを話すのが一番好きなのかもしれない」と失言を重ねた。

「それ、どういうこと?」と知枝は卓の上に両腕を組んで良也を覗き込むような姿勢になった。

彼は捕らえられた。彼女の視線から逃れようとして「だって、僕らまだ出会っていくらも経っていないんだよ」と言った。それは全く意味をなさない言葉であることによって大きな意味を響かせてしまう失言の総仕上げになった。

「分かった。関さんも私を好きになったんだ。そうよね、だから、そんなこと言うんだ」

そう言うと知枝は腕組みをほどいて、もとの姿勢に戻った。

その晩、良也は彼女を上京区の伯母の家に送ってホテルに戻った。

知枝が先月、安曇野から急に京都に戻ったのは、九十歳になる伯母が転んで腰の骨を折ったからであった。長野で再会できずに良也が東京へ戻ってから知枝は電話で「どうも葉中の家の女は年寄りを看病するようになっているような感じなんです。伯母も伯父に早く死なれて、従兄弟は二人とも海外だから、いよいよの時は私が看ることになりそう」と言っていたのだった。

二人とも車のなかではほとんど何も話さなかった。何杯かずつ赤ワインを飲んでいたから遠慮が取り払われていた。妙な効果だったのだが、その晩の会話は茜の消息を知ってからの良也の気分を少し楽にしたようだった。それは、どこか快く罪深い気分を良也に与えていた。

夫婦の協定

玄関の扉を開けた時、良也は家のなかが賑やかなのに驚いた。自分の家ではないみたいな感じだった。沓《くつ》脱《ぬ》ぎには女性の靴が数足並びそのなかには草履《ぞうり》もある。自分の靴を脱いで置く場所を探しているとリビングダイニングの方からどっと笑い声が崩れた。なかには「アッハッハ」と遠慮のない男っぽい中年婦人の声も混じっていた。

良也は玄関からリビングに通じるドアを開けた。

「アラ、御主人様がお帰りになったわ」と誰かが言い、顔見知りの滝沢尚美が、「ちょうどいいところへ」と良也を見て、「お帰りなさい」と声を掛けてきた。

克子が、「まあ、まあ、お疲れになったでしょう」と言いながら立ち上がって良也のところへ来た。彼は思い思いの場所に陣取っている女性客たちに軽く会釈をして玄関に戻った。彼に従《つ》いて出てきた克子に、「ちょっと仕事を持って帰ってきたから、食事は書斎に運んでくれないか。一段落したら、顔を出してもいいが。九時ぐらいまではかかりそうだ」と急に思いついた説明をした。

それを聞いて克子は、「そうね、今日はお料理教室の流れなの。毎月順番にひとりひとりのお宅へおじゃまして合評会をすることになったものだから」といくらか弁解気味に事情を話した。良也は腹の虫を抑えて「うむ」と頷いて書斎に入った。

しかし本当は仕事を持って帰ったのではなかったから机の前に座って、さあ何をしようかということになった。思いついて、京都で新しく茜とのつながりを発見した飯島晴子のことを手元にある資料でもう一度調べてみようと決めた。四十歳に近い頃から句を創りはじめた彼女の出発は、いかにも主婦の俳人らしい。病身の夫を亡くしたのが六十五歳の時。すでに俳人としての地位を確立していたとしても、それからが専門家としての毎日だったとすれば彼女の生涯は俳句に関心を持つ主婦にとって先達としての意味を持っている。飯島晴子は詩論も評釈も書ける理論家であり、生前出版した六冊の句集にも理知的な個性が際立っている。

そうした点が茜に強い印象を与えたのではないだろうか。茜は戦争の犠牲者であった父親のことを飯島晴子の研究者に話したのか、竹取物語のことはその頃、まだそれほど茜の関心事ではなかったのかもしれないが。良也が、大学に頼んで茜を気に入っていたらしい国文学教授の女性に会えればいいのだがと思った時、扉がノックされて克子が夕食を運んできた。

ドアが開くと同時に、この家で一番広いリビングダイニングでの喧騒が飛び込んできた。ちょうど誰かが面白いことを言ったらしく笑いが弾けたところだ。

「だってあなた、あなたの御亭主まだ五十代でしょう、そんなはずないわよ」

「驚かさないでよ」

「ちょっと、あの英語の教授はねえ……」というような会話の断片が聞こえる。皆が勝手にてんでんに喋っているという感じだ。サラリーマンが飲み屋で会社の上役の噂をするように、女性の話はやはり夫と子供たちの周辺を回るのだろうか。そんな時、子供のいない克子はなんとなく発言が少なくなっているのではないか。

「ハイ、今日のメニューです」

そう言って机の上に置いた大きな花柄のプラスチック製の盆の上には、あんをかけた蟹玉とわかめの味噌汁、漬物、それにいかの塩辛が載っている。今日の料理教室のテーマは蟹玉だったのかなと良也は思った。

克子は料理を机の上に置き換えて、盆を引きながら「自炊生活よりも美味しいかもよ」と言い、良也はアッと思った。

それは彼をからかっている感じで従来の克子にはなかった調子なのだ。彼が〝自炊生活〟と言ったことに拘《こだわ》っているのではなく、リビングダイニングの空気をそのまま書斎に持ち込んだ揶揄《やゆ》だ。だから彼は「やられたな」という言葉が素直に出て、家を占領されてしまったような不愉快な気分が消えた。

「今、この人のこと調べているんだ。京都の人でね、主婦俳人と言ってもいい。熊本の中村汀女もそうだったが、杉田久女などとは対照的な落ち着いた生き方をした俳人もいた。そういう女性の方が多かったのかもしれない」と粗雑な話をして、良也は飯島晴子の特集をした俳句の雑誌を克子にかざして見せ、「参考になるかもしれないから、ここに置いておく。いつでも持っていっていい。今度の句会はいつ頃になる?」と聞いた。

「来月のはじめだから、まだ十日程先」と答えて克子は引き下がった。良也は自分が口にした話から、今月の初めの句会の夜、銀座の金春通りの和食の店で仕切り越しに聞いた老夫婦の、これからの生き方を巡っての会話を思い出した。年取ってあの老夫婦のようになれるだろうか。リビングダイニングでは賑やかな話し声、笑い声、手を拍《う》ったりする楽しげな宴が続いている。

二日経って、良也は夕食後一度引き揚げた書斎を出て妻のいるリビングダイニングに戻り、「ちょっと話をしておきたいことがある」と椅子に掛け、克子を自分の前に座らせた。

「何かしら」と食器を洗っていた手をエプロンで拭きながら、彼女は蛇口を止めて少し心配そうに良也の向かいにかけた。料理教室の流れで、六、七人の客があった晩から良也はずっと考えていたのだった。「君が料理を習ったり句会に出たりするのはいいことだと思う。女も自分の領域を持つのは賛成だ。ただ、その際は、いつ家に人が来るのか、句会は何日で時間は何時ぐらいからかは事前に教えておいてもらいたい」と意識してゆっくり、丁寧に言った。

「一昨日はごめんなさい。急にそうなったことだったし、あなたが京都のどこにいるのか分からなかったものだから。何度か掛けてみたんですけど携帯は切れていて」

そう言われて良也は内心少しあわてた。

会社や取材先の人との連絡のことしか頭になく、携帯で妻と仕事中に連絡するという感覚がなかったのだ。それに、携帯なら相手がどこにどんな状態でいるか分からないということも、良也の感覚には充分入っていなかったから、電話が繋がることはこちらが覗かれてしまうような気がして、仕事の必要がなくなると切ってしまう習慣になっていた。安曇野で知枝と出会ってから、良也にはなんとなく克子に見られたくない心の領域が生まれてきているのは事実だった。その同じ時期に克子が自立に向かって歩き出したのだ。

「いや、だからこれからのこととしてね」と良也はその場を取り繕ったが、いつの間にか自分たちは互角に話し合っているという気分になった。

「そういうお話になりましたのでお願いがあるの」と、今度は克子が話しはじめた。

「お料理教室でも、このあいだのような会合も会費制でお互いに負担がかかり過ぎないようにしています。でも句会の場合もですけど同級生でもお礼は必要だから、今はその都度引き出していますが、なんだかだらしなくなるような気がして。私は自由に使える私用の口座を作っておきたいんです」

そう克子は困難な計画をすらすら口にした。そう言われると、読者の変化とか、伝統的美意識とかいうようなことには気は回っても、自立へ向かった妻のために預金口座を作るというような方向へはまったく頭が働かない自分に良也は改めて気が付くのだった。

いろいろ話し合って、二人は新しく簡単に引き出しができる克子名義の預金口座を作り、そこへ良也が毎月決まった額を振り込むことになった。

こうした経過のなかで、良也は今まで家があり家庭があって自分は仕事のことだけ考えていればいいという姿勢でやってきたのだが、そこに大きな欠落があったらしいということに気付かされた。「一所懸命に働いた上に、お前にまで気を遣わなければならないのか」という言葉が浮かんでこないでもなかったが、「気を遣う遣わないの問題じゃなくて、愛情の性質の問題でしょ」と切り返されれば、「愛情なんて、そんなに軽々しく口にするな」と怒鳴るしかなく、そうなれば自分の敗けだと思った。

しかし、ひそかに「お前は本当に克子を愛しているのか」と正面から聞かれれば、自分はうまく答えられないように思われる。「愛していないのか」という質問にならば、はっきり「そんなことはない」と言えるのだけれども。

克子との話が一応の決着に達して二、三日して小室谷が来年の展覧会の準備で東京に出てくるという連絡があった。長野県出身でパリに留学し夭折《ようせつ》した画家の回顧展を計画しているのだという。

ポップアート以後の絵画空間に関する彼のエッセイ集の出版の件もあるらしい。

良也は早速、銀座の金春通りの、仕切り越しに老夫婦の話を聞いてしまった小料理屋に、長野に行った時のお礼も兼ねて小室谷を招いた。茜のこともだったが、知枝のいる万緑美術館の話ができるのも楽しみだった。

「このあいだ館長の葉中知枝さんがきたよ」

会うや否や小室谷は彼女のことを報告した。

「別に具体的なことではなかった。しかし彼女はいい感じだね、茜さんをモダンにしたみたいだ」

そう言われて良也は「そうかな、そう見えるかな」と理由もないのに含羞《はにか》んだ。それに続けて小室谷は「しかし、むずかしいケースだな」と言った。

何が、どういう意味だ、という目で良也が見ると、「だってそうだろう、僕は自分のケースを引き合いにしてそう思うんだ」と重ねた。小室谷は、自分と志乃の場合は、どうしても虎に襲われて死んだ過激派の元恋人の影が消せないのだと説明した。「でも僕が男だから強引に彼女のなかに入っていく。志乃も僕の出現で、元恋人の記憶を消したいと願っている趣がある。しかし消えないいんだ」と言う。

小室谷が自分と志乃の関係、二人で協力して消そうとしても消すことができない死んだ恋人のことを話す顔は茫漠《ぼうばく》とした雲に覆われているようであった。その恋人は世界の矛盾と戦い抜こうとする意志の烈しさを自らに証明するかのように、深夜、虎の檻に入って自死に近い死を選んだのである。それは人間が工夫したのではない自殺であった。華麗な演出で飾ったハラキリでもなかった。志乃は若かった恋人の顔形を忘れることはできても、その烈しさを忘れることができない。その点では小室谷も同じだった。

聞いていて良也は、小室谷は彼には似つかわしくない早のみこみで、自分と知枝の間には茜の記憶があって、二人の親密な感情はそこで行き止りになってしまうのだと思いこんでいるのだと知った。

良也はいくらかあわてて自分と知枝とはそういう関係ではない、愛の言葉を仄めかしたこともその素振りさえ見せたことはないと断ろうとしてやめた。知枝はたしかに魅力的だったし、彼女の心が近付いてきているように思える面もあった。二人の間に烈しい感情が突然のように溢れてくる場合が絶対にないとは言えなかった。

しかし、お互いのあいだに茜がいて、そのために自分と知枝の想いが足踏みをしてしまっているのではない。そのことだけは、はっきりさせておかなければならないと良也は思った。そうではなくて、自分と茜の間に、そしておそらく知枝と茜のあいだにも、葉中長蔵が頑なさとして表していた何かが、その何かのために犯したであろう罪の影が立ちはだかっているのだった。その罪の影は葉中長蔵の生死にかかわりなく存在し続けている。

そこまで考えて、良也は茜、葉中長蔵、知枝、自分、で形成されている構造を全体として小室谷に説明し理解してもらうことのむずかしさを感じた。そして唐突に、今になると葉中長蔵を捕らえ、茜にその影を及ぼし、自分たちを身動きのとれない構造に縛りつけてしまった呪縛のようなものを明らかにしようとして『潮騒の旅人』という企画が生まれてきたと気付いた。「不可解なことは事実をして語らしめよ」というのが、記録文学の原理だったはずだ。

「分からないことがたくさんある」と良也は小室谷に言った。

「僕と知枝さんは恋人でも何でもないが、同志みたいな関係が生まれつつある、と言ったらいいかな。しかし、分からないことがたくさんある」と良也は繰り返した。

良也は自分と知枝、そして茜との関係をたどたどしく説明した後で「分からないと言えば、僕と克子の関係もね、どんどん変化しはじめた。そして、極めて子細な日常の変化が、全く別の形で僕を揺さぶるんだ。人間はね、具体的な日常性のなかに生きている動物だ、とつくづく感じるよ」と正直に小室谷に告げた。

「それは悪い方向に進んでいるということか」と小室谷は親友の状態を気遣う表情になり、良也は急いで「いや、そうじゃない。悪いというのでもなく、いいと言い切ることもできない、まあ、変化なんだ。つい二、三日前に、何というかな、夫婦間協定とでも言うのかな、そんなものができたところなんだ」と、克子の自立のための新しい口座を作ることにした経緯を告げた。

それを聞いて小室谷は、「それは悪い変化じゃない。時代の移り変わりからすれば早い方ではないが、僕は個人の日常の変化というのは遅めでいいと思う。洋服の流行とは違うんだから」と人生の先輩のようなことを言い、「僕の方はやっと離婚が成立した。先方から判をついた書類を送ってきた。おそらく、いい相手が見つかったんだろう」と落ち着いた口ぶりの報告をした。

「そうか」と言ったが良也はお祝いを言う場合でもないと考え直して、「それで、これからは？」と聞いてみた。

「予定はない、計画もない。彼女とはなあ、どうなるかな」と志乃との今後については他人事のような言い方になった。

良也は、小室谷が結婚した時のことを回想した。彼が本社に戻って間もない頃で、小室谷はまだ長野支局にいたと憶えている。相手は東京の社会部の後輩で、結婚しても別々に働き続け、小室谷が東京に戻ったら同じ家に住むという話になっていた。それならば新郎が転勤になってから式を挙げればいいのに、それが待てないくらい二人は熱愛中なのだ、というような話を仲人がして皆を笑わせていたのを良也は思い出した。仲人は良也と克子の時と同じ社会部長だった。同じ乳母に育てられた子供同士を乳兄弟と呼ぶ言葉が昔はあったようだが、同じ仲人で結婚した者たちを呼ぶ言葉はないのだろうかと考えてみたが思い付けなかった。それは結婚というものが、乳を呑むことよりも不確かなことだからだろうか。

変身

ニューヨークに着いた翌日から、忠一郎は住む場所を探さなければならなかった。案内役は年配の日系人で、以前ニューヨークの忠一郎たちの商社に勤めていたヤスシ・ヤマナカだった。彼は戦争がはじまった時も収容所に入れられることなく、商社の退職金と日本の中国地方の地主だった実家からも応援してもらってレストランを経営してきた男だった。

かつて上司だった塔之沢は彼について、「ヤマナカ君は気も利くし頭もいい。日本の親戚には金持ちもいるという話だが癖のある男だから気をつけて付き合ったらいい」と注意した。

塔之沢常務の住まい兼支店開設事務所はミッドタウンのコンドミニアムと東京を出発する前から決まっていたが、忠一郎はできるだけ安い、しかし事務所へ行くのに便利なところを探さなければならなかった。

ここに来る前に東京にいるアメリカ人の記者や外交官に日本のビジネスマン評を聞くと、閉鎖的で外国人と友達になろうとしない、何を考えているのか分からない、という批判が多かった。彼は日本人らしくないビジネスマンになろうと思ってニューヨークに来たのだった。

しかし、この街は予想と違って、人間を押し包むような迫力を持っていた。

朝、街で荷物の積み下ろしをしているトラックの物音、走り去る地下鉄の轟音、五月でも寒い日は舗道のそこここから立ち上る集中暖房の湯気、新聞スタンドや街角のポップコーン売りなどの呼び声、足早に歩く人々の靴音、超高層ビルのエレベーターホールを満たしている空気の擦過音、何よりもうねりのように渦を巻いている人々の話し声などのすべてが、自分たちは世界の中心にいて総てを動かしているという自信に満ちているように感じられた。外国から来た者は、それに耐えなければならない。

そうしたなかでも忠一郎を悩ませたのは、一ドル三百六十円という通貨の価値の落差だった。日本政府から割り当てられている外貨では、よほど工夫して使わないと、三度の食事がきつくなってしまう。もうひとつ、忠一郎を悩ませたのは、支店開設準備のなかで、かつての大日本帝国の商社マンの経験ですべてを判断する常務の現実とのズレであった。

三日、四日とアパートを探し、事務所で使う複写機やタイプライター、金庫、書類整理ケースなどのリース契約に歩き回っているうちに、忠一郎はすっかり年配のヤスシ・ヤマナカと仲良くなった。塔之沢からは癖のある男と教えられていたが、素直な飾らない人物という印象だった。

中国人街で安い昼食を取っている時、ヤマナカが「最近の若い日本人は君のように身分意識がないのかね」と聞き、忠一郎が聞き返すと、「昔は本社から来た正社員、現地採用、それに雇いと三つの身分上の差別があったし、職種によっても扱いに差があった」と説明した。

「さあ、それは人によるんじゃないですか」

そう忠一郎が答えると「塔之沢はどうだ」とヤマナカは追いかけてきた。忠一郎は追いつめられて、「まあ、彼はある方でしょうね。ヤマナカさんとほぼ同世代だから」と、少し覚束《おぼつか》なげな声になった。ヤマナカはこの男は嘘がつけない奴だと認めた顔になって、「今晩、俺の店に来ないか。飯が主体だが高い店じゃないから飲んでも大丈夫だ。長くいるんだろうから無理のきく店の二、三軒は作っておいた方が何かと便利だよ」と誘った。

その晩、常務に一日の活動報告をしてから、忠一郎はヤマナカの店に行った。彼に言われて奥から出てきた夫人を見た時、忠一郎は似たような情景のなかにいたことがあると思った。

グレタと呼ばれていた彼女はリトアニアがナチスに攻められそうだというので第二次世界大戦の前に、いち早くニューヨークへ逃げてきたのだった。当時はもうポーランドがナチスに押さえられていたので、リトアニアを脱出する方法は、シベリア鉄道を使ってウラジオストック港を経由して日本に上陸し、神戸から船でアメリカに渡るしかなかった。

両親の到着を待ってレストランで働いていたグレタは神戸でアメリカ行きの船を待っている時、何人もの日本人に親切にしてもらった経験があったから何でもヤマナカに相談するようになり、いつか離れられない関係になっていた。

ヤマナカははじめ一緒になるのをためらった。親子ほど年が離れていたからでもあるが、アメリカ女性との結婚に懲りていた。資産家の親戚もいることだし、もし再婚するのだったら日本の女性と、と考えていたのである。しかしグレタは純情だったし気持の持ち方は日本人に近く、それでいて積極的でもあった。

ヤスシ・ヤマナカから結婚のいきさつを聞き、彼が「僕が相談に乗らなければ人のいいグレタはどう生きていったらいいか分からず、一生を駄目にしてしまったかもしれない」と言うのを聞いて忠一郎はさっき夫人が店の奥から出てきた時、脳裏をかすめた情景の原型を記憶に取り戻した。

「人間はどっちが自分に得になるかではなく何をすることを求められているかで生き方を決めてもいいんじゃないかね。若かったからか、それまでマイノリティで苦労してきたからか、僕はその時そう思ったよ」

ヤマナカが当時を振り返ってそう言うのを聞きながら、忠一郎は、ひそかに原隊復帰を勧告しに出掛けた彼に向かって、「ここの家の主人は戦争で死んだんです。あっしは今、頼られていてね、それを振り切って戦争に戻るわけにはいかないんです、少尉さん」と言った軍曹のことを想起したのだ。日本で床屋だった彼はバリカン一丁を持ってシッタン河畔のビルマの村に留まり、その村の二十歳ぐらいの女性と暮らす道を選んだのだった。

リトアニアから逃れてきた十八歳の女性のために日本人との結婚を諦めた日系二世と、シッタン河沿いの貧しい村に留まった床屋職人の軍曹とでは、環境も状況も差異があり過ぎるかもしれない。しかし、人生の選び方という点では共通していると忠一郎は思った。

自分は運が良くて日本に帰還することができ、支社設立準備委員としてニューヨークに来たが、それで自分の生き方を選択してしまったわけではないのだ。それどころか、まだ何も決めていない。

なぜか忠一郎の胸中には、どこから見ても自信を持って答えられるような生き方を選ばないと、記憶が失われているペグー山中で自分が犯したかもしれない罪の処理は終わらないのだという思いこみが生まれていた。日本を出発してから一度、忠一郎は密林のなかでの悪夢に悩まされていた。

「それで、グレタさんの両親はうまくこちらへ逃げてこられたんですか」という忠一郎の質問にヤマナカは黙って首を左右に振り、やがて、「ナチスに捕らえられたんだろう、いくら問い合わせてみても消息は分からなかった」と目を瞑《つむ》ったまま言い、「この話は家内には知らないことにして通してくれ。自分だけ助かったという辛い思いは何年経っても辛いから」と忠一郎に頼んだ。

重苦しくなった話題を変えようと店のなかを見回して、忠一郎は「こうして話していてもお客が一人も入って来ませんが、土曜はいつもこんなふうなんですか」と聞いてみた。ヤマナカはほっとしたような表情を一瞬見せたが、すぐ引き締めて「いや、うちだけなんだ。ここ半年ぐらい前から客足が減ってね、周りに店が増えたからだと思ったんだが」とのんびりした返事をした。

「それじゃあ大変じゃないですか」と忠一郎が言うと、ヤマナカは「グレタも気を揉んでいるんだけど、そうだ、もう一度ここへ呼んでもいいかね」と聞いた。

忠一郎が頷くと彼は振り向いて「おい、関君が話を聞きたいそうだ」と調理場に向かって呼んだ。彼女がくると「関君が若いセンスで店のアドバイスをしてくれるそうだ」と勝手に言い、忠一郎はやむなく「いや、自信もなにもないけど、マーケティングならいくらか」と言わないわけにはいかなくなった。

彼は社内研修でマーケティングについて教わったことがあった。忠一郎は講師として呼ばれたある大企業の創業者の話を思い出した。それは忠一郎には大して独創的には聞こえなかったのだが。

グレタ夫人の話ではこの十カ月ぐらいのあいだに売り上げは二〇パーセントも下がっているらしい。

忠一郎は思いついて「じゃあこうしましょう、僕はヤマナカさん御夫妻からアメリカ人の家庭生活や若者の生態を教えてもらう。それと引き換えに僕はこの店の売り上げ増大に知恵を出すというのはどうですか」と半ばゲームに興じる感覚で提案した。

年の頃がよく分からない感じのグレタ夫人が魅力的に見えたことも、こんな気軽な提案を忠一郎にさせたのであった。

「それはいい。明日は日曜だから、この近くで若者たちが集まる通りや店を俺が案内しよう」とヤマナカが言い、忠一郎も「そうして下さい。この店の競合関係を調べることは大切です。日本には『敵を知り己を知らば百戦危うからず』という言葉があります」とグレタに向かって言い、首を傾げた彼女に意味を説明した。日曜日、塔之沢はどうしているか心配になったが、多分時差調整と称して寝ているだろうと推測して気にしないことにした。

客足が遠のいたのは隣接しているグリニッチビレッジに客を取られたから、というのが彼女の意見であり、「そんなことはないよ、あそこいらの店とうちでは客層が違う」というのが、ヤマナカの反論であった。忠一郎の前ではじまった夫婦の議論を彼は黙って面白く聞いていた。夫婦の議論は噛み合っていなかった。忠一郎は「この店はどんな客を対象にしているのか、その趣味は、年齢は、所得層は」と聞きたかったが、我慢して黙っていた。そうした質問はどちらかといえばグレタ夫人に味方することになりそうだったからだ。忠一郎は新入社員の教育のなかで、マーケティングの講師が冗談まじりに話していた引用例が今になって役立ちそうなことが少し不思議だった。その講師は、年齢の高い層を狙っている店の照明は暗くしなければいけない、高級レストランが暗いのは、お互いの欠点が目につかない照明の下で「オー、ユーアーチャーミング」と言いやすいようにしているからで、高級だから暗くしているのではないと言って、若い新入社員を無邪気に、同時に残酷に笑わせながらマーケティング論を展開したのである。商社なのにそうしたマーケティング論を社内研修の課程で教えるのは、いずれ、川下と呼んでいる消費市場に出てゆく戦略を持っているからだと思いながら忠一郎はその研修に参加していたのだった。

翌日、ヤマナカに案内されて忠一郎は店の周辺を回った。グリニッチビレッジに入るとそこここの街角に汚い身なりの若者が群れていた。だがよく見ると彼らはわざと作業服のような服に身を窶《やつ》しているのだった。彼らの頬は艶々とし指は少しも節くれだっていなくて爪も綺麗なのだ。

「近頃はああいう格好が流行でね、どこがいいんだか。遠くから見ると男と女の区別さえつかないよ」とヤマナカは批評した。

勝利で終わった戦争から七年近くの歳月が流れ、若者たちはそろそろエネルギーをもてあましているようだと忠一郎は感じた。生きていくために真剣にならざるを得ない敗戦国の日本の若い世代とは大きな違いだった。

忠一郎は彼らの一群に近寄って、「ここらで安くてうまい店を知らないか」と話し掛けてみた。一人が肩をすくめ、「お前昼飯なんか食うのか」と言って仲間の笑いを誘った。忠一郎が平気な顔で近くの高いビルの尖塔にかかった太陽を眺めていると、気の毒に思ったのか一人が「ここを真っ直ぐ行って信号を左に曲がったレストランはいけるよ」と教えてくれた。年格好からすると大学生だろう。その店に行くと、通りに面した席はほとんど若者に占領されていた。忠一郎はヤマナカと奥へ入ってメニューを見て値段を調べ、彼はサンドイッチとコカコーラを、ヤマナカはスパゲティを頼んだ。

その日忠一郎たちはそれから雰囲気の違う四軒の店に寄ってコーヒーやジュースを飲みながら値段をノートし、入っている客の様子を調べた。そのうちの一軒は比較的年齢の高い客層を狙っているようだった。市場調査の途中で彼らは偶然、小さいが清潔そうなアパートを見付け、ヤマナカが交渉してまず半年間の契約をした。そこからだとタイムズスクエアで一度乗り換えるだけで常務が泊まっている事務所に行けるのだった。学生用のアパートといった感じで家賃が予算より安く、もう一つの長所は歩いてヤマナカの店に行けることだった。

彼の店に戻った時、忠一郎は店の名前が〝シンドバッド〟であることに今更のように気付いてその由来を聞いた。「いや、さしたる理由はないんだ。商社、船乗りの冒険、あるいは隊商、そしてシンドバッドというだけのこと」とヤマナカは言い、「俺も戦争前、一時今君がいる商社にいたが、その頃の商社マンにはそんな心意気も多少はあった」と説明した。

「しかし、市場調査というのは疲れるな」とヤマナカは顔をグレタ夫人が持ってきたおしぼりで拭いた。これなどはヤマナカが夫人に教えたのだろうと忠一郎は推測した。

「これからは日本人の旅行者が増えますよ。朝鮮戦争のお陰で経済が立ち直りはじめたから輸出立国という機運が高まっています」と忠一郎ははじめて平気で「朝鮮戦争のお陰」という言葉を使った。「だから、日本食を出すということも今から材料の入手の方法を開発しておけばひとつの方法ですね。もっとも板前をどうするかという問題もありますが」と言いさしてヤマナカから何の反応もないのに気付いて、「ヤマナカさん、それお厭ですか」と相手の目を直視した。

彼は「俺が日本飯屋の親父か」と複雑な表情になった。ヤマナカには、日系人ということで白い目で見られた辛い歴史があったのだが、そこのところがよく分かっていない忠一郎は「それ、どういうことですか」と食い下がった。「いや、いや、日本的なものを厭がっているわけではないが」と言ってから、彼は「今の発言は取り消しだ」と少しおどけ気味に言って頭を下げた。グレタ夫人がビールを持ってきて夫のその格好を見とがめ、「どうしたの、あなた、また失礼なこと言ったんでしょう」と聞き、忠一郎はあわてて、「いや、そうじゃないんです。僕がちょっと意地悪く話を詰めたもんだから、アハハハ」と声を出して笑い、ヤマナカもそれにつられたように笑い出した。

忠一郎はまだ戻っていない常務宛に、アパートを見付けたこと、予算より少し安くあがりそうだとメモを残してホテルに戻った。引っ越しは三日以内にする予定だった。彼は部屋に作りつけの机に向かって、シンドバッドから貰ってきたメニューと四軒の店で調べた単価を比較する表を作りはじめた。同種のメニューを比べてみるとシンドバッドの単価は、これでは客が来ないと分かるぐらい高かった。考えていくうちに、忠一郎はヤマナカの性格からみて、希少価値で勝負するのが一番いい方法ではないかという判断に傾いた。グリニッチビレッジが若者の街に変わった以上、それに対抗して客を引こうとすれば値段を下げ、店内も重厚なイギリス風ではなく開放的に改装しなければならない。安くして採算を取るには不動産コストを徹底して圧縮しなければならない。ヤマナカの年齢を考えると若者向きの店の運営に向いているとは思えない。

これだけの大都市で日系アメリカ人もかなりいるのに日本食レストランがほとんどないのは、ずっと敵対国だったという理由以外には考えられない。しかし、戦争が終わってからもう七年近く経っている。今では同盟国と言ってもいいのだ。日系人ということで苦汁をなめたヤマナカには、日本飯屋の親父というのに気持の上で抵抗があるようだが、大衆時代のビジネスとは市場に従うということだ。

大きなビジネスにするにはマニュアルを決めてチェーン化しなければならないのだが、それはもっと若い起業家に委せるとして、理詰めで説得すればヤマナカの気持を日本食レストランに誘導することは可能だと忠一郎は推測した。

問題はグレタ夫人である。

彼女は少女時代の記憶を辿ってボルシチとかピロシキといった、リトアニア風になったスラブ料理を作ったりしているが、日本食となると賛成しないのではないか。

そこまで考えて、忠一郎は浦辺晶子のことを思い出した。彼女に「あなたは女の気持が分かっていない」と言われたことがあったのだ。もうずいぶん連絡がない。アメリカに着いたらすぐこちらの住所を報せると言っておいたのに、アパートが決められなかったのだから仕方ないのであったが。

こちらへ来てみると、晶子がニューヨークに音楽の勉強に来て一緒になるという計画は空想に過ぎなかったと忠一郎は認めざるを得なかった。明日から昼間は常務と一緒に金融機関を回り、クレジットラインの設定や、弁護士に会って会社設立の法的準備に入らなければならない。

忠一郎は忙しくなった。ニューヨークに来たのは英語が充分ではない塔之沢常務と彼の二人だけだったから正式の交渉となるとどこへ行くのにも一緒でなければならなかった。貿易や金融関係の知識は忠一郎の方が充分ではないので、アメリカの保険会社、証券会社、銀行との交渉はどうしても長い時間がかかった。

常務は相手の言うことが分からなくなってくると、「オー・ヤー」を連発する癖があり、背丈は低いががっしりした体格の彼が「オー・ヤー」と言い出すと、忠一郎は相手の意見を日本語に訳さなければならなかった。

二人が出掛けている間は外部との連絡が途切れてしまうのを指摘すると、塔之沢は、「本社に増員を要求しているんだが、現地でなんとかしろ、ここ当分は増員をする情勢ではないと言うばっかりだ」とぼやくので、忠一郎は自分が親しくなったことは伏せて、「それならヤマナカさんにいてもらったらどうですか」と勧めるのだが、「いや、彼は案内役だけだ」と、頑なに断るのだった。

忠一郎がトランクひとつでアパートに越した週の日曜日、ヤマナカとグレタがバスタオルや毛布、石鹼、洗剤、それに皿小鉢を車に積んで訪ねてきた。

「一人暮らしは俺にも経験があるが何かとわびしいからね。遠慮なしに家内に言ってくれ。十年以上この街にいりゃあ、生え抜きのようなもんだから」とヤマナカはグレタを顧みて言い、彼女が「この街に来た頃はね、まだ可愛らしかったのよ。今はもうすっかりですけれど」と日本人のようなことを言い、忠一郎が「そんなことありませんよ」と、次の褒め言葉を探していると、ヤマナカは「いや、傷んでしまったのは俺の方だ。糖尿病で手も足も出ない。日本の温泉は糖尿にいいという話だけれども」と、はじめて聞く弱気なことを言った。

そう聞かされればグレタがどこかにあどけなさを残しているのに、ヤマナカの顔の色艶はくすんで、すっかり老人めいて見えることが多い。忠一郎が返す言葉を失くしていると「それはそうと、この間の調査報告は有り難う。さすがに問題がよく整理されていて、俺も商社マンだった頃のことを思い出したよ」と、忠一郎がレストラン〝シンドバッド〟の競合条件について書いた報告書の礼を言った。

ニューヨークでの初めての夏、塔之沢常務は報告のため帰国し、忠一郎は迷ったが、せっかくアメリカに来られたのだから精一杯見られるものは見、勉強できることは吸収していこうという気持の方が強かった。浦辺晶子がパリで勉強することになって日本にいないことも夏の帰国を断念した理由のひとつだった。

ようやく届いた手紙で、彼女は関との恋愛のことについて何も書いていなかった。「お会いできたら嬉しいのに」という表現が一度書いてあっただけで、忠一郎にとっても「去る者は日々に疎《うと》し」という感じだった。彼も、恋愛関係を止めようとも続けようとも書かず、ただ二ューヨークでの生活に適応するのが大変だということを書き、「ヨーロッパ留学がピアニストとしての君の将来に決定的な輝かしさを約束してくれることを心から祈っている」と結んだ。

彼女の考えではパリである程度の知名度を得てニューヨークで活躍することを計画しているらしかった。

彼女がニューヨークに来られればいいと思ったが、その時、自分がどこにいるか忠一郎には分からないのだった。人生の設計という観点に立つと、サラリーマンは不確かなものだと彼は思った。だから、いつ呼び戻されるか分からないが、英語圏なら自由に動けるのが自分の特徴なのだから、ニューヨークにいる間に、アメリカで仕事をしていくために必要なことを精一杯吸収しておこうと決めた。

英文科を卒業した忠一郎はビジネスマンの資格であるMBAを取るのは億劫で、彼の関心はもっと具体的なものに向かっていた。アメリカに来て二カ月が過ぎ、三カ月が経ち、ヤマナカ夫妻と親しくなって分かったのは、スーパーもそのひとつだが、レストランでも自動車部品の店でも全国に何百という数の店を持つ会社があること、そして支払いは小切手が圧倒的に多いことだった。ホテルにも自動車で旅行する者のためのモーテルのチェーンが全国に広がっていたりする。

忠一郎はアメリカを知るために、できればヤマナカと一緒に車で地方に旅行してみたいと考えた。しかし、そのためにはまず運転免許を取らなければならなかった。日本はまだ車社会になっていなかったが、早晩そうなるのではないかと彼は考えていた。生活様式も、二十年以上の遅れがあるもののだんだんアメリカ流になっていくに違いないと忠一郎は考えるようになっていた。

はじめ、あまり気乗りしない様子だったヤマナカは途中から急に積極的になって「考えてみると俺はグレタをどこにも連れていってない。君から話があったのを機会に店を一週間閉めて旅行しよう」と言い出した。

「アメリカを知るには観光地ではなく地方を見るに限る」という彼の意見で、八月の中旬過ぎにニューヨークを出発し、ペンシルベニア、バージニア、インディアナと回り、シカゴから飛行機でトロントに飛び、グレタが希望したナイアガラの滝を見て帰るプランが決まった。

レンタカーを乗り継ぎ、モーテルに泊まる旅である。この旅でも、忠一郎はアメリカの車社会がどれほど機能的で便利に作られているかを教えられた。一度周遊のコースを決めレンタカーの会社に頼むと行く先々のモーテルで次の車に乗り継ぐことができる。朝食はモーテルで取り、昼は時間と距離を計算してサンドイッチとコーラで済ませるか、黄色い屋根のチェーンレストランで少し時間をかけて取るか、夜は前もって旅行ガイドブックで調べておいたレストランでそれほど高くないが本式の夕食を食べることが可能だ。予算と時間によって総てをそれなりに組み立てるのだ。

忠一郎がこうした体験のひとつひとつから受ける強い印象を口にすると、ヤマナカは「こっちに住んでいると当たり前のことになってしまって分からないもんだな。僕も一年ほど日本にいた時そうだった」と二十年近く前にヤマナカの父親が育った広島県の中国山脈寄りの農村で暮らした時の思い出を話しはじめた。

「たしかに生活は不便だが、便利な暮らしというのは何なのだろうと思った。その不便さを人手の多さでカバーしている。ひょっとするとこれはすごい贅沢なのではないかとね」

そう言うヤマナカの実家は大きな山林地主で、次男だった彼の父親はアメリカに渡って一旗揚げようと考えた。「だから、普通の移民と訳が違うという意識があってね、それで日系人の社会からも、もともとのアメリカ人の社会からも孤立した。その傲慢さに気付いたのはグレタのお陰なんだ」

ヤマナカはそう語って、リトアニアの難民を助けているという意識が、どれほど男と女の愛情の妨げになったかを忠一郎に告げた。

そんな話が交わせるのも、こうして一緒に旅に出たからだと思い、自分から会社の名前を消したら何が残るのだろうという意識に忠一郎は捕らわれたのだった。

彼らは最初の日フィラデルフィア、ボルティモアを通ってワシントンの郊外、バージニア州のモンティセロのモーテルに泊まった。アメリカの独立宣言を書いたジェファーソンが人生の最後の時を過ごした家を訪れるのが今度の旅行の目的のひとつだった。

忠一郎はそれまで、アメリカの独立宣言を誰が書いたのかを知らなかった。

考えてみると、アメリカという国名が彼の前に現れた時、それは敵国としてであった。町では政府によって、日常生活のなかで敵性語は使うなという指導が行われていた時代だった。そんななかで息子に英文科に進むことを勧めた父親の栄太郎はよほど進んだ考えの持ち主だった。そのことを彼は野戦病院に入れられていた時に痛感したのだった。

忠一郎が英文科を希望したのは、高校生の時父親の書庫にあった本でイェイツの詩集や、イギリス文学のいくつかの作品を読んだからであった。ジョイスはよく分からなかったが、これらの文学をとおして、忠一郎ははじめてイングランドとアイルランドやスコットランドの違いや、ドルイドという予言僧の存在を知ったのである。

やがて自分が戦争に征《ゆ》くようになり、捕虜になって英語を使っているうちに、自分でも不思議に思うくらい文学そのものへの関心が消えてしまったのだ。旅行中、忠一郎はぽつりぽつりとそんな話をヤマナカ夫妻に語るようになった。彼は話しながら、ふと自分が文学を離れたのは、人間の内面的な真実へと筆を進めてゆくこと自体を拒否したい何かが自分の体内に生まれたからではないか、ということに気付いた。

旅行に出て忠一郎が驚いたことのひとつは、グレタ夫人が見掛けよりもずっと若いらしいという発見だった。

どう言えば失礼にならないかと気を遣いながらその発見を口にすると、ヤマナカは嬉しそうな表情がすぐ淋しさに変化する顔の動きを大きな笑いに包んで「そりゃあそうだ。店をやっていくには年長に見られた方がいいんだ、窶しているのさ」と説明し、グレタは「お陰でね、ボーイフレンドも現れないのよ」と夫を顧みた。

そうした会話が弾むような雰囲気のなかで三人は小高い丘の上にあって今は記念館になっているジェファーソンの家を訪れたのだ。

それは簡素な農村の小屋と呼べるような赤煉瓦の建物で古い大きな樹に守られていた。

忠一郎はジェファーソンの家で貰った独立宣言の要約を読み、そこに「すべての人間は平等であり、神によって、奪うことのできない権利を与えられている」というフレーズを見た。

感心している忠一郎の横からヤマナカが「アメリカは当時、イギリスの苛斂誅求《かれんちゅうきゅう》に苦しんでいた。干渉されたくなかったんだ。今は立場が変わって、アメリカから独立したい国がたくさんあるがね」と注釈を加えた。ニューヨークにいた彼はそういった扱いには遭わなかったが日系人というだけで収容所に隔離された同胞を見てきたヤマナカの見方はシニカルだった。

それは無理もないと思いながら、忠一郎は宣言のなかにある「幸福の追求」の意味について考えていた。忠一郎にとってそれは今、経済的な繁栄、豊かさと一体のもののように思えるのだった。

自分はアメリカンデモクラシーについて何も具体的なイメージを持っていないと自認し、すぐにそれは自分ばかりでなく多くの日本人がそうではないかと、自分を庇うように思った。

「マッカーサー元帥が罷免された時、日本人はみんな、天皇陛下より偉い男を首にできるアメリカを謎の国のように感じたんですよ」とヤマナカに話しかけ、「この独立宣言などを読んでいないと、謎は謎のまま残ってしまうなあ」と言葉を継いだ。ヤマナカは黙っていた。

三人はジェファーソンの家から墓を訪れた。墓石には「独立宣言とバージニア信教自由法の起草者にしてバージニア大学創立者であるトマス・ジェファーソンここに眠る」とだけ刻まれていた。

「政治家が簡素を好むのはいいですね」と忠一郎は言い、「日本の政治家はどうなんだ」というヤマナカの質問で彼は父親が役人として政治家の質の低さを嘆いていたのを思い出し「みんな勲章が欲しいようですよ」と答え、日本については自分の方がよりシニカルかもしれないと思った。グレタが「二人とも自分の国に対しては厳しいのね、それは男だから?」と聞いた。

「グレタさんはどうなんですか、リトアニアについて」という質問に彼女は「私は懐かしいの、あなたたちのように批評しているゆとりはないのよ」と言った。大きな樫の木の林を離れて三人は黙って木のブロックを敷いた道を歩いて果樹園に入った。忠一郎には、この静けさのなかに本当のアメリカがあるので、ニューヨークやワシントンは異空間なのではないかという考えが生まれた。

訪ねる先々で忠一郎は今まで予想していなかったアメリカに出会い、次第に、この国で学んだことを持って日本に戻り、新しいビジネスをはじめることが、自分に与えられている役割ではないかという考えに引っ張られるようになった。

後年、自分の転機はいつどんなことから訪れたのかを、ふと考えるような時、それは捕虜になった時とか会社をはじめた時とか、そのたびに変わるのであったが、このアメリカ国内旅行もそのなかのひとつになっていた。

八月も終わって帰任した塔之沢と支店開設準備を再開した時、忠一郎は旅行前とは違ったビジネス向きの男になっていた。

一方塔之沢の方は東京で螺子《ねじ》を巻かれたのか、他社よりも早く支社を設立する方針を忠一郎に示した。それまで考えられていたのは、まず支店ないしは出張所として活動を始め、実績を作ってからアメリカ法人を設立するという段取りであったので、忠一郎は大急ぎで書類を出し直さなければならなかった。そこで彼らは壁にぶつかってしまった。

非居住者がアメリカ法人を設立するためにはまず充分な預金を持っていることが必要だった。

金融機関が預金を受け入れるためには、その資金が正常な性格のものであることを証明する書類がなければならなかった。本国の本社が保証する方法もあったが、万一の場合、まとまった送金が発生する。そうした保証をするためには制度上の制約もあり、総合商社の場合、事実上一社だけがアメリカ法人を設立する抜け駆けを不可能にしていた。

ニューヨークでの困難は東京本社の政府への働き掛けなしには打開できそうになかった。その壁の出現で方針を変えればよかったのだが、塔之沢は面子《メンツ》に拘泥して現地で打開策を見付けようとし、かつての僅かな縁故を頼りに、次々に虚しい交渉を展開する日々が続いた。塔之沢が「オー・ヤー」を連発する交渉が重なり、思ったように交渉が進まないと、「日本人だから駄目なのか」とか「差別ではないか」という方向に議論は曲がっていくのだった。

忠一郎は見るに見かねて有力な弁護士に相談してみては、と意見を出してみたが、「アメリカ人だったらアメリカ側に味方するだろう」という言葉で斥けられてしまった。忠一郎は東京でアメリカ系の弁護士事務所にいる房に助言を求め、手紙の終わりに「もしかすると僕は今の会社を辞めるかもしれない」と書いたりした。

秋はまたたく間に過ぎていった。プラタナスの葉が落ちはじめるとニューヨークはもう冬であった。塔之沢常務は行き詰まったアメリカ法人設立作業の報告のために一時帰国することになった。もしかすると彼は年の暮れまで東京に滞在することになるのではないかと忠一郎は思い、そうなった方が助かるという気持にもなった。

「お帰りになったら、僕のこともうまくお願いします」と忠一郎は言い、「分かった、関はよくやっていると報告しておくよ」と塔之沢は機嫌よく請け合った。あんまり長くサラリーマン勤めをしていると卑屈が身についてしまうな、と忠一郎は厭な気分だった。

常務を朝早くラガーディア空港まで送ってアパートで寝ていると、ヤマナカから電話が掛って、「今晩、少しゆっくり話がしたいから店に来てくれるか」と言う。ここのところ塔之沢に振り回されていた感じで会う間隔が間遠になっていた忠一郎は喜んで承知してまた寝台に潜った。

五時過ぎにシンドバッドに行くとまだ客はいなくて、はじめて店に案内された晩と同じように少し遅れてグレタが現れるのを待って「日本で伯父が急死した。遺産分配の問題があるのですぐ帰って来てくれと連絡があった」とヤマナカが言った。彼によると遺書はなく法律に従って分配にあずかる権利はヤマナカを含めて六名にあり新しい法律で残された夫人に厚く、子供たち三人は平等、その半分ぐらいをヤマナカともう一人の甥が受けられるのらしい。

「それでもね、かなりの資産だから、もしそれがもらえればこの店の累積損はいっぺんに消せると思うんだ」とヤマナカは力説した。

「うまくことが運ぶといいですね」と忠一郎が相槌を打つと、彼は「そこなんだ」と間髪を入れずにからだをのり出してきた。残された伯父の夫人からの要請によれば、すんなり結論を出したいので若い長男を助けてやって欲しいということなのらしい。

そう説明されると、忠一郎にはヤマナカが抱えた問題がおぼろ気に見えてきた。伯父の最初の夫人には子供がなく、再婚した二度目の夫人との間には三人の子供が生まれたが、一人息子の長男はまだ高校に通っているらしい。

「つまり、後見役が期待されているんですね」という確認の念押しに彼は頷き、「僕の日本滞在が長くなる可能性がある。その間グレタは一人なんだ」と少し怒ったような顔になった。

ヤマナカの話を聞いて忠一郎は混乱した。なぜ呼び出され、彼とグレタが自分に何をしてもらいたがっているのかが不安になってきたのだ。報告にそこまでは書かなかったが、忠一郎はシンドバッドは経営を続けていくのは無理だと判断していた。今までの損を埋め、借金を返すために伯父の遺産が入ればそれで清算は可能になる。忠一郎の一言で店を閉める決心をつけたいのだろうか。しかしヤマナカは伯父の長男の後見役になることを求められている。アメリカにいたことが今までの夫が残したもやもやした縁故情実を切る上で後見人として適切な条件を持っていると、残された夫人と長男が判断したのかもしれない。そうであればヤマナカの日本滞在は長くなるだろう。いずれにしても忠一郎の経営判断の能力を夫妻が認めてくれているのは確かなようだ。

忠一郎は房義次に相談してみようと思った。房は少し前、手紙で弁護士の資格を取ったと言ってきていた。

「もし遺産相続問題で法律の専門家が必要なら、僕の戦友で弁護士になっている男がいます」と忠一郎は手帳を出して東京での房のいる事務所の住所と電話をメモにした。

「有り難う」とヤマナカはメモを受け取り「それでね」となお話しかけてくる。忠一郎が顔をあげるともう一度「それでね」と言って、「留守中を、一人で残しておくのが心配なんだ。何かと助けてやってくれないだろうか」と言い、グレタも「お願いします」と並んで頭を下げるのだ。忠一郎は、何か困ったことが起きた時、相談に乗ればいいのだろうと考えることにして、「分かりました。僕ではたいして役にも立たないだろうと思いますが」と答えた。

二日後、ヤマナカを空港で見送った忠一郎とグレタはシンドバッドに戻った。何となく二人とも疲れていた。東京に着くのは明日の何時頃だろうとか、日本ももうかなり寒いだろうというような話がどちらからともなく出たが会話は続かなかった。グレタはシベリア鉄道経由で亡命した時、新潟からすぐ神戸へ行っているので東京は知らなかった。気のせいかグレタの瞼が腫れているように忠一郎には見えた。

「今、僕の方は常務が日本に戻っているんです。当分留守になりそうだから時間はかなり自由、だから必要があったら呼び出してくれて結構、明日は夕方来ます。何かと気忙しかったろうから、今日はゆっくり休養なさい」

そう忠一郎は事務的な口調で言った。

シンドバッドの店の奥は意外に広い厨房になっていて、客席に通じる出入り口の、足であけられる扉の横に小さな椅子とテーブルがあった。グレタは忠一郎にそこに座るように指さして、「あなたは商社の社員として仕事を抱えているんだから、一日に一回でいいから、五分でも十分でもちょっと顔を出して欲しいの。できればコックと二人の従業員がいる時、夜の八時までがいいわ。その時はオーナーのような顔をしてね」と言い、「会社に知られるのはまずいでしょう」と念を押した。

忠一郎は塔之沢の、小柄だが広い肩幅の上に載った、チョビ髭を生やした顎の張った顔を思い浮かべて「そうね、いろいろ気を回すだろうし、わざわざ知らせる必要もないから。夜、六時以降に顔を出すのなら完全にプライベートタイムだから」と、今度は半分友達のような口調で答えた。グレタが喜ばしそうに頷くのを見て、忠一郎はどれくらい年上なのか分からないが可愛らしい人だなと思い、同時にヤマナカがいなくなって心細いのだろうと思った。忠一郎は「僕は単身赴任だし、できればここで客として食事をして、それが終わったところでシンドバッドのコンサルタントになる、というのどうですか」と提案した。彼女は「それがいいわね、あなたって真面目」と忠一郎を見た。思わず彼が目を伏せるほど、グレタの表情、特に切れ長の瞳には蠱惑（こわく）的な光が宿っていた。

彼女は、その光をふっと消して、「じゃ、今日からそうしよう」と厨房の奥へ行き、コックと二人の従業員に彼を紹介した。忠一郎は客席へ出、窓際に腰を下ろして改めて店内を見回した。一人、中年の女性がピロシキを細かく切って食べているだけで他に客はいなかった。

彼はこの店は今以上に赤字が溜まる前に閉めた方がいいともう一度確かめていた。その意見をいつ言うかと迷っているうちにヤマナカが日本に行ってしまった。いくら委されたと言っても留守中に閉店することはできない。彼が親族会議の結果を報せてくるまでじっとしているしかない。そう結論を出した時、中年の男女の客が別々に二組入ってきた。続いていくらか若い男ばかりの四人の客が現れたが会社勤めをしている感じの人ではなかった。今日は珍しく混んできたと思うと何だか少し嬉しい気分になった。忠一郎は窓際を離れて厨房に近い小さなテーブルに移った。グリニッチビレッジのあたりは怪しげな若者が多いからと塔之沢のような年配者が近付かないのは具合がいいと忠一郎は思った。

塔之沢が帰ってきて、抜け駆けでアメリカ法人を設立する計画は中止された。大手数社と歩調を合わせて貿易実績を作っていくことになったと報告した。

「そうなら僕のような者は本当はいなくてもいいんだ。生糸でも食品でも売り込み専門のセールスマンで充分なんだ」と塔之沢は不満そうであった。

「輸出品目はもっと広げられないんですか。軽工業品なら日本は得意なはずです」と言うと塔之沢は訝しそうな目で忠一郎を見返した。「同じ繊維品でもシャツとかブラウスとか労働力の安さが強みになるような製品、皿、小鉢のような台所用品、サンダル、草履のようなもの」と忠一郎が例をあげると塔之沢は軽蔑しきった目で部下を見た。しばらくして「僕は、そんな小商人《あきんど》みたいなもののセールスは嫌いだね。石鹼、歯ブラシ、仁丹は昔行商人が大陸で売ったもんだ」と吐き捨てるような口調になった。

それでも何もしないわけにもいかず、塔之沢はカタログを持って百貨店や大型専門店に日用雑貨やシャツや肌着のような製品を売り込みに行くようになった。そうなると六時頃にはシンドバッドへ夕食を食べに行くという約束が実行できない日が出てきた。そんな日の翌日シンドバッドに行くと、グレタは嬉しそうな気持をからだ全体を横に振るような動作に表して忠一郎を迎えるのだった。

ヤマナカからは週一回ぐらいの間隔でグレタに連絡があるらしかった。残された伯父の妻も全く知らないような親戚が現れたりして相続問題は難航していること、忠一郎が紹介した房義次は有能で頼れる弁護士であること、その点でも関君に礼を言っておいてくれというような連絡がグレタの口から伝えられた。

道路脇の通気口から出る集中暖房の湯気の白さが目につく十二月になっていた。

中旬になると塔之沢は落ち着かなくなり、いくつかまとまった取引を拡大するために直接製造業者と接触したいので二十四日にはふたたび帰国すると言い出した。クリスマスから年末までの時期は商談も少なくなるから一応の理屈は立つのだが、本当は正月を日本で過ごしたいのだと忠一郎は推測し、素直にそう言った方が気持よく送り出せるのにと内心感じていた。

忠一郎の方は年末と正月をどう過ごすか決めかねていた。二回目のアメリカ国内旅行を考えたが、グレタを一人にしておくことも、だからといって二人で旅行をするわけにもいかないと迷って、ぐずぐずしていた。

クリスマスが終わった週の土曜日、グレタが「明日は店が休みだから、私のところへいらっしゃい、あなた別に予定はないでしょう」と誘った。忠一郎は訳もなくドキリとした。その気持のなかには嬉しさと戸惑いが混じっていた。ほとんど毎日、夕方店に顔を出し、食事後はコンサルタントに変身して厨房に入り、コックを労ったり気の付いたことを言う役割を果たすことがだんだん辛くなってきていた。彼の胸中にグレタを監督する目で見られない感情が生まれていたからである。彼はずっと前にヤマナカ夫妻に贈ろうと考えて母親に頼んでおいた、九谷の香炉と幾種類かの香、そしてグレタには螺鈿《らでん》の櫛《くし》を提げていった。

チャイムを鳴らすと、いつもとは違って、ジョーゼットのような羅《うすもの》を羽織り、赤いロングドレスに髪を長く垂らしたグレタが現れた。窶すことをやめた彼女は普段よりもずっと若く見えた。

「時間通りね、あと十分ぐらいで用意ができるから応接間で待っていて。あなた、シャンパンとワインとどっちがいい」と立ち働きながら聞いた。

「やはりシャンパンかなあ。あんまり飲んだことないけど遅ればせのクリスマスだから」と彼の方もざっくばらんな口のきき方になれた。

応接間には、日本語訳の世界文学全集以外はいろんな雑誌が無造作に置いてあるだけだった。壁には見たことのない幻想的な絵が掛けてあった。高い岩山の頂に、大きな翼を持った天使がひざまずいていて、遠くの長い架橋をわたる人々を眺めている絵だ。全体の色調が夕映えのように赤味がかっている。

忠一郎は応接間を出て、彼女が調理しているらしい物音が聞こえる部屋に向かって、「応接間の、夕映えの天使のような絵は誰のですか、何かすごく雰囲気がある」と聞いた。

「ああ、それはね、チュルリョーニス、リトアニアの画家よ。勿論、プリントだけどいいでしょう」と、動く気配のなかから答えた。食堂には二人分の食器が並べられ、銀色の燭台には蠟《ろう》燭《そく》が三、四本挿してある。

「あの、そのテーブルの上の蠟燭に火をつけて下さらない、マッチはここよ」とグレタに言われて忠一郎は台所に入った。鍋に湯が煮立っていて細かく切ったパンが皿に盛られている。

「チーズフォンデューを作っているの」と説明する彼女からマッチを受け取ると、彼は食堂に戻ってツリーのような燭台に挿してある蠟燭にひとつひとつ火を付けた。

あたりはもうすっかり暗くなって、窓のカーテンを押し開いて見ると雪がチラチラ舞いはじめている。煌《きら》めきはじめた蠟燭の火は洞穴に似た冬のニューヨークの奥に灯った小さな生命の火のように思われた。

「お待ち遠さま。ごめんなさいね、あなた、これあけて下さる?」とグレタは傍に置いてあったシャンパンの瓶を指した。グラスが満たされるとグレタが目の高さにあげて、「早めのハッピーニューイヤー、あなたのために」と言い、忠一郎は「遅めのメリークリスマス、グレタさんのために」と応えた。

グレタが立っていって電気を消すと、燭台の光に照らされてシャンパンのなかに火が燃えはじめた。彼はとりとめもない話をしながら、いくらゆっくり食べても食事が終わりに近付いてしまうのを惜しく感じる心境になっていた。はじめにチュルリョーニスの絵の話になり、彼女は思いついて灯りをつけて作曲家としても著名であった彼のレコードを聴かせようとしたが、うまく見付からないのを残念がった。忠一郎は日本にはどんな音楽があるんだろうと考えて浦辺晶子のことを思い出した。彼女から日本人の作曲家の話を聞いたことはなかった。城ケ島へ二人で行った時、「城ケ島の雨」という歌の話が出たが、それは誰が作った曲かは話題にならなかった。

なかった。彼女はもうずっと遠くの過去のなかにいる女性だった。

コーヒーになった時、忠一郎は持ってきた贈り物をテーブルに並べ「日本から送ってもらったのでクリスマスに間に合わなくて」と弁解しながら、少し大きめの包みの方を「これはここに」と言い、小さな包みを「これはあなたに」と差し出した。包みを開けてグレタは素直に喜びの声をあげた。貝殻を鏤《ちりば》めた普通の螺鈿だったが蠟燭の光で神秘的に見えた。

グレタはさっそく髪に挿そうとしたが、なかなかうまくいかなかった。忠一郎は立ち上がって櫛を取り、彼女の髪の少し左側に挿そうとしていると彼女がからだを預けてきた。

二人の動きが止まり、忠一郎はグレタの肩に手を回して強く抱き、やがて力をゆるめて目を覗きこみ、唇を寄せていった。

櫛が絨毯の上に落ちた。

「こっちへいらっしゃい」とグレタが囁き、忠一郎は彼女に手を引かれながら腰をかがめて櫛を拾った。彼は日本にいるヤマナカのことをチラと思い浮かべたが抵抗することができなかった。

烈しく求め合い、何度も昇りつめかけては抑えてまた上昇をはじめるということを繰り返した後疲れ果てて、忠一郎は泡のように柔らかなものが全身を包みこみ、眠りへと誘うのを覚えたが、心の隅に覚めている意識があって、目を開けたままぼんやり廊下に点いている常夜灯の明かりに浮かぶ天井を眺めていた。信頼してくれていたヤマナカを裏切ったとの想いが、霧のなかに時おり光る針のように痛かった。また裏切ってしまったと思い、「また」とはどういうことだと自問した時、烈しく頭が痛むのを覚えた。ペグー山中、密林という言葉が毒を盛った蝶のように舞った。彼の肩に頭を寄せて微睡《まどろ》んでいたグレタが身動きした。彼女と向かい合う姿勢になり、右手を肩に回した。グレタは目を覚まし、「ああ、あなただったのね」とからだを寄せてきた。細い腰回りなどに比べて大きな乳房だった。忠一郎は、顔を直接グレタと向かい合う位置に変えた。彼女は左手をそっと忠一郎の額に伸ばして、彼の垂れている髪を掻き上げ、「心配しなくていいの、こうなるの公認なんだから」と不可解な言葉を口にした。「それ、どういうこと」と目を覗きこむと、つと視線を外し、天井に向き直って、「あの人、今度の日本行きは長くなると知っていた。私は一緒に行くと言ったんだけれど、事情が事情だし、今すぐ店を閉めるわけにはいかないだろうって」と話しはじめた。

「君の素直さと自然なものの考え方は日本人には理解されない。それで交渉が不利になるとかいうことではなくて君が傷ついていくのを見ていたくないんだ」

ヤマナカはそんなふうに言い、重ねて「ここには関君がいてくれるからいいだろう」と言ったのだった。グレタは怒って「あの人だって若い男よ、私の運命が変わってしまったらどうするの」というようなことを叫んだらしい。グレタはそこまで言うとかじりついてきて頭を左右に振った。それはその時の夫婦の会話を思い出したくないようでもあり、グレタの言うことを受けたヤマナカの、過度の哀しさのために冷たい光を帯びた目を記憶から消したいと主張しているようでもあった。「ごめんなさい、あなたにこんなこと言って、厭にならないで」。彼女は胸に顔を埋めて泣いた。

忠一郎はグレタの言葉を否定し「いけないのは僕の方なんだよ。率直に言ってくれて有り難う」と弱々しく言った。胸が濡れてきたので彼女が泣き続けているのだと分かったが、その泣き方はしゃくりあげるとか嗚咽《おえつ》するというのではなく、ただ、どういうわけか涙が出てしまうという感じだった。しかし、考えてみるといろいろ分からないところがあった。

そんな会話があった後でヤマナカはグレタのいる前で「留守中グレタを頼む、何かと相談に乗ってやってくれ」と頼み、彼女はそれを言うヤマナカの隣で、今から考えれば憐れみの色さえ浮かべて彼を見ていたのだ。それが「公認」ということなのか。

結論を出せないうちに忠一郎は眠ってしまったらしい。グレタが身じろぎをした気配に目覚め、そうするとまた彼女を抱きたくなってきたのを知って忠一郎は我ながら驚いた。彼はグレタを小さく揺すって起こし、「お風呂に入ってきていい?」と聞いた。「そうね」と彼女は元気よく起き上がって裸のまま浴室に行き、すぐお湯が勢いよく出る音が聞こえだした。この家はカーストアイアン建築と呼ばれている古い建物の一角にあるのだが、寒い地方の建物なので暖房や給湯は地域全体で行われていることもあって完全だった。忠一郎はベッドを抜け出してカーテンの間から戸外を見た。水蒸気が露になってガラスに付着しているのをカーテンで拭うと、雪が霏々《ひひ》と斜めに降っているのが分かった。道路も、近くの低い建物の屋根も真っ白になっている。今夜はここに泊まるしかないと決めると忠一郎はかえって納得して浴室へ入った。

翌日、忠一郎は昼近くまで身動きもせずに快い深い疲労のなかで眠った。戦地から帰還して以来こんなことはなかった。夢も見なかった。年末の日曜日の上に、深い雪で車が走っていないからか、街が静かなことも二人を優しく包んでくれたのだと彼は幸せだった。ベッドの上で目を覚ましたまま忠一郎は静かにしていた。不思議に後悔や惑いは感じなかった。

グレタは少し前に起きたらしく、台所で小さな物音、フライパンに油が弾《はじ》ける音がし、パンを焼く匂いが漂ってきた。

起こさないように気を遣っているのだと分かって、忠一郎は「お早う」と大きな声を出した。「あら、起きたあ」と言う声で彼は思いきって寝室のカーテンを開けた。雪はまだかなり降っていたが、空全体がなんとなく明るくなっていた。

ゆっくり朝昼兼用の食事をしていると雪が降り出した時と同じように音もなくやんだ。

「もうすぐ新年だからずっとここにいて欲しいわ。日本ではお正月はお休みなんでしょう」とグレタが言った。

「それは有り難いけど迷惑じゃない？」という問いに「都合悪くなったら、私言うから、それまではいて」と、蠱惑的な光を湛えた目になった。

「問題はどこにいてもらうかなんだけど、あの人の部屋はあなた厭じゃあないかと思って」

そんなふうに言われると忠一郎は何も言えず、自分にはどんな資格もないのだと今更のように思うのだった。そんな気持をあやふやな表現で口にしていると、グレタの両眼からどっと涙が溢れ出して忠一郎を驚かせた。何か彼女を悲しませることを言ったのだと考えるのだが思い当たらず、腰を浮かしたり座り直したりしていると、ハンカチを目に当てたまま俯《うつむ》いていた彼女は、ようやく顔をあげて「彼はもう帰ってこないの」とまた目を押さえた。

「どうして」「そんな」と繋がらない言葉しか投げられない忠一郎に、「彼がはっきりそう言ったわけじゃないの。私、はじめてあなたがシンドバッドに来た時、ああこの人で私の運命はもう一度変わるんだって直感したの。その晩、彼とここに戻ってから、私正直に自分の印象を話しました。好きになるとか、ならないとかいう意味ではなくてよ。そうしたら彼は『関君が今、どういう立場にいるのか知っているか、三十前のバリバリのビジネスマンだ。実家は偉い役人らしい。シンドバッドのことなんか取り合ってはくれないよ。まあ、アドバイスはしてくれるだろうけどね』って言ったの」。

彼女はそこで話を切った。資産家の伯父の訃報はそれから半年ほど経ってからだ。その間、ヤマナカと忠一郎は毎日のように会っていた。グレタとは夏休みの自動車旅行を除けば月に一、二回は顔を合わせていただろうか。

ヤマナカがシンドバッドの経営をどうすべきかについて意見を求め、報告書を依頼したのは今から考えればテストだったと言えそうだ。

この若い男に自分の後を委せてもいいかどうかを考えるようになったのは、グレタの「この人で私の運命はもう一度変わる」という一言に触発されたからだろうか、それにしても、それ以前から日本へ帰るか、というような問題意識があったのでなければ理解できない話だ。

ヤマナカがグレタを大切に思っているのは確かだった。一緒に車で旅行している時など、ふと横に座っている彼女を見るヤマナカの眼差しなどにそれは現れていた。時にはその瞳は、娘を見る父親のような光を宿した。彼らの話を継ぎ合わせて計算してみればヤマナカはとうに還暦を過ぎていて、グレタとは三十歳ぐらい離れているのだった。

そんな時、忠一郎は、人間はある一定の年齢を越すと男女の関係から降りてしまうのだろうかと思ったりしてしまう。人によっては、かえって性的な関係に執着し老醜を晒《さら》したりするのだけれども。

いろいろな場面での、二人がいる情景を想起してみても、ヤマナカがなぜグレタを忠一郎に委せるようなそぶりを見せたのかは分からなかった。あるいは死期のようなものが自分に近付いてきている感じがヤマナカにあるのだろうか。

忠一郎はかつて、召集されて戦争に赴く若い夫が妻を弟などに「頼む」と言いおいた話をいくつか聞いていた。だがその際だって「頼む」という意味は妻と弟が愛し合うようになってもいいということではなかったろう。しかし、若い男女がひとつ屋根の下で暮らしていれば、いつか愛し合うようになるのは自然のなりゆきだと言える。日常性とはそういうことだ。

ここまで考えて忠一郎は、戦争中父親が門司にいた時愛人を作ったのを思い出した。あの時代の父親の気持のなかには戦地に征く兵士に似たものがあったのだと思い当たり、南方に征く息子に女性体験をさせようと取り計らったのはそうした雰囲気のなかでのことだったのだと分かった。忠一郎はヤマナカとグレタのいくつかの会話から、彼にはナチスに捕らえられたらしくニューヨークで合流できなかった父親の身代わりの役割があったのだと推測していた。

そんな関係にあった彼がもう帰ってこないとどうしてグレタは断言するのだろう。問い質さないのが愛情だと思いながらも忠一郎は気になった。

やがて彼女は、「私が初めて店であなたに紹介されてから一カ月ほどして、彼が『人間には果たさなければならない役割というのが決まっているんだね』なんて言い出したの。普段はそんな悟りみたいなこと言わないから、あなたどうしたのって聞いたんです。聞いてしまってから、彼が今までになかったようなことを考えていることが分かったんです」とグレタはしんみりした口調になった。

グレタによく聞いてみると、ヤマナカはもうアメリカに戻ってこないと言ったのではなかった。人それぞれに役割がありそれを果たさなければならないと述懐するような口ぶりだっただけなのだ。

それがヤマナカが伯父の若い後継者を助けることを意味し、加えて忠一郎がグレタの傍にいて彼女を助けることになるのかは不確かだ。忠一郎にはそう受けとれた。

しかし、グレタに、一緒に暮らしてきた自分には分かるのだと言われてしまえば反論はできない。忠一郎は内心まだ何かある、グレタがそう確信できるような何かが、と思った。だがさしずめ、シンドバッドの損を補塡するためにヤマナカが伯父の遺産のなかから分配された資金を送ってきた後で本人が戻ってくるかどうかを待つしかないのだ。

忠一郎は心の一方ではヤマナカが戻ってこないことを望み、片方では彼が帰ってきて何事もなかったかのように自分はもとの商社マンに復帰することを望んでいた。それは期待というほど強いものではない。前線に派遣されながら戦闘がはじまらないことを祈る兵士に似た気持だった。彼が戻ってこなければ忠一郎は指示によって動くのではなく自分が責任を持つビジネスという戦線に出なければならないのだ。

いずれにしてもシンドバッドをどうするかを決めておくことは必要だと思うと、正月のあいだにもすることはたくさんあった。まず事務所に行って自分がグレタの家に泊まっているあいだに、日本から郵便物が届いていないか、どんなテレックスが入ってきているかを調べてみなければならない。日本人は大晦日まで働いているのだから。

数日後、地下鉄は平常通り動いていることを確かめて彼は事務所に行った。グレタがヤマナカが使っていた雪道用の裏が付いたブーツを貸してくれた。いくらか拘ったが、長靴しか履いたことがない忠一郎は、そんな気の利いたブーツを履くのははじめてだった。

「いってらっしゃい、気を付けてね、滑って転ばないように」とグレタはエレベーターの前で手を振った。

地下鉄の入り口だけが妙に濡れた穴のように生きていた。タイムズスクエア行きのホームのベンチに腰を下ろしていると、やはりこれからどうなるのかと思った。ヤマナカの〝期待〟に応えようとして世間的には彼を裏切り続ければ、早晩、商社のなかでも堅い企業でとおっているこの会社は辞めることになるだろうと思われた。

はっきり見えている出世への道筋を自ら断念して潰れかかったレストランの経営者になるのは、敗戦後の日本人の考え方からすれば邪道であり非難されるだろうと思った。忠一郎はそれを押し返す勇気があるだろうかと自問してみた。

自信があるとは言えなかった。あるのはグレタへの愛情だけであった。深い関係ができてみるとグレタは可愛い女だった。ずいぶん我儘らしいし自分の直感を押しつけようと断定的にものを言ったりするが、計算という要素がないので、笑ってしまうことはあっても不愉快にはならない。浦辺晶子の時と違って忠一郎はこれなら暮らしていけそうだと感じていた。問題は、会社をどうやって辞めるか、であった。

敗色が濃くなったビルマ戦線では彼の中隊からも幾人かの兵士が姿を消した。皆、それに気付いていたが口を噤んでいた。シッタン河の畔《ほとり》の村に住みついた軍曹は脱走兵だが勇気があった。勿論、今自分がやろうとしていることは脱走ではなく挑戦なのだが。

忠一郎にはもうグレタを助けることと自分の自立とがひとつのこととしか考えられなくなっていた。いくつかの方法を検討していくと忠一郎は一介の商社マンでしかない自分の非力が悔しかった。

駅のベンチでそんなことを次から次へと考えている彼のところへ、汚れきったズボンをはき、真冬なのにシャツ一枚の髭ぼうぼうの白人が松葉杖をついて近寄って掌を出した。五十がらみの男で地下鉄の構内に寝泊まりしている浮浪者だった。

忠一郎は街を歩く時、常に小紙幣を胸ポケットに入れておくようにとヤマナカに言われていた。ピストルを持った相手にホールドアップを命じられた時、犯人がポケットからその紙幣を抜き取れるようにしておくのだ。しかし今、相手にピストルを持っている気配はない。

絶対、物乞いには係わり合いを持たないこと、というのがヤマナカの第二の忠告だった。忠一郎は目を逸らして知らんぷりを通した。しかし相手が「お前は中国人か」と聞いた時、うっかり「いや、日本人だ」と答えてしまった。物乞いは急に態度を変え、「何だ、馬鹿にしやがる、日本人からは貰えねえ」と踵を返した。一瞬、宙に浮いた松葉杖が自分に振り下ろされるのかと忠一郎が身構えたほどの素早さであった。おそらく彼は日本との戦闘で傷つき、働くことができなくなったのだろう。そう思っても忠一郎は深く傷つけられた感じだった。

物乞いの男が松葉杖を鳴らし憤然と去っていく後ろ姿を見送りながら、忠一郎は捉えどころのない敗北感のなかで廃兵という言葉を思い出していた。聞いたのが子供の時だったので、忠一郎は言葉の差別的な響きを詮索することなく、もう役に立たなくなった兵隊のことと理解していた。

物乞いの後ろ姿は戦争で傷つき、働けなくなった男の惨めさを現していたが、忠一郎はその惨めさに敗けたのだった。彼はふと、外側には傷を受けていなくても、戦争で社会に適応できなくなった者は誰でも廃兵なのではないかと思った。自分も、その廃兵になるところだったのだ。

そうならずに帰国し、大学に復学でき、こうしてニューヨークに来ていろいろと将来どう生きていくかについて迷っている。今は、そのように迷うことこそ自分の敗北が内部化していく過程ではないかという気がした。目をつぶると、増水したシッタン河を上流から押し流されてきた塵芥《じんかい》や木材と一緒に流され、手をあげ声をあげてもがき助けを求めている戦友を見殺しにした記憶が蘇った。

グレタの胸中にも、自分ひとり逃げてきてしまった辛さが悩みの病巣になっているらしい。

「あの時、無理やりに両親の手を引っ張って逃げれば、皆ナチスに殺されずに済んだのよ」と言って彼女は泣いた。忠一郎はその告白を聞いたことで彼女を見殺しにすることができなくなったと感じたのだった。「僕も戦友を裏切って生き延びた」と忠一郎も応えた。

久しぶりに事務所に行くと塔之沢から航空便が届いていた。忠一郎は見にきてよかったと胸を撫でおろした。タイプで打ったその手紙は、――東京に戻って状況が大きく動きはじめたことが分かった。やはり小生の勘は当たっていたのだ。貴君も知っているように、わが社は連合軍によって解体を命ぜられたが、もとはれっきとした財閥系の総合商社である。そのわれわれに、ふたたび統合の可能性が出てきたのだ――と書き出されていた。

思わず目が走り出すような動きになって、忠一郎は先を急いだ。

――その結果、アメリカ支社の発足は日本において新しい総合商社が生まれてからということになった。しかし役所から獲得した出張所許可を無効にしてしまうわけにはいかない。他社はその隙を衝いて商権を設定するだろう。そこで貴君には御苦労であるが、新会社が生まれ、方針が決定するまで残置派遣員としてそちらに留まってもらいたい。私のニューヨーク復帰は夏頃になるやもしれずその間の任務は追って——と読めた。

塔之沢常務の手紙を読んだ時、彼は咄嗟に、しめたと思った。これで当分一人でここにいられるのだ。その間にできるだけのことをしようと勇み立った。

まずヤマナカに手紙を書いてシンドバッドは閉鎖すべきこと、清算のために必要な資金を遺産相続問題の結論が出次第至急に送ってもらいたいと要請しよう。返事が来るまでには時間がかかるだろうから、その間、今後どんな仕事をしたらいいか彼女の希望を聞いて決めよう、と計画を立てた。

グレタの今までの経験を考えれば、やはり小さくて単純なメニューの飲食店ではないか。少女の頃、両親と分かれて亡命をしなければならないような苦労をしてきたからか、彼女には合理的な経営の障害になる高級志向とか、見栄を張ろうとするところがない。

忠一郎は塔之沢の手紙をポケットにしまって事務所を出た。

タイムズスクエアで乗り換えようとして、彼は思いついて地上に出てみた。観光やショッピングには季節はずれで、まだ雪が残っている盛り場の感じを見ておきたかったのだ。

ニューヨークの繁華街と言えばタイムズスクエアと言われた頃の盛況は、有力な劇場の移転などもあって、戦後の復興に乗り遅れたと言われていたが、その噂を証明するように静かだっった。しかし、この日は不思議に静かな活気とでも呼ぶしかないような雰囲気があることが分かった。

なぜだろうと眺めていて、この日街の主導権を握っているのは、日頃は姿を隠している地元の住人で、息を吹き返した子供たちが自分らの広場と心得て、あたりを我が物顔に走り回っているのだった。見ているうちに、その子供たちが次第に一軒の店に集まりだした。好奇心に駆られて忠一郎が近寄ってみると、パン屋兼レストランであった。

食パン、フランスパン、ベーグルといったものばかりでなく、サンドイッチやホットドッグなどを作って売っている。子供たちに聞いてみると、その店は冬なら夕方の四時になると商品の値段を下げるのだという。それを待って、街角で雑談したり、遊んでいた大人と子供が、時間になって店に集まったのだった。

忠一郎は面白くなって、今夜は簡単な食事でもいいと思い、その店で作ったサンドイッチとベーグルを買い込んだ。数年前の大雪の時は、幹線道路が閉鎖されて供給が止まり、買い置きの食料を持っていない家はあわてたという話を、彼は聞いていた。予報によればまた雪が降るということだった。

グレタが待っている家に戻って、忠一郎は日本からの塔之沢常務の手紙を読んで聞かせた。当分は二人だけのニューヨークでの時間が続きそうだと分かると、彼女は溜め息をつき、

「私たちって、ついていると言うのかなあ」と言い、それから急にはしゃぎだして、「神さまが与えて下さった人間の休暇は喜んで使おうよ、私これからオムレツを作る」と立ち上がった。

忠一郎は仮に書斎に使わせてもらっている応接間に入って、シンドバッドを閉めた後、小さなスペースでサンドイッチの専門店を始めるのはどうだろうと考えはじめた。この国でいろいろなサンドイッチを食べてみると、すぐ乾いて反ってしまうようなパンではなく、いつまでもしっとりとしているパンを使うこと、パンと間に挟むハムや野菜などのバラエティーを増やすこと、そしてパンと挟むものの間に何を塗るかが、独自性を発揮する鍵だろうと考えた。

だんだんと使い慣れてみると、応接間にも気を張って客を迎えるというのではない温かな感じがあって、それはチュルリョーニスの絵の影響なのか、何気なく重ねられている雑誌類などの醸し出す雰囲気のせいなのか分からないながら、今ではグレタの人種とか皮膚の色、年齢や貧富の度合いで分け隔てすることのない性格のように忠一郎には思えるのだった。

彼女は、いいワインがしまってあったと言ってあちこち台所の扉を開けていたが、やがて「あった、あった、これにしよう」と独り言を言って「今晩はお祝いだから飲もう、あなた、これ開けてちょうだい」とラベルが茶色になっているボトルを持ってきた。ヤマナカは結婚してからの三、四年は酒豪と言ってもいいほど飲んだが、間もなく糖尿病になり、年齢と病気の二つの理由で兵役は免れたがワインは飲めなくなった。今置いてあるのはそれ以来しまい込んでおいたものだとグレタは説明した。それに続けて彼女は少し声を落として、「だから、あのこともう十年ぐらい何もなかったの。あの人、それを何だか負い目のように思っていたらしい。男の人ってそうかしらね？」と半ば告白のようなことを言い、忠一郎はなんだか不意を衝かれたような気がした。

その話を聞いて、彼が頭に思い浮かべたのはロレンスの『チャタレイ夫人の恋人』だった。性的能力を失った貴族チャタレイの妻コンスタンスは、恋の遍歴を重ねた末、森番のメラーズと結ばれるという筋を彼は今でも憶えていた。戦争から戻ってきて最初に読んだ原書だった。忠一郎が商社に入った翌年に『チャタレイ夫人の恋人』は検察によって猥褻《わいせつ》文書と認定され翻訳出版が差し止められた。その裁判の経過は司法関係者の文学芸術への無理解、時代遅れの感性の見本のような事件として若いビジネスマンの間でもよく話題になったのだった。

グレタの告白で忠一郎はなんとなくその当時の男女の愛情と肉体関係を巡る議論を想起し、ヤマナカが「関君ならいいよ」というような態度を見せていた背景が漠然と浮かび上がるような気がした。言葉で表せば、自分たちが今犯している罪は、見付からない限りにおいて許されるということなのだろうか。

それだけに互いに求め合う度合いは烈しいものになった。彼女はつねに声をあげ、その後では逆に忠一郎を刺激するような愛撫を試みる。そんな動作には、不能になったヤマナカを奮い立たせようとして二人で努力した時間が透けてくるようであった。そしてその想いは忠一郎を哀しさと誇らしさの混じり合った境地へと誘った。

三時間もすると二人はさすがに疲れ、並んで天井を見ながらポツリ、ポツリと言葉を交わした。

カーテンの向こうがなんとなく明るいのは、年が変わってからもう一度降った雪の上に月が射しているからだろう。

忠一郎はラングーンで戦友から借りて読んだ文庫本のなかに、深い雪の一部が抉《えぐ》り取られて、そこに冴えた月の光が射し、何かの創《きず》のように影を作っている光景を詠んだ俳句があったのを思い出した。南国の戦場で雪を題材にした作品を読んだからか、印象が強くて憶えていたのだ。

「この明るさね、白夜を思い出させるの」

そう言ってグレタは忠一郎の方に向き直り、「五月の中頃から二カ月以上、リトアニアは白夜になるのよ。それは、ただ夜が来ないっていうのではなくて、夕方の暮れかかった状態がずっと続くの。儚《はかな》い明るさって言うのかしら」。

そうしてグレタは、ニューヨークに来て間もない頃は、よく白夜を思い出しては泣いた、という話をした。一度封印が切れると、ずっと胸にしまっていたのだろう、子供の頃の思い出、そして夢のようなトラカイ城の話などをはじめた。

それはチュートン騎士団の侵略を防ぐためにキストゥティス公とその息子ヴィタウタス大公が時間をかけて建造した城だと言われ、グレタは「それはもうずっとずっと昔の十四世紀のことなのよねえ」と言い、忠一郎も「その頃から人間は戦争ばかりしていたんだ」と応えた。グレタはトラカイ城に続けて、その時々の支配者によって何度壊されても、また作られる十字架の丘について、細長い内海であるクルシュ海に沿って広がっている砂丘について語った。「小さな国だから、リトアニアのことは知っているって言えるのが悲しいわね」と言い、「それが可能なら、あなたと一緒に行きたい。私が育ったのはひどい時代だったし、それは今もあまり変わっていないみたいだけど、それでも私にとってあそこは青春だったのよ。憧れていた人もいました、ただそれだけのことだったけれど」。

そこで彼女は口を噤み、忠一郎はもう一度「深雪の創」を詠んだ俳句を連想し、全体を記憶に取り出そうとしたがうまくいかず、逆に別の俳人の句が浮かんできてしまったりした。グレタといると日頃に似ず俳句や詩の一部がふと浮かんできたりするのを忠一郎は不思議なことだと思った。

彼はグレタを振り返って「君はいつでも、それが可能ならって考えるの」と質問した。その言葉は忠一郎が聞くと、それはとても無理だと思うけれども、と言っているように聞こえるのだったから。

「そう言われればそうだけど、私たちはいつも、国の運命も自分の運命も、自分たちでは決められなかった。私の場合は死ぬか亡命するかだけ。今もまだソビエトの軍隊がいるけど、でもあなたは外国人だし、私ももうアメリカ人だからね」と言葉の先を「一緒にリトアニアに行ける」という意味に繋げた。

「そうだね、それが可能なら行こう」と、それには結婚して二人がアメリカ人か日本人になり切っていることがいいのだがと口には出さずに忠一郎は考えていた。「あなただって」とグレタに指摘されて「これは失敗」とおどけて見せ、「その前に僕たちはここでしっかりした基盤を作っておかないとね」と話題を変えた。

翌々日、忠一郎は日本の領事館が主催する新年のパーティーに出席した。そこで支店開設のために来ている四つの会社の駐在員に会った。そのなかの財閥系の商社の駐在代表に「おたくの本社の合併はいつ頃になりますか」と探りを入れてみた。相手は年配の恰幅のいい男だったが鷹揚に「まあ秋までにはと思っていますがね、そちらは?」と聞き返し、忠一郎も「今、常務は帰国していますが同じような感じです」と答えた。

ニューヨークに来ている他の商社の駐在員に連絡を取ってみると、大手各社はほぼ同じ時期を目指して支社を作ろうとしていることが分かった。その背後に、日本政府の指導があるのは確実であった。塔之沢が多分夏まで戻ってこないというのは、もしかするといち早く軍部に取り入って各社を出し抜こうとした敗戦前のやり方と似た発想が時代に合わないと批判されたのかもしれない。あるいは彼自身の個人的な都合だろうか。もしそうなら、ある日突然別の役員が派遣されてくる可能性がある。

いずれにしても、シンドバッドの整理は急がなければならない。それが可能になった時の用意に、忠一郎はひそかにホットドッグとサンドイッチ店に目標を絞って調査を進め、具体的な経営指導に定評があるアメリカマーケティング協会などに出掛けて情報を集めはじめた。

一月の末になって、待っていた送金がグレタ宛てにあり、次の日に忠一郎宛てにヤマナカから手紙が届いた。

「今日、グレタへの送金の手続きを終えて今この手紙を書いている」という前置きで、伯父の遺産相続問題の困難さは予想していた以上に複雑な事情があり、「若いとはいえ気丈な伯母が、それほど内部事情に詳しくない僕に助けを求めた理由も、こちらに来てはじめて分かった」と書いていた。

それによると、ヤマナカの実家の事業の規模は財閥解体の対象になるほど大きくはなく、農地改革も山林が多かったので思ったほど打撃は受けなかったが、女性に対しては博愛を及ぼしていたので、一人一人が権利を主張しはじめたら収拾がつかなくなる危険があった。そうならないためには、「アメリカ流の合理主義で、総てを法律家にまかせ、はっきりした権利者以外は認めない強い主張を唱える役割が僕に期待されていたんだ。君が紹介してくれた房君はアメリカ人の上級弁護士と一緒に乗り込んできて活躍してくれた」というような、解決までの顚末を述べた後で、「やっと結論が見えたところで、『できれば当分いてほしい』と伯母に頼まれた時、僕にはそれをはっきり断る気力がなかった。からだの芯まで疲れているのを感じた。ずっと思っている糖尿病のせいかもしれない。跡取りの甥の、脆弱さとひとつになった初々しさを見て、何とかしてやりたいという、柄にもない気持も動いた。僕は今でもグレタを愛しているが」と、乱れた文脈にしては綺麗な筆跡で、ところどころ英語を交えながらヤマナカの手紙は続いた。

ヤマナカの書いていることは混乱していた。そして、それだからかえって伝えようとしている真情が伝わってきた。手紙の内容を整理すれば、自分はもうアメリカへは帰れない。帰りたくないからではなく、グレタを愛していないからでもなく、帰れないからだになってしまったのだ。彼はそう書いて、それは医学的な意味でのからだのことではなく、精神とひとつになったからだだ、と言おうとして、しかしそれはグレタを愛さなくなったということではない、と力説するところから手紙はぐるぐる回りの軌道にはまってしまうのである。

何回か繰り返して読むうちに、忠一郎は彼の態度を批判することはできるが拒否はできないという気がしてきた。そのうえ、彼は拒否したくないのだった。

むずかしいのは、このヤマナカの手紙をどうグレタに伝えるかであった。彼女は話す場合にはほとんど自由だったが、字は読みにくいようだった。忠一郎も微妙なニュアンスを英語で伝える自信はなかった。それはもう、英語を使う文化と日本語の文化との差のようなところから来ている困難のように彼は思った。子供の頃から英語を使って暮らしてきたヤマナカの日本語での表現が、かえって文化の地層の差異を浮き彫りにしてしまっているようだった。

迷った末に、忠一郎は手紙を示しながら「やはり彼はすぐには戻れない、遺産を受ける条件なので後継者の指導をしないといけないのだ、『自分はグレタを愛している』と、これは何回も繰り返している」。

そう言って忠一郎は手紙の後の部分をめくって指で指し示した。

「そして僕には、とにかく送った資金でシンドバッドを整理し、グレタが困らないように助けてやってくれ、と書いてきている」

そう話しているうちに、さいわい忠一郎は本当にヤマナカの手紙を正確に彼女に伝えようとしている気分になれた。

「悪いわ、あなたに、そしてヤスシにも悪い」

グレタはなぜか腰に当てた手を何回か下へ擦るように降ろしながら「私、こんなおばあさんなのに」と訳の分からない言葉を口にした。

忠一郎は訳もなく狼狽して、「そんなこと関係ないよ、年齢なんか。もっと大事なことだよ、これは」と抗弁した。彼女はなおも「いえ、そうよ、女は若くて可愛い方が魅力あるもの」と言い張り、忠一郎にはどうしても話が食い違っていると思われる主張を口にした。

ヤマナカの手紙は忠一郎が内心恐れながらひそかに期待もしていたとおりであった。彼の希望を受け入れれば、忠一郎は社を辞め、かつてヤマナカが歩いた道を歩むことになるのだった。彼は、〝まともな〟ビジネスマンからは、女の魅力に目が眩んで出世の道を踏み外した駄目な男と蔑まれていたのである。

忠一郎は頭のなかではそう客観的に判断しながら、一方ではサンドイッチ店のようなものを経営しながら、表向きはグレタが経営しているのだから、商社マンとしての自分の立場も保っていける道をなんとかして見付け出したいと願っていた。その方が重大な決心をしないで済み、常識人からの誹《そし》りを受けることもないのだから。

一方、グレタはなんとなく自分を罪深い存在のように感じていた。日本の通過ビザを手に入れてシベリア鉄道に乗り、船で新潟に上陸して神戸まで行き、今度はアメリカ行きの船に乗って一カ月ほどかかってニューヨークに着いた時は、ナチスの手を逃れるのに精いっぱいだった。英語は亡命間際から長い旅行のあいだに勉強した程度だったが、大きな目をした十八歳の彼女はすぐレストランに勤めることができた。ニューヨークには、ナチスの迫害を逃れてきた人々を救済する組織があり、活発に動いていた時代であったことも彼女を助けた。

その店でヤスシ・ヤマナカに会い、その時は日本の一流商社に籍を置いているのに世の中の表面から少し凹《へこ》んだところにいようとしているような彼の穏やかな態度、物腰に安らぎを覚えた。

現地採用社員の将来にあまり期待が持てないことを知ったヤマナカは、貯金と退職金を出して二人のためのシンドバッドを作った。挑戦しようという姿勢のない彼にとって、店の名前はせめてもの前向き、という感じだったのだ。戦争が終わってからも数年間は順調だったのだがやがて立地条件に変化があって店が苦境に陥った時、関忠一郎が現れた。

グレタが忠一郎に求めたのは夫の場合と違って父親の代わりではなかった。逆に年下だから可愛いと思う時があった。それに得体の知れない影を感じさせることがあって好ましかった。それは自分もそうだとグレタは自覚していた。ヤスシの手紙はグレタにニューヨークに来てからだいぶ経って見た映画を想起させた。

その映画の主人公は潜水艦の基地になっている町の中流の家庭の婦人だった。夫はすでに戦死していて、彼女は潜水艦の艦長の大尉と親しくなっていた。

その大尉に出動命令が下り、大西洋海域での任務に就く際、彼はその愛人を基地に残る同僚に頼む。ドイツのUボートとの戦いの見通しは厳しかった。後を託された同僚は彼女の面倒を見るうちに愛情が芽生えてくる。その同僚にもやがて戦闘に赴く時が来て、はじめて一足先に出発した潜水艦長の気持を理解する。グレタは映画を見ながらさんざん涙を流し、その時は、でも自分にはヤスシがいる、と誇らしかった。

しかし今、日本へ行ったヤスシが戻れそうにないという手紙が忠一郎のところにきたのを知って、映画のなかの女主人公の運命を思い出した。

たとえ平和になっても、女が浮き沈みの烈しい世の中で生き抜いていくには、よほど自分をしっかり持っていなくては駄目なのだ、それにしても自分は一体どんな人間なのだろうと考えていって、グレタは心の底からリトアニアに行きたくなった。

彼女の故国の家は首都でもあったカウナスの市街地を見下ろす丘の上にあって歯医者だった。近くには有名なジョリナスの森林公園があり、よく友達と遊びに行った。ナチスが来たり、代わってソビエトが支配するというようなことがなかったら、結婚して今頃は子育てに打ち込んでいただろう。

グレタは夏になると家族揃って出掛けたトラカイ城を思い出した。トーマス・マンが来ているというので、遠くからでも彼を見ようと友達とクライペダという町を通って訪れたニダの町の付近の砂丘のことも記憶に戻ってきた。高校生の頃でグレタは絵を描きたいと思っていた。そのためにはワルシャワの美術学校に行く必要があった。歯科医院は兄が継ぐことになっていたが、その兄も両親もニューヨークに一足先に着いてから、何度連絡しても応答がなかった。まだソビエトの軍隊が支配しているが、ナチスに殺されたかもしれない家族を探しにならば入国は認められるとグレタは聞いていた。

（下巻に続く）

P+D BOOKS ラインアップ

東京セブンローズ（上） 井上ひさし ●戦時下の市井の人々の暮らしを日記風に綴る

東京セブンローズ（下） 井上ひさし ●占領軍による日本語ローマ字化計画があった

天上の花・蕁麻の家 萩原葉子 ●萩原朔太郎の娘が描く鮮烈なる代表作2篇

海軍 獅子文六 ●「軍神」をモデルに描いた海軍青春群像劇

若い人（上） 石坂洋次郎 ●若き男女の三角関係を描いた〝青春文学〟の秀作

若い人（下） 石坂洋次郎 ●教師と女学生の愛の軌跡を描いた秀作後篇

P+D BOOKS ラインアップ

終わりからの旅(上)	辻井 喬	●異母兄弟の葛藤を軸に、戦後史を掘り下げた大作
ある女の遠景	舟橋聖一	●時空を隔てた三人の女を巡る官能美の世界
居酒屋兆治	山口 瞳	●高倉健主演映画原作。居酒屋に集う人間愛憎劇
父・山口瞳自身	山口正介	●作家・山口瞳の息子が語る「父の実像」
硫黄島・あゝ江田島	菊村 到	●不朽の戦争文学「硫黄島」を含む短編集
十字街	久生十蘭	●鬼才・久生十蘭が描く傑作冒険小説

P+D BOOKS ラインアップ

P+D BOOKS ラインアップ

子育てごっこ　三好京三
●未就学児の「子育て」に翻弄される教師夫婦

喪神・柳生連也斎　五味康祐
●剣豪小説の名手の芥川賞受賞作「喪神」ほか

宣告（上）　加賀乙彦
●死刑囚の実態に迫る現代の〝死の家の記録〟

宣告（中）　加賀乙彦
●死刑確定後独房で過ごす青年の魂の劇を描く

宣告（下）　加賀乙彦
●遂に〝その日〟を迎えた青年の精神の軌跡

フランドルの冬　加賀乙彦
●仏北部の精神病院で繰り広げられる心理劇

P+D BOOKS ラインアップ

女誡扇綺譚・田園の憂鬱	佐藤春夫	●廃墟に「荒廃の美」を見出す幻想小説等5篇
サムライの末裔	芹沢光治良	●被爆者の人生を辿り仏訳もされた〝魂の告発〟
津田梅子	大庭みな子	●女子教育の先駆者を描いた〝傑作評伝〟
四季	中村真一郎	●失われた青春を探しに懐かしの地へ向かう男
白く塗りたる墓・もう一つの絆	高橋和巳	●高橋和巳晩年の未完作品2篇カップリング
誘惑者	高橋たか子	●自殺幇助女性の心理ドラマを描く著者代表作

P+D BOOKS ラインアップ

時の扉（上）	辻 邦生	●自己制裁の旅を続ける男が砂漠で見たものは
時の扉（下）	辻 邦生	●愛のエゴイズムを問い続けた長篇完結へ
ばれてもともと	色川武大	●色川武大からの〝最後の贈り物〟エッセイ集
エイヴォン記	庄野潤三	●小さな孫娘が運んでくれるよろこびを綴る
鉛筆印のトレーナー	庄野潤三	●庄野家の「山の上」での穏やかな日々を綴る
さくらんぼジャム	庄野潤三	●小学生になったフーちゃん。三部作最終章

P+D BOOKS ラインアップ

海市 福永武彦 ●親友の妻に溺れる画家の退廃と絶望を描く

風土 福永武彦 ●芸術家の苦悩を描いた著者の処女長編作

夜の三部作 福永武彦 ●人間の〝暗黒意識〟を主題に描く三部作

夢見る少年の昼と夜 福永武彦 ●〝ロマネスクな短篇〟14作を収録

加田伶太郎 作品集 福永武彦 ●福永武彦〝加田伶太郎名〟珠玉の探偵小説集

廃市 福永武彦 ●退廃的な田舎町で過ごす青年のひと夏を描く

P+D BOOKS ラインアップ

残りの雪（上）	立原正秋	●古都鎌倉に美しく燃え上がる宿命的な愛
残りの雪（下）	立原正秋	●里子と坂西の愛欲の日々が終焉に近づく
剣ケ崎・白い罌粟	立原正秋	●直木賞受賞作含む、立原正秋の代表的短編集
私生活	神吉拓郎	●都会生活者の哀愁を切り取った傑作短篇集
サド復活	澁澤龍彦	●サド的明晰性につらぬかれたエッセイ集
都心ノ病院ニテ幻覚ヲ見タルコト	澁澤龍彦	●澁澤龍彦が最後に描いた〝偏愛の世界〟随筆集

P+D BOOKS ラインアップ

別れる理由1　小島信夫　●伝統的な小説手法を粉砕した大作の序章

別れる理由2　小島信夫　●永造の「姦通」の過去が赤裸々に描かれる

別れる理由3　小島信夫　●「夢くさいぞ」の一言から幻想の舞台劇へ

別れる理由4　小島信夫　●「夢くさい世界」で女に、虫に、馬になる永造

別れる理由5　小島信夫　●アキレスの名馬に変身した永造だったが…

別れる理由6　小島信夫　●最終巻は〝メタフィクション〟の世界へ

P+D BOOKS ラインアップ

P+D BOOKS ラインアップ

虫喰仙次　色川武大　●戦後最後の「無頼派」、色川武大の傑作短篇集

小説　阿佐田哲也　色川武大　●虚実入り交じる「阿佐田哲也」の素顔に迫る

ぼうふら漂遊記　色川武大　●色川ワールド満載「世界の賭場巡り」旅行記

強力伝　新田次郎　●「強力伝」ほか４篇、新田次郎山岳小説傑作選

廻廊にて　辻　邦生　●女流画家の生涯を通じ〝魂の内奥〟の旅を描く

夏の砦　辻　邦生　●北欧で消息を絶った日本人女性の過去とは…

P+D BOOKS ラインアップ

眞晝の海への旅
辻 邦生
●暴風の中、帆船内で起こる恐るべき事件とは

鞍馬天狗 1 鶴見俊輔セレクション
角兵衛獅子
大佛次郎
●〝絶体絶命〟新選組に取り囲まれた鞍馬天狗

鞍馬天狗 2 鶴見俊輔セレクション
地獄の門・宗十郎頭巾
大佛次郎
●鞍馬天狗に同志斬りの嫌疑! 裏切り者は誰だ!

鞍馬天狗 3 鶴見俊輔セレクション
新東京絵図
大佛次郎
●江戸から東京へ時代に翻弄される人々を描く

鞍馬天狗 4 鶴見俊輔セレクション
雁のたより
大佛次郎
●〝鉄砲鍛冶失踪〟の裏に潜む陰謀を探る天狗

鞍馬天狗 5 鶴見俊輔セレクション
地獄太平記
大佛次郎
●天狗が追う脱獄囚は横浜から神戸へ上海へ

（お断り）

本書は２００８年に朝日新聞出版より発刊された文庫を底本としております。

あきらかに間違いと思われるものについては訂正いたしましたが、基本的には底本にしたがっております。また、一部の固有名詞や難読漢字には編集部で振り仮名を振っています。

本文中には馬賊芸者、奴隷、床屋、女流演奏家、家政婦などの言葉や人種・身分・職業・身体等に関する表現で、現在からみれば、不当、不適切と思われる箇所がありますが、著者に差別的意図のないこと、時代背景と作品価値とを鑑み、著者が故人でもあるため、原文のままにしております。

差別や侮蔑の助長、温存を意図するものでないことをご理解ください。

辻井 喬（つじい たかし）
1927年（昭和２年）３月30日―2013年（平成25年）11月25日、享年86。東京都出身。本名・堤 清二。実業家として活躍する一方で詩人・小説家としても旺盛な活動を行い、1994年『虹の岬』で第30回谷崎潤一郎賞を受賞。

終わりからの旅（上）

2020年11月17日　初版第1刷発行

著者　辻井　喬
発行人　飯田昌宏
発行所　株式会社　小学館
〒101-8001
東京都千代田区一ツ橋2-3-1
電話　編集　03-3230-9355
販売　03-5281-3555
印刷所　昭和図書株式会社
製本所　昭和図書株式会社
装丁　おおうちおさむ（ナノナノグラフィックス）

ISBN978-4-09-352403-2

P+D BOOKS